Die rote Feder

Simone Altendorfer

AF190633

Simone Altendorfer

Die rote Feder

Impressum

Dritte Auflage © 2025, Simone Altendorfer

Verlag: BoD · Books on Demand GmbH, Überseering 33, 22297 Hamburg, bod@bod.de

Lektorat: Oliver Jung-Kostick

Kia Kahawa Verlagsdienstleistungen

Korrektorat: Sophie Weigand

Satz & Layout: Kia Kahawa
                       www.kiakahawa.de

Cover Illustration: David Neri, @ilustra_neri

Druck: Libri Plureos GmbH, Friedensallee 273, 22763 Hamburg
ISBN: 978-3-7693-0305-6

Danke an meine wundervolle erste Leserin Sabrina und meinen größten Unterstützer Patrick.

An mein 16-jähriges Ich:
Danke, dass du dir das Schreiben als deinen Weg zum Durchhalten ausgesucht hast, als wir nach einem Sinn in diesem Leben suchten. I did it. Jemand hält in diesem Moment unser Buch in den Händen. Alles, was zu hoffen bleibt, ist, dass du, liebe:r Leser:in, eine Freude damit hast.

Ich hatte auf jeden Fall eine Riesenfreude damit, es zu schreiben.

Die rote Feder

Magische Federn. Unerklärliche Reisen. Liebe, wo man keine mehr zu finden wagte.

Vor drei Monaten hätte ich euch noch erzählt, dass ich das für unmöglich halte. Ich wurde eines Besseren belehrt. Nun seid ihr an der Reihe.

Es war kalt an jenem Tag vor drei Monaten. Der Wind wirbelte mir durchs Haar und am Himmel bildeten sich verdächtig aussehende Wolken. Doch das bekam ich nur unbewusst mit. Primär war meine gesamte Aufmerksamkeit auf den Gegenstand in meiner Hand gerichtet, den einzigen Hinweis auf den Verbleib meiner besten Freundin: eine rote Feder. Es war keine gewöhnliche Feder. Sie war um einiges größer als meine Hand und vor einigen Stunden, als alle Wetterfeen noch prophezeit hatten, heute würde der wärmste und sonnigste erste Frühlingstag seit Beginn der Aufzeichnungen werden, hatte sie das vom Himmel herabstrahlende Sonnenlicht golden reflektiert – obwohl sie vollkommen weich war. Eine Tatsache, die selbst mir mit meinen minimalistischen Naturwissenschaftskenntnissen seltsam vorkam. Dass ich jedoch so ziemlich die Einzige war, die dieser Feder signifikante Bedeutung zuwies, hatte mir der Polizist, der für Nathalies

Fall verantwortlich war, heute Morgen auf überaus freundliche Art und Weise mitgeteilt. Instinktiv ballte ich die Faust vor lauter Wut, als ich mich daran zurückerinnerte. Nachdem Nathalies Mutter es endlich geschafft hatte, die Polizei davon zu überzeugen, dass es sich hierbei um eine Sache von Leben und Tod handelte – verschwundene Teenager wurden hier auf eine erschreckend leichte Schulter genommen – war auch ich als Nathalies beste Freundin zu ihr nach Hause beordert worden, um ein paar Fragen zu beantworten. Im Endeffekt hatte mich der Ermittler nicht einmal beachtet, als ich über den Schirmständer gefallen war. Ich ließ die Feder über meine Hand tanzen, während ich mich weiter zurückerinnerte.

Träge blieb ich im Türrahmen zu Nathalies Zimmer stehen und starrte hinein. Der von ihrer Mutter wie ein Schrein gehütete Raum war von den Polizist:innen durchsucht worden und sie dürften gerade erst damit fertig geworden sein, jedes noch so kleine Fitzelchen ihres Privatlebens auseinanderzunehmen. Überraschenderweise hatten sie sich richtig Mühe damit gegeben, alles wieder zurück an seinen Platz zu räumen – oder vielleicht hatten sie auch nur gar nicht wirklich gesucht. Nachdenklich ließ ich meinen Blick durch das Zimmer schweifen, als mir plötzlich etwas ins Auge stach, das so gar nicht in Nathalie Gaudreys Zimmer passte: eine rote Feder. Nat war kein Deko-Typ und auch keine große Tierfreundin. Was Mode und Schmuck betraf, mochte sie es eher schlicht. Sie würde nie etwas tragen, das eine hinunterbaumelnde Feder beinhaltete. Vor allem lag diese Feder auf ihrem Nachttisch. Auf Nathalies Nachttisch durften IMMER nur drei Dinge liegen: ihr Handy, ihr Kontaktlinsendöschen und ein Buch. Von dieser Regel gab es absolut keine Ausnahmen, wie mich unvorsichtig stehen gelassene Wassergläser und Kaugummipackungen gelehrt hatten. Diese Feder in diesem Zimmer auf diesem Nachttisch ergab einfach absolut keinen Sinn. Die Trägheit fiel von mir ab wie ein halb angezogener Mantel, während ich durchs Zimmer eilte, als ob die Feder gleich davonschweben würde. Mein Herz klopfte wie wild. Ich spürte, wie wieder Bewegung in die Sache kam und ich nicht mehr nur dazu verdammt war, auf ein Lebenszeichen von ihr zu warten. Entschlossen nahm ich die im Licht seltsam golden schimmernde Feder in die Hand und ging mit ihr Richtung Flur, wo ich sogleich denjenigen traf, den ich suchte: Kommissar Graf den einzigen Polizisten des Nathalie-Gaudrey-Kommandos (ich wusste, es gab kein solches Kommando, aber ich musste es mir einreden, um nicht zu verzweifeln), den ich mit Namen kannte.

„Herr Graf?"

Meine Stimme musste sich wohl ziemlich nervtötend anhören, anders konnte man den Blick nicht erklären, den dieser Bär von Polizist mir zuwarf. Als keine Reaktion kam, ging ich dann eben gleich ins Detail – etwas anderes schien er ja nicht mit einer Antwort würdigen zu wollen.

„Herr Graf, ich habe etwas Merkwürdiges in Nathalies Zimmer gefunden."

Bingo, jetzt hatte ich seine Aufmerksamkeit. Allerdings nur so lange, bis er den gemeinten Gegenstand erblickte und das Gesicht wieder verzog. Ich wusste, er nahm den Fall nicht ernst. Diese Untersuchung nervte ihn einfach nur. *Armer Grizzly*, dachte ich spöttisch, während ich ihn erneut musterte. Diesen Mann mit seinen grau schimmernden braunen Haaren, den fast schwarzen Augen und der korpulenten Figur.

„Wieso sollte das merkwürdig sein?"

„Weil das sicher nicht ihr gehört. Das passt überhaupt nicht zu ihr."

War das denn kein Argument? Er seufzte.

„Ich seh schon, du bist die beste Freundin und weißt alles. Am besten sollte man dich das Ganze leiten lassen, da schließlich niemand Natascha Gaudrey so gut kennt wie du und es nichts auf der Welt gäbe, was sie dir verschwiegen hätte."

Ich war schockiert, dass er es nicht einmal für nötig hielt, sich ihren Vornamen richtig zu merken. Während er mit den Augen rollte, war ich noch dabei, diese unfassbaren Worte in diesem unfassbaren Ton mit dieser unfassbaren Geste zu verdauen.

„Aber es IST nicht so. Es gibt tausend Dinge, die sie dir nicht erzählt hat. Ihr Teenager glaubt immer, ihr wisst alles besser – aber eigentlich habt ihr keine Ahnung."

Wieso sagte er nicht gleich ‚Ich halte dich für ein kleines, naives, dummes Mädchen', damit hätte er sich Atem gespart und es wäre auf dasselbe hinausgekommen.

„Sie wird das Ding einfach irgendwo aufgelesen haben."

„Warum sollte sie das tun?"

„Vielleicht gibt es ja einen Jungen, den sie mag, und er hat sie fallen lassen."

Für wie alt hielt er uns? Zwölf? Spätestens als er damit anfing, dass 16-Jährige sowieso immer nur Ärger machten und man mit ihnen ohnehin nicht vernünftig reden konnte, wurde mir klar, dass das nichts bringen würde. Wie schön, wenn man sich von der Polizei als Freund und Helfer so ernst genommen fühlen konnte. Ich fühlte mich so verstanden.

„Inkompetenter Idiot", grummelte ich in mich hinein, während ich mit einer neuen Mission das Haus verließ: Ich würde herausfinden, was es mit dieser Feder auf sich hatte.

Leider musste ich zugeben, dass diese Mission bisher nicht gerade von Erfolg gekrönt war. Bis jetzt hatte ich nur auf der Bank im Park gesessen und die ominöse Feder angestarrt, als

ob sie, wenn ich das nur lange genug tat, zu sprechen anfangen und mir ihr Geheimnis von selbst preisgeben würde.
Natürlich wusste ich, dass sie auch einfach nur eine stink-
normale Feder sein könnte und vermutlich in überhaupt
keinem Zusammenhang mit Nathalies Verschwinden stand.
Aber es war schön, sich einmal auf etwas anderes konzentrieren zu können, als auf die Frage, ob Nat nun in den Fängen
eines sadistischen Killers war (ich sollte vielleicht mit den
True-Crime-Podcasts aufhören) oder gerade irgendwo in
einem Krankenhaus aus einem komatösen Zustand erwachte
und sich möglicherweise nicht einmal mehr an ihren eigenen
Namen erinnern konnte (auch das hatte ich vermutlich aus
irgendeiner Serie).

Denn eines war sicher: Weggelaufen war Nathalie nicht.
Dafür war sie viel zu klug. Würde sie wirklich von zu Hause
wegwollen, hätte sie vermutlich einfach irgendein Start-up-
Unternehmen gegründet und sich mit dem vielen Geld,
das sie dabei verdient hätte, eine eigene Wohnung geleistet.
Ja, ganz recht. So wäre das gelaufen. Und außerdem hätte
Nathalie wenigstens irgendeine kleine Nachricht hinter-
lassen, damit wir uns keine Sorgen machen würden. Ihr
Verschwinden ging mir an die Substanz, ihre Eltern waren zu
bewundern. Eigentlich ihre Adoptiveltern, korrekt definiert.
Aber das wusste niemand außer mir. Wie gesagt – beste
Freundinnen eben. Die Tränen stiegen mir in die Augen,
während ich meinen Blick durch den menschenleeren Park
schweifen ließ. Normalerweise weinte ich nicht gerne in der
Öffentlichkeit, aber es war ja niemand da, der sich daran
stoßen könnte. Und verdammt auch, ich hatte allen Grund
zum Heulen. Ich lachte auf, als ich daran dachte, dass ich
jetzt etwas Sinnvolleres tun könnte, dass ich daheim sein
und Englisch lernen sollte. Als ob mir das nicht gerade so

ziemlich am Allerwertesten vorbeigehen würde. Es war ein leises, nervöses Lachen. Beinahe hysterisch kam mir vor. Mit dem Lachen kam die erste Träne. Langsam kullerte sie meine Wange hinunter, während zeitgleich der erste Regentropfen auf meinem Kopf landete. Nett vom Himmel, sich zu entschließen, mir beim Weinen Gesellschaft zu leisten. Dann war ich wenigstens nicht ganz allein. Die Träne tropfte auf mein Knie, gefolgt von einigen anderen, bis plötzlich eine auf die Feder traf. Ein Stromschlag schien meinen Körper zu durchzucken. Beinahe hätte ich sie fallen gelassen. Vor lauter Schreck schienen meine Augen beschlossen zu haben, nun freie Sicht zu benötigen und die Tränen stoppten abrupt. Ich hatte noch gar nicht begriffen, was hier geschah, als die Feder schon weiß zu leuchten begann, von innen nach außen. Plötzlich machte es einen Knall, dass ich glaubte, mein Herz würde aus meinem Brustkorb hüpfen und eine unsichtbare Macht schien mich nach unten zu drücken, sodass ich von der Parkbank fiel, direkt in eine bodenlose schwarze Leere, die alles um mich herum verschlang und mir einen entsetzten Schrei entlockte.

Ich war mir nicht sicher, ob ich gerade meinen ersten Schrei beendete oder schon mit dem zweiten begann, als die Welt um mich herum wieder Farbe annahm und ich mit vollem Karacho mit den Knien voran auf das Kopfsteinpflaster fiel. Hätte mich der Schmerz nicht sofort aufjaulen lassen, hätte ich geglaubt, ich würde träumen oder gar halluzinieren, denn ich lag definitiv nicht einfach nur am Parkboden. Ich kam mir vor wie in einer anderen Welt. Die Häuser schienen aus Lehm und Stein gebaut zu sein und die Menschen, die eilig über die Pflasterstraße huschten, trugen nur einfache Kleider. Höchstens mal eine bunte Stoffmütze. Hinter den Häusern war Wald und der Himmel war strahlend blau. Plötzlich hörte ich ein aufgebrachtes Schnauben hinter mir, begleitet von einer aufgebrachten Stimme:

„Aus dem Weg!"

Instinktiv rollte ich mich zur Seite und schaffte es gerade noch, meinen Körper aus der Schusslinie zu befördern, um nicht von dem Zweispänner überfahren zu werden. Gehetzt richtete ich mich wieder auf, um über den Haufen Stroh vor mir zu lugen. Genau in diesem Moment sah ich sie: eine rote Feder, die gerade um die Ecke verschwand. Mein Körper war schneller als mein Verstand, noch bevor ich es realisiert hatte, rannte ich schon quer über die Straße. Als ich die Straßenecke erreicht hatte, verlangsamte ich mein Tempo, um die Feder, oder besser gesagt das Federmeer, vor mir zu betrachten. Denn diese eine Feder war nur ein kleiner Bestandteil eines riesigen Federmantels, der die Gestalt vor mir beinahe komplett verhüllte. Nur ein brünetter Pferdeschwanz blickte unter einem pechschwarzen Hut hervor, ebenfalls mit einer roten Feder bestückt. Langsam beruhigte ich mich und der sinkende Adrenalinspiegel ließ mich wieder klar denken, trotz klopfendem Herzen. Jetzt erst fiel mir auf, dass mich die Leute komisch ansahen. *Kein Wunder*, dachte ich, als ich es mir erlaubte, den Blick vom Federmantel abzuwenden und an mir herunterzublicken. Mit meiner zerfetzten Jeans, den Sneakern, dem Nietengürtel und meiner schlammgrünen Frühlingsjacke konnte ich hier ja nur auffallen. Noch dazu schien ich Stroh in meinen ohnehin schon zerzausten Haaren zu haben. Die Federgestalt wandte den Kopf um und ich duckte mich gerade noch rechtzeitig hinter einer Pferdekutsche weg, sodass die stechend grünen Augen des Mannes mich nicht erblicken konnten. Er ging weiter und ich folgte ihm mit einer vernünftigen Distanz. Erst dachte ich, es würde weiter in die Stadt hinein gehen, doch als die Häuser immer spärlicher wurden und dafür immer mehr Bäume zu sehen waren, begriff ich, dass es aus der Stadt hinaus ging. Nur einmal blieb er stehen, um eine Kutsche zu mustern, was mich in größte Panik versetzte, denn wie sollte ich mit ihm Schritt halten, wenn er mit Pferdestärken unterwegs war? Zu meinem Glück schien er jedoch nur die goldene Verzierung und die stattlichen Hengste betrachten zu wollen und es ging zu Fuß weiter. Immer weiter hinaus aus der Stadt, hinein in den Wald. Ich wurde nervös. Keine Menschenseele außer mir und ihm war hier unterwegs. Wenn er mich sah, oder auch nur hörte, wäre sofort klar, dass ich ihm folgte. Und ich bezweifelte, dass er zu den netten Bürger:innen von nebenan gehörte. Das Rascheln der Blätter unter meinen Füßen kam mir um mindestens 100 Dezibel lauter vor, als es tatsächlich war, und wenn er stoppte, schien mein Herz jedes Mal fast stehen zu bleiben. Gleichzeitig den Federmann im Auge zu behalten und auf den Weg zu achten, um nicht versehentlich über irgendeine Wurzel zu stolpern, wurde immer mehr zur Herausforderung. Mein Zeitgefühl hatte ich schon längst verloren. Ich hätte nicht sagen können, ob wir erst eine halbe oder schon zwei Stunden durch diesen verdammten Wald liefen.

Irgendwann kamen wir zu einer Lichtung. Ich hielt mich hinter einem der Bäume versteckt, bis ich mir sicher war, dass er hier stehen blieb, woraufhin ich mich hinter einem Busch verkroch. Durch das Geäst blinzelnd beobachtete ich den Federmann, wie er in der Lichtung auf und ab ging, bis er irgendwann anfing, auf und ab zu stampfen, was ziemlich merkwürdig aussah.

Es passte ganz und gar nicht zu der Eleganz, die er bisher an den Tag gelegt hatte. Ein spitzer Ast bohrte sich in meinen rechten Knöchel, aber ich wagte es nicht, mich zu bewegen. Plötzlich blieb der Federmann stehen. Er stampfte noch einmal auf und ein zufriedenes Lächeln schlich sich in sein Gesicht. Einen Schritt zurücktretend bückte er sich und fand schließlich, was er gesucht hatte. Ich konnte es erst erkennen, als er ein Viereck aus der Wiese hob. Er schien eine Art Griff in der Hand zu halten. Was sich darunter verbarg, konnte ich nicht sehen, aber da er unterhalb der Erde verschwand, handelte es sich wohl um eine Treppe oder dergleichen. Auf alle Fälle ein Geheimversteck, schlussfolgerte ich. Als er nach einer Weile nicht wieder auftauchte, entspannte ich mich und versuchte, mich in eine etwas angenehmere Position zu begeben, um über meine Pläne nachzudenken. Ich war mir ziemlich sicher, dass der Federmann Nathalie entführt hatte. Wer sonst sollte eine Feder in ihrem Zimmer verlieren, als ein Mann mit einem riesigen Federmantel? Man musste keine Detektivin sein, um den Zusammenhang zu erkennen.

Ich beschloss zu warten, bis er wieder aus seinem Versteck hervorkommen würde. Oder bis ich aufwachen und mich fragen würde, woher ich bloß diese vielen blauen Flecken hatte. Die Zeit schien nicht vergehen zu wollen. Ab und zu veränderte ich meine Position, um mich im entscheidenden Moment nicht wie ein steifes Brett zu fühlen. Ansonsten verhielt ich mich ruhig und beobachtete die Lichtung. Es war eine schöne Lichtung. Ein hübsches Oval, hell und sonnig. Keine einzige Blume störte das idyllische Wiesenbild. Ob er bald wieder herauskommen würde? Es konnte noch nicht mal eine Stunde vergangen sein, aber meine Geduld war schon am Ende. Inklusive meiner Nerven. Was, wenn er erst morgen früh wieder rauskommen würde? Ich konnte doch nicht hier die Nacht verbringen.

Glücklicherweise kam es nicht so weit. Schon wenig später rührte sich plötzlich etwas und das Wiesenviereck kippte wieder nach vorne. Obwohl ich voller Ungeduld gewartet und gehofft hatte, fühlte ich mich nicht wirklich bereit. Ich bekam Herzflattern und begann unruhig zu atmen. Unruhig, aber so lautlos wie menschenmöglich. Zentimeter für Zentimeter kam der Federmann wieder an die Oberfläche. *War der vorher auch schon so groß?*, schoss es mir durch den Kopf, als ich die schlaksige Gestalt dieses Mal von vorne musterte. Die langen Haare gingen an seinem geradlinigen Gesicht ohne eine aus der Reihe tanzende Strähne vorbei in einen Zopf. Die hellgrünen Augen gaben ihm etwas Katzenartiges und erschienen durch den schwarzen Hut nur noch eindrucksvoller. Unter dem Federmantel trug er enge schwarze Kleidung, die ihn schlaksiger wirken ließen, als er vermutlich war – dennoch waren auch die starken Muskeln klar erkennbar. Vermutlich könnte er mich allein mit seinem kleinen Finger zerquetschen. Inzwischen stand er schon wieder mit beiden Füßen auf der Erde und verschloss sorgfältig sein Versteck. Ich versuchte, meine Augen auf die Stelle zu richten, an der sich der Eingang befand, mit der Absicht, nicht mehr davon abzulassen. Zu viel Zeit könnte mit der Suche verloren gehen, wenn ich sie aus den Augen verlor. Der Federmann zog sich seinen Hut tief ins Gesicht und ging wieder in den Wald hinein. Richtung Dorf, wenn ich mich nicht ganz täuschte. Langsam zählte ich bis hundert. Ich wollte ganz sicher sein, bevor ich mich hinter meinem Busch hervorwagte. Als sich nichts rührte, preschte ich nach vorn. Über besagter Stelle hörte ich ein Hohlgeräusch. Das Blut rauschte in meinem Kopf, während ich fieberhaft nach dem Griff suchte. So nervös wie ich war, brauchte ich länger als gedacht. Ich checkte noch einmal die Lage, bevor ich versuchte, die Falltür hochzuheben. Kein Federmann in Sicht. Perfekt. Aber verdammt, war das Ding schwer! Es benötigte meine ganze Kraft, sie zumindest ein

Stück weit anzuheben. Keuchend kroch ich hinunter und das Wiesenviereck klappte dumpf über mir zu, sodass ich auf der nassen Kellertreppe ausrutschte und den Weg hinunter auf meinem Hintern absolvierte. Ich konnte nicht umhin, aufzustöhnen, als ich auf dem kalten Steinboden ankam.

„Julie?!"

Na klar, wer sollte sonst auf diese Weise die Distanz zwischen Erdgeschoss und Keller überwinden, war mein erster Gedanke, bis mir klar wurde, wer und vor allem dass jemand in dieser verdrehten Welt meinen Namen gerufen hatte.

„Nat?!"

Wie von der Tarantel gestochen sprang ich auf und rannte beinahe die angelehnte Holztür ein, die in einen großen, dunklen Raum führte, der genauso kalt, morsch und nass aussah, wie der Rest von dem, was ich bisher gesehen hatte. In der Ecke befand sich ein Zellenkomplex, von dem aus mich meine Freundin mit vor Unglauben weit aufgerissenen Augen anstarrte.

„Nathalie!"

Mit einem Satz war ich bei Nat am Boden, ergriff ihre kalte, weiße Hand und drückte sie fest durch die Gitterstäbe hindurch, als wollte ich ihr beweisen, dass sie nicht langsam durchdrehte und ich wirklich hier war.

„Julie? Aber … wie … wo … "

„Das ist jetzt egal!", unterbrach ich sie und wollte ihr gerade klar machen, wie wichtig es war, so schnell wie möglich von hier zu verschwinden, als ihr entsetzter Blick über meine Schulter wanderte. Ich begriff sofort, wandte jedoch trotzdem instinktiv den Kopf um, wo ich nur mehr einen kurzen Blick auf ein rotes Federmeer erhaschte, bevor ich wie ein erschrockenes Kaninchen aufsprang, mir den Kopf an den Gitterstäben anschlug, wieder mal auf dem nassen Kellerboden ausrutschte und hart aufprallte. Es hatte wohl noch nie jemand seine Flucht so gekonnt vermasselt wie ich. Aber ich wäre vermutlich ohnehin nicht weit gekommen. Ich musste mich nicht aufrichten, das tat der Federmann für mich. In Sekundenschnelle hatte er mich an meiner Jacke gepackt und hochgerissen. Er ließ kurz seinen Blick über mich wandern, die Hand still an meiner Brust. Noch nie zuvor hatte ich ein so helles Grün in den Augen eines Menschen gesehen. Ohne großen Kraftaufwand drückte mich der Federmann plötzlich gegen die gegenüberliegende Ziegelwand, was mich sehr überraschte röchelnde Laute ausspucken, und Nathalie erschrocken aufschreien ließ. Spätestens jetzt wusste er, dass wir zusammengehörten.

„Ziemlich süß, dass du geglaubt hast, ich würde nicht mitbekommen, dass du mich verfolgst. Vor allem *so, wie du aussiehst*. Wie bist du hierhergekommen?"

Der Ton war weniger aggressiv, als ich erwartet hatte. Eher sachlich, beinahe ins Neugierige gehend. Seine Stimme war auch weniger rauchig, als ich gedacht hätte. Als ich schwieg, zog er mich zu sich und stieß mich noch mal mit voller Wucht gegen die Wand. Ich gab keinen Laut von mir. Den Gefallen würde ich ihm nicht tun. Die Zähne zusammenbeißen, hieß es.

„Wie bist du hierhergekommen?"

Er wiederholte die Frage, als würde er sie zum ersten Mal stellen. Ohne Zweifel würde er das Ganze so lange wiederholen, bis ich sang. Und ehrlich gesagt wollte ich eine erneute Bekanntschaft mit Wand, Boden oder anderem harten Material eher vermeiden.

„Mit der Feder."

So zu tun, als wäre ich nicht aus einer anderen Welt, hatte gar keinen Sinn – es war klar, wie diese Frage gemeint war. Sein Blick huschte aufmerksam über mein Gesicht. Dann, als ob er Zuckungen in der Hand hätte, zog er mich wieder zu sich und stieß mich ein weiteres Mal gegen die Wand. Mein Rücken war wirklich zu bemitleiden. Ich biss mir auf die Lippen, um nicht aufzuschreien.

„Mit welcher Feder?"

Er glaubte mir wohl nicht. So oder so, er würde mich ohnehin nur wieder gegen die Wand schmeißen. Also schwieg ich. Ich würde so wenig wie möglich mit Nathalies Entführer kooperieren. Erneut ließ er seinen Blick über mein Gesicht schweifen, dann ließ er mich plötzlich los und lachte, als ich überrascht auf den Boden stolperte. Lässig ging er zur Tür und verschloss sie, während ich mich aufrappelte und nach Fluchtmöglichkeiten Ausschau hielt. Leider gab es keine. Der Keller war eine Sackgasse.

„Ich weiß ja nicht, wie du an eine meiner Federn gekommen sein willst, aber ich bin beeindruckt. So weit wie du hat es noch nie jemand geschafft", meinte er, während er zurück zu mir wanderte und beiläufig eine Feder aus seinem Mantel zupfte.

„Da. Du weißt ja, wie sie funktioniert."

Etwas baff nahm ich die Feder aus seiner ausgestreckten Hand. Er ließ mich laufen? Nicht dass ich ohne Nathalie verschwinden würde, aber … er ließ mich laufen?!

„Haben Sie denn keine Angst, dass ich wiederkommen könnte?"

Das entlockte dem Federmann nur einen spöttischen Lacher.

„Sollte ich mich etwa vor dir fürchten?"

Rhetorische Frage, da war was Wahres dran. In meinem Kopf überschlugen sich die Gedanken. Es hatte keinen Sinn wegzulaufen. Ich würde nur ihre Spur verlieren. Und ohne Nathalie ging ich nicht. Schließlich war ich nur ihretwegen hier. Und so tat ich das einzig Richtige (meiner Meinung nach): Ich setzte mich einfach auf den Boden. Der Federmann sah mich erwartungsvoll an, aber als ich statt auf die Tränendrüse zu drücken nur entschlossen aufsah, schien ihn das zu verwirren.

„Auf was wartest du? Probleme beim Heulen?"

Er hob einen Fuß und ich konnte meine Hand gerade noch rechtzeitig wegziehen, um mich nicht auch noch um eine bestimmt krankenhausreife Verletzung in einer mir fremden Welt kümmern zu müssen.

„Die brauch ich noch", zischte ich, selbst erschrocken über meine Tollkühnheit. Es war nicht so, als ob ich plötzlich zur furchtlosen Superheldin mutiert wäre. Aber zwischen Angst haben und Angst zeigen liegt ein gewaltiger Unterschied.

„Ich gehe nicht ohne sie."

Das schien ihn nun hochgradig zu verwirren. Anscheinend würde er Selbstlosigkeit nicht mal erkennen, wenn sie ihm in den Hintern trat.

„Ich könnte dir das Handgelenk verdrehen. Das tut höllisch weh, da heulst du garantiert", bot er freundlicherweise an, aber ich schüttelte nur den Kopf.

„Ich gehe nicht ohne meine Freundin."

Langsam schien er wütend zu werden.

„Dich brauche ich nicht. Aber sie."

Bevor ich antworten konnte, funkte mir Nathalie dazwischen.

„Julie, bitte geh! Du kannst nichts machen! Bitte tu nichts Dummes!"

Zu spät.

„Julie, bitte geh!"

Ich schüttelte stur den Kopf. Der einzige Unterschied zwischen uns war, dass vor meinem Gesicht keine Gitterstäbe in die Höhe ragten. Nathalie hätte an meiner Stelle das Gleiche getan. Nun gut, vermutlich nicht. Sie hätte etwas Vernünftigeres getan. Aber im Stich gelassen hätte sie mich nicht.

„Julie, du kannst mir nicht helfen! Bitte geh!", bat sie noch einmal, doch ich beachtete sie nicht. Stattdessen sah ich dem Federmann in die Augen und fragte:

„Wofür brauchen Sie sie?"

Kurz war es still. Der Federmann wandte den Kopf in die Höhe und legte noch eine dramatische Pause obendrauf.

„Um dieses Land zu retten."

Er warf mir das Argument hin, als ob es unanfechtbar und unmöglich nicht zu verstehen wäre. Offensichtlich glaubte er, sehr überzeugend zu sein. Aber selbst wenn er Nathalie zur Päpstin erklären würde, ich würde sie nicht hierlassen.

„Wovor soll sie euch denn retten?"

Skepsis lag in meiner Stimme. Nichts gegen Nathalie, aber die Frage war berechtigt. Er seufzte. Anscheinend war das schwerer zu beantworten, als ich gedacht hatte. Nichts mit ‚Drache' oder ‚Heuschreckenplage'.

„Um das zu erklären, muss ich etwas ausholen."

Gut, dass ich schon saß. Ein weiteres Mal wunderte ich mich, dass sich der Federmann die Zeit nahm, mit mir hier Diskussionen zu führen, wo er mich doch sicher einfacher loswerden könnte. Aber er hatte wohl seine Gründe dafür. Wie in einer dramaturgisch eingeübten Szene warf er seinen Mantel zurück. Es fehlte nur noch das Spotlight. Bühne frei für den Federmann.

„Andrew Bohem war ein guter Kaiser. Souverän, trotz seines jungen Alters, und mit einem Herz so groß wie ein Gebirge. Er war ein guter Kaiser. Bis er eine Frau traf."

Soll schon den Besten passiert sein. Aber weiter im Text, Monsieur la plume.

„Er verliebte sich in sie. Sie war sein Leben, aber er nicht ihres. Denn eines Tages brannte sie mit seinem Bruder durch und brach ihm sein Herz. Um dem Schmerz zu entkommen, verschloss er es. Seitdem ist es, als hätte er einen Eisblock in seiner Brust. An der Stelle, wo sein Herz sein sollte."

Er warf einen Seitenblick zu mir, zufrieden über meine mitfühlende Miene. Nun, mir würde es auch mies gehen, wenn mir die Liebe meines Lebens davonlaufen würde. Aber c'est la vie. So was passierte nun mal. Wieso war der Federmann so überzeugt davon, dass der Kaiser nicht darüber hinwegkommen würde? Es hatten schon ganz andere Menschen viel schlimmere Ereignisse überwunden.

„Ein Kaiser, der sich keine Gefühle mehr erlaubt, kann nicht im Sinne des Volkes regieren."

Punkt und aus. Ich war einigermaßen verwirrt.

„Und wofür brauchen Sie jetzt Nathalie?"

Eine kunstvolle Pause einlegend blieb der Federmann, Hauptdarsteller dieses Einpersonenstücks, stehen.

„Um sie zu heiraten."

Seine grünen Augen scannten mein Gesicht, um neugierig meine aufkommenden Gefühlsregungen zu erkunden. Ein kurzer Blick zu Nathalie zeigte mir, dass das auch für sie etwas Neues war. Wie jetzt? Er wollte sie *heiraten*? Aber nur so pro forma, oder? Vor meinem inneren Auge formte sich ein Bild vom Federmann, der einen Arm um die Hüfte einer in weiß gekleideten Nathalie legte. Nein, das würde ich nicht zulassen.

„Wieso gerade sie?"

Wenn er schon aus irgendwelchen unerfindlichen Gründen, von denen ich mir nicht mal sicher war, ob ich sie wirklich hören wollte, heiraten musste, um den Kaiser stürzen zu können – wieso musste es da ein Mädchen aus einer anderen Welt sein? Es würde sich doch wohl irgendwo hier eine ledige Person auftreiben lassen, die für genügend Kohle vor den Altar treten würde. Denn ich bezweifelte, dass er Nathalie aus Liebe heiraten wollte. Menschen, die man liebt, sperrt man nicht in 2 x 2 Meter große Zellen. Da hatte ja ein Bio-Huhn mehr Platz. Das war keine artgerechte Haltung für eine zukünftige Mrs. Federmann.

Er seufzte wieder. Anscheinend war auch diese Frage nicht so leicht zu beantworten, wie ich gedacht hatte.

„Weil sie die Reinkarnation der letzten verstorbenen Kaiserin ist. Die Reinkarnation Eileen Bohems."

Reinkarnation? Das kam mir nun doch etwas suspekt vor. Der Federmann wandte sich erneut der ‚Bühnenmitte' zu und erzählte weiter.

„Eileen Bohem hat das Land mit starker Hand – und vor allem ohne Mann – regiert. Sie war zwar einmal schwanger – mit Andrews Mutter, um genau zu sein – doch niemand wusste von wem. Wenn man von ihr nicht gerade als die liebevolle Frau sprach, die sie war, sprach man von ihrer Weisheit und ihrer Güte. Sie hat das Land besser geführt als je ein Kaiser zuvor. Mit jemandem wie deiner Freundin wäre es ein Leichtes, den Thron zu besteigen, denn das Volk liebte Eileen über alles und wird ihrer Reinkarnation die gleiche Ehre erweisen."

Während er sprach, wurde ich langsam bleich. Jeder, der Nathalie kannte, hätte zugestimmt, würde ich sagen, sie sei klug. Nicht nur gewöhnlich klug, sondern auf eine ganz bestimmte Art. Man könnte sagen weise. Und wer sie schon mit kleinen Kindern erlebt hatte, konnte nichts anderes über Nat behaupten, als dass sie unglaublich geduldig und liebevoll war, aber dennoch über eine gewisse Strenge verfügte. Ich behielt mir den Gedanken vor, dass dieses Reinkarnations-Ding auch einfach nur nach dem gleichen Schema wie Horoskope funktionierte, die vage genug waren, dass jeder Mensch sie so deuten konnte, wie sie ihm gerade in sein Leben passten. Jedoch kam dieses mulmige Gefühl in der Bauchgegend sicher nicht von einer Magenverstimmung. Der Federmann schien darauf zu warten, dass ich etwas sagte.

Mein Hirn arbeitete auf Hochtouren, allerdings kam nicht viel Produktives dabei heraus. Nur eines war mir klar: Das konnte noch nicht alles sein. Im trotzigen Ton einer Schülerin, die dem Lehrer nicht glauben will, dass seine die einzig richtige und beste Lösung ist, fragte ich:

„Gibt es denn keine andere Möglichkeit?"

Stille kehrte ein, während der Federmann mich musterte. Angefangen bei dem kastanienbraunen, mittellangen Haar, dessen Strähnen mir widerspenstig ins Gesicht hingen, über die blau-grünen Augen, die ihm entschlossen entgegenblickten, bis hin zu den abgetragenen Sneakern. Was er sah, war ein hübsches, fast 17-jähriges Mädchen, das ihm im Schneidersitz trotzig gegenübersaß. Sein Blick wanderte wieder nachdenklich über den Kellerboden, bis sich ein Lächeln in sein Gesicht schlich, das mich irritierte. Ich konnte nicht genau benennen, was so merkwürdig an diesem Lächeln war. Vielleicht lag es daran, dass ich noch nie jemanden so lächeln gesehen hatte, so … manisch? Die hell funkelnden grünen Augen fixierten mich wieder und brachten mich spontan aus dem Konzept.

„Eine andere Möglichkeit?"

Mein Hals fühlte sich auf einmal rau und trocken an, und mein Selbstvertrauen sackte unter dem starren Blick in sich zusammen, aber ich nickte scheinbar selbstsicher.

„Nun, eine Möglichkeit gäbe es natürlich. Wenn jemand den Eisblock zum Schmelzen bringen könnte … es schaffen könnte, sein Herz zu erwärmen … ja, wenn der Kaiser wieder so wie früher werden würde, gäbe es keinen Grund mehr für mich, einzugreifen."

Er wandte sich zur Seite um, als wollte er durch ein imaginäres Fenster sehen.

„Heute ist – wie man bei euch sagt – der erste Frühlingstag. Ich würde dir bis zum Beginn des Sommers Zeit geben. Wenn du es bis dahin schaffen solltest, dass der Kaiser sich in dich verliebt, lass ich deine Freundin laufen und ihr könnt beide wieder in eure Welt zurückkehren."

Er drehte sich wieder um und sah mir fest in die Augen.

„Traust du dir das zu? Andrew Bohem dazu zu bringen, sich in dich zu verlieben?"

Nathalie wollte wieder etwas einwerfen, aber ich war schneller.

„Natürlich!"

Niemals. Wer war ich, dass ich das besondere Etwas haben sollte, das diesen Mann, der nicht mehr lieben wollte, dazu bringen könnte, romantische Gefühle zu entwickeln? Das war praktisch unmöglich! Ich wusste, wie stur Menschen sein konnten. Wenn er nichts mehr fühlen wollte, würde sich das nicht durch ein Fingerschnippen von mir ändern. Aber es war eine Chance. Die einzige, die wir hatten. Und ich war kein Mensch, der einfach so aufgab. Der Federmann zupfte eine neue Feder aus seinem Mantel und ich stand auf.

„Die wird dich zu einem Wald in der Nähe seiner Residenz bringen."

Ich verstand das System hinter den Federn nicht ganz, aber trotzdem hatte ich die andere Feder unbemerkt in meiner Jacke verschwinden lassen. *Vielleicht werde ich sie noch einmal brauchen*, dachte ich, als ich sie sanft durch mein T-Shirt hindurch auf meiner Haut spürte, während ich nach der neuen Feder griff.

„Wie komme ich zurück, wenn ich … meine Aufgabe erledigt habe?"

Ich versuchte, so neutral wie möglich zu klingen, als würde ich das ständig tun.

„Darüber brauchst du dir keine Gedanken zu machen. Ich werde es wissen, wenn es so weit ist."

Das fand ich jetzt nicht so prickelnd. Anscheinend hatte der Federmann noch mehr drauf als seine Federtricks. Einvernehmliche Stille legte sich über uns. Ich brauchte einige Sekunden, bis ich realisierte, dass alles Wichtige gesagt worden zu sein schien und er darauf wartete, dass ich mich in heiße Luft auflöste. Ein letztes Mal sah ich zu Nathalie, deren Blick mich stumm bat, doch vernünftig zu sein und nach Hause zurückzugehen. Wie gut, dass ich unvernünftig genug war, das nicht zu tun. Es könnte ihr das Leben als Mrs. Federmann ersparen. Irgendwann würde sie mir dafür noch dankbar sein. Ich murmelte kopfschüttelnd einen stillen Abschiedsgruß, um mich auf das Traurigste zu konzentrieren, das mir in den Sinn kam. Gerade als der Federmann seinen Mund öffnete, zweifellos um mir seine ‚Hilfe' anzubieten, wurden meine Augen nass und ich schaffte es, eine einzelne Träne herauszublinzeln. Zwei Augenpaare richteten sich auf diese einsam meine Wange hinunterkullernde Träne, während ich die Feder langsam an mein Gesicht hob. Eigentlich hätte ich wissen müssen, was nun passieren würde. Trotzdem erschrak ich, als mir die Feder einen Stromschlag zu versetzen schien, als die Träne sie berührte, und in Sekundenschnelle anfing, von innen heraus weiß zu leuchten, bis es einen Knall machte und ich hinab in die Dunkelheit gerissen wurde.

Kaum war ich weg, überzog ein breites Grinsen das Gesicht des Federmanns. Obwohl sich Nathalie durch die kräftezehrende Gefangenschaft ziemlich schwach fühlte, richtete sie sich zu voller Größe auf, mit beiden Händen an den Gitterstäben.

„Julie war naiv genug, Ihnen zu glauben, aber mich täuschen Sie nicht. Ihnen geht es doch niemals um das Volk."

Kurz überrascht wandte sich der Federmann um, doch als er sich auf Nathalie zubewegte, schmunzelte er schon wieder.

„Ich hätte es wissen müssen. Genauso sinnlos, wie zu versuchen, Eileen zu täuschen. Du bist ihr wirklich wie aus dem Gesicht geschnitten."

Seine Hand erhob sich, um durch einige der aschblonden Haarsträhnen seiner Gefangenen zu fahren, doch ein warnendes Funkeln in den grau-blauen Augen ließ ihn stoppen.

„Und die Augen. Du hast ihre Augen."

Für einen Augenblick kam es ihm selbst seltsam vor.

„Was haben Sie wirklich vor?"

Er stand nicht einmal eine Handbreit von Nathalie entfernt, doch sie hatte das Haupt immer noch stolz erhoben, statt zurückzuweichen. Wie Eileen. Das könnte noch amüsant werden.

„Vielleicht verstehst du, wenn ich dir sage, wer ich bin."

Seine stechend grünen Augen fixierten sie, neugierig auf ihre Reaktion.

„Mein Name ist Evan Bohem."

Wer läuft hier in wen?

Diesmal war ich klüger. Statt mir die Seele aus dem Leib zu schreien wie ein Mensch mit Höhenangst in einer Achterbahn, versuchte ich, meinen Sturz zu koordinieren, sobald die Welt wieder farbig wurde. Ich fiel sanfter als das erste Mal, was auch daran liegen konnte, dass ich diesmal auf Gras landete und nicht auf Steinpflaster. Doch zu früh gefreut: Das Gras wuchs auf einem Abhang. Kaum aufgekommen, verlor ich auch schon das Gleichgewicht und purzelte den Hang hinunter, zunächst über weiches Gras, dann jedoch über immer kieseligere Flächen, die mir die Haut zerkratzten, bis ich schließlich mit dem Rücken auf lauter spitzen kleinen Steinchen lag, was die grauenhafteste Variante von Akupressur war, die ich mir vorstellen konnte. Ich blieb für einen Moment einfach liegen, hielt die Augen geschlossen und versuchte zu begreifen, was gerade passiert war.

Die Sonne wärmte mir das Gesicht und die Luft war erfüllt von Vogelgezwitscher. Als ich die Augen öffnete und mich streckte, wurde ich nass. Neben mir war ein See und ich hatte mich direkt hineingelegt.

„Großartig. Einfach großartig", grummelte ich in mich hinein, während ich mich aufrichtete. Ich tastete die nasse Seite nach meiner Feder ab, aber ihr schien nichts passiert zu sein.

Wenigstens etwas.

Mein Ärger verzog sich, als ich aufstand, um mich genauer umzusehen. Der See zu meiner Linken war kristallklar und von einem so wunderschönen Hellblau, dass er fast wie gemalt aussah. Die Sonne glitzerte auf der Oberfläche, als wäre er mit Diamanten besetzt. Das Wasser schien beinahe fröhlich gegen die Felsen auf der anderen Seite zu klatschen, umsäumt von Bäumen und Sträuchern, die selbst ein Gärtner nicht besser ins Bild hätte setzen können. Zu meiner Rechten befand sich das Kieselsteinufer, das nach oben hin in eine Wiese überging und in einen dichten Wald mündete.

Die Feder wird dich zu einem Wald in der Nähe seiner Residenz bringen.

Das musste der Wald sein. Sofort eilte ich hinauf. Ich stand unter Zeitdruck. *Drei Monate!*

Drei Monate, um einen Mann dazu zu bringen, sich in mich zu verlieben, der – als ob das alleine nicht schon eine ans Unmögliche grenzende Herausforderung darstellen würde – nicht mehr an die Liebe glaubte. Würde mir nicht alles wehtun, hätte ich noch in Betracht gezogen, dass ich nur träumte … aber meine blauen Flecken sagten mehr als tausend Worte!

Oben angelangt, fluche ich schon wieder, denn es ließ sich partout kein Weg hinein in diesen Wald finden. Nicht einmal das kleinste Pfädchen. Kurz entschlossen wagte ich mich einfach irgendwo ins Dickicht, als wäre ich Teilnehmerin in einer Survival-Show. Ich hatte nie verstanden, was Menschen daran fanden, durchs Gebüsch zu kriechen, über Wurzeln zu stolpern und Maden zu essen. Mein Unverständnis wuchs mit jedem Schritt, den ich durch diesen verdammten Wald machte. Ich schürfte mir die ohnehin schon zerkratzte Haut weiter auf, zerriss mir die ohnehin schon zerfetzte Kleidung, bekam Angstzustände, als ich nur wenige Meter von mir entfernt eine Schlange herumschlängeln sah und wäre zweimal beinahe der Länge nach hingefallen.

Als ich endlich auf einen kleinen Trampelpfad stieß, hatte ich Tränen der Erleichterung in den Augen. Die Freude währte nur kurz, ein schmatzendes Geräusch bei meinem Fuß ließ mich stutzen. Die Sohle meines linken Schuhs hatte sich halb gelöst. Sneaker waren für solche Abenteuer offenbar nicht geeignet.

„Eheberaterin Julie Hotchens rät Ihnen es noch eine Weile miteinander zu versuchen", murmelte ich und hoffte, dass Sohle und Schuh wenigstens bis zum Ende des Waldes zusammenbleiben würden.

Auf dem Pfad kam ich erheblich schneller voran. Meine Stimmung hob sich mit jedem Baum, den ich hinter mir ließ. Halb jauchzend lief ich endlich aus dem verdammten Wald heraus und fand mich vor einer hohen Steinmauer und einer breiten Straße wieder. Orientierungslos wie ich war, folgte ich einfach der Mauer – und einmal an diesem vom Pech verfolgten Tag schien ich Glück zu haben, denn ich erkannte einen Eingang. Als ich näher kam, sah ich dort eine grüne Plakette hängen, die ich sofort sorgfältig inspizierte.

Residenz Bohem stand da in goldener, verschnörkelter Schrift geschrieben. Ich konnte nicht fassen, dass ich tatsächlich hierhergefunden hatte. Der Eingang war lediglich ein Torbogen. *Merkwürdig … Was sind das denn für lasche Sicherheitsvorkehrungen? Nicht, dass ich bis jetzt Nerven dafür gehabt hätte, darüber nachzudenken, wie ich hineinkommen soll. Aber das ist ja fast zu einfach …*

Skeptisch machte ich einen Schritt in den quadratischen Hof. An weißen Säulen wanden sich steinerne Rosen hinauf. Sie markierten den überdachten Weg, gesäumt von dicht bepflanzten, schweren Blumentöpfen. Rechts von mir befanden sich die Stallungen, an denen vorbei es in den für eine Kaiserresidenz eher klein wirkenden Gebäudekomplex ging. Die hellorange Farbe des Anwesens war zwar sehr schön und einladend, aber eben … schlicht. War ich hier wirklich richtig? Das sah weit weniger prunkvoll aus, als ich erwartet hatte. Ich war so sehr mit meiner Grübelei beschäftigt, dass ich das Pferd erst bemerkte, als es sich wiehernd neben mir aufbäumte. Vor lauter Schreck taumelte ich nach hinten und fiel auf den Boden – wieder einmal.

„Hey, Hey!", versuchte der große Mann im Sattel sein Tier zu beruhigen. Als er das geschafft hatte, fiel sein Blick auf mich, die immer noch wie paralysiert auf dem gepflasterten Boden saß. Seine grünen Augen funkelten trotzig, was sein jugendliches Aussehen noch verstärkte. Drei widerspenstige Strähnen rotblonden Haars fielen in sein längliches, kantiges Gesicht, während der Rest in einem Pferdeschwanz zusammengebunden war. Er konnte höchstens neunzehn sein.

„Hey du! Kleine! Was fällt dir ein, in mein Pferd zu laufen?"

Perplex blinzelte ich zu ihm hoch, unfähig, auch nur einen Laut herauszubringen, geschweige denn mich zu bewegen. Ich in sein Pferd laufen? War das sein Ernst? Gerade als ich dabei war, meinen aufgeklappten Mund zu schließen – mir nur zu bewusst, dass ich verwirrt und dreckig aussah – gelangte eine amüsierte Frauenstimme, nur wenige Meter von mir entfernt, an mein Ohr.

„Musst du dir wieder mal deine Männlichkeit beweisen, indem du kleine Dorfmädchen ärgerst, Lyon?"

Der junge Mann wurde knallrot vor Wut. Ich hatte noch nie jemanden so schnell so tomatenrot anlaufen sehen. Überrascht wandte ich den Kopf. Hinter mir stand eine Frau, die ich spontan auf Mitte dreißig schätzte. Sie hatte lebhafte, schokobraune Augen und das dunkelbraune, halb gelockte Haar war hochgesteckt. Einige Strähnen hingen in ihr hellbraunes Gesicht, das mit dem dunklen Haar einen schönen Kontrast bildete. Die dunklen Lippen waren zu einem spöttischen Lächeln verzogen.

„Herr Trebec für dich", motzte der junge Mann mich an, obwohl ich gar nichts gesagt hatte. Das neckende Lachen der Frau drang wieder an mein Ohr.

„Also wirklich, Trebby", begann sie, während sie mich am Ellenbogen hochzog. „So kriegst du nie eine ab."

Das Rot in seinem Gesicht wurde immer dunkler. Ich hatte das Gefühl, dass er am liebsten von seinem Pferd gesprungen wäre und uns beide erwürgt hätte. Zum Glück kam er nicht dazu, denn die Frau zog mich schnell mit sich davon unter den überdachten Weg.

„Ach, er macht es mir fast zu einfach", lachte sie. Langsam fand ich meine Stimme wieder.

„Danke."

„War mir ein Vergnügen."

Sie musterte mich skeptisch – und ich konnte es ihr nicht verdenken. Nicht nur, dass ich ziemlich dreckig und verschlissen aussah – meine Kleidung musste im besten Fall exzentrisch anmuten.

„Was willst du eigentlich hier?"

Gute Frage. Was wollte ich hier?

„Arbeit … äh, ich suche Arbeit", stammelte ich, während ich ihr durch eine Tür ins Gebäude folgte. Sie sah nicht gerade erfreut aus.

„Hm … normalerweise gebe ich nicht einfach so Arbeit her", meinte sie. „Aber jetzt, wo Cora weg ist … und Lyon scheint dich nicht zu mögen."

Sie sagte das so, als ob es etwas Positives wäre.

„Naja ... kannst du 'ne Kuh aufs Dach stellen?"

Ob ich *was* könnte? Ich hätte ja gelacht, hätte mich die Ernsthaftigkeit, mit der sie mich ansah, nicht so irritiert.

„W-Was?"

Offenbar war sie nun genauso irritiert wie ich, was sie dazu brachte, endlich mal stehen zu bleiben. Sie war kaum größer als ich, aber wirkte, als könne sie selbst einen Riesen in den Boden stampfen. Ihr weites, weißes Shirt hatte sie an der Seite lässig in die Hose gesteckt (und das, obwohl das hier scheinbar noch nicht cool war und irgendwie alle machten). Obwohl ich sie erst wenige Minuten kannte, war ich bereits beeindruckt von ihr.

„Na, ob du hart anpacken kannst. Kennst du die Redewendung etwa nicht?[1]"

Woher auch? War ja mein erster Tag hier. In einer fremden Welt. Ich war froh, dass ich überhaupt jemanden verstand. Dennoch machte ich mir eine mentale Notiz, um einer weiteren Blamage vorzubeugen, und schüttelte den Kopf. Wir gingen weiter durch einen hellen, weiten Gang, vorbei an einem Gemälde, das alleine fast schon die ganze Wand ausfüllte. Als mein Blick darauf fiel, wäre ich vor Schreck beinahe stehen geblieben. Die Frau auf dem Gemälde hätte Nathalies Schwester sein können, mit dem langen aschblonden Haar, den weichen Gesichtszügen und den graublauen Augen. Darunter stand:

Eileen Bohem, 14. Kaiserin von Temprusha.

---

[1] Vor vielen Jahren litt das Land unter der sogenannten „Bodenseuche", die überwiegend das Nutzvieh befiel. Wurde infiziertes Stroh am Boden gefunden, mussten die Kühe sofort in ein höherliegendes Stockwerk gebracht werden. Bei vielen Ställen war das der Dachstuhl. Wie man sich vorstellen kann, war dies eine sehr fordernde Arbeit, die Kühe da rauf zu befördern. Dadurch entwickelte sich die Redensart „eine Kuh aufs Dach stellen" für Personen, die in der Not rasch handelten und fleißig anpacken konnten.

„Ich will ja nichts sagen", begann meine Führerin und riss mich aus meinen Gedanken, „aber du siehst ziemlich verschlissen aus. Hast wohl 'ne lange Reise hinter dir, was?"

Du hast ja keine Ahnung, wie lang.

„Na ja, ich will mal nicht so sein. Helfende Hände kann man immer gebrauchen. Ich nehme an, du brauchst ein Zimmer?"

Wieder nickte ich überrascht. Ich hätte nicht gedacht, dass das so einfach werden würde. Wir bogen nach rechts ab und sie verfiel in den Tratsch-Ton.

„Glück gehabt, Coras altes Zimmer ist noch frei. Schönes Zimmer, sehr sonnig und hell. Ach ja, auf den Schwachkopf von vorhin brauchst du nicht zu hören. Niemand nennt ihn Herr Trebec. Nenn ihn einfach Lyon, oder wenn du mir eine besondere Freude machen willst, nenn ihn Trebby."

Sie lachte wieder und hielt plötzlich eine Tür auf.

„So, da wären wir. Dein neues Zimmer … äh … "

„Julie", ergänzte ich rasch, und sie lächelte mich fröhlich an.

„Also, dein neues Zimmer, Julie. Ich zieh dir die Nachtkosten vom Verdienst ab."

Sie zwinkerte mir zu, während ich vorsichtig hineinlugte. Die Wände waren in einem sonnigen Dunkelorange gestrichen. Das Fenster ließ das Zimmer so hell strahlen, wie meine neue Arbeitgeberin es prophezeit hatte. Ich konnte mich nicht beklagen: Neben einem Bett konnte ich mich auch noch über einen großen Kleiderschrank, einen Spiegel, einen Schreibtisch und einen gemütlichen Sessel freuen. Eine weitere Tür führte sogar in ein kleines Badezimmer mit altertümlicher Dusche, WC und Waschbecken – hellblau und weiß gefliest. *Besser als jede Jugendherberge,* dachte ich und grinste die Frau fröhlich an.

„Danke!"

„Ach, kein Problem. Ich schlage vor, du duschst jetzt erst mal. Sagen wir mal so, du riechst wie mein Hund Sancho, wenn er sich wieder mal im Kompost gewälzt hat."

Das nenne ich mal direkt. Immer noch grinsend nickte ich. Beim Hinausgehen sagte sie noch: „Du kannst mich übrigens Donna nennen." Als ich mich umdrehte, um etwas darauf zu erwidern, war sie schon weg.

Nach dem Duschen, in ein mehr oder weniger flauschiges Handtuch gewickelt, bemerkte ich die Veränderung in meinem neuen Zimmer sofort. Mein Bett war übersät mit Kleidung. Neugierig tippten meine nackten Füße über die Holzdielen. Ich hob den auf den Boden gefallenen Zettel auf, um eine Erklärung für diesen Überfluss zu finden.

Das sind die alten Kleider meiner Schwester,
sie müssten dir passen. Du hast ihre Größe.

Wir legen hier Wert auf Arbeitskleidung mit unter drei Löchern.
Donna

PS: Ich zieh's dir vom Verdienst ab!

Ich begann mich zu fragen, ob ich in der kurzen Zeit, in der ich vorhatte, hier zu arbeiten, überhaupt noch einen Lohn bekommen würde. Nichtsdestotrotz musste ich schmunzeln. Irgendwie schien mir hier alles in den Schoß zu fallen. Eine ganz neue Erfahrung für mich. Jetzt musste sich nur noch der werte Herr Kaiser in mein Zimmer verirren und sich auf den ersten Blick in mich verlieben. Aber ich befürchtete, das würde mein Glück dann doch etwas überstrapazieren.

Ich griff mir ein schwarzes Baumwollkleid und stellte überrascht fest, dass Donna mir sogar neue Unterwäsche dazugelegt
hatte. Die Frau dachte ja wirklich an alles! Den Rest schmiss
ich ohne bestimmte Ordnung in den Kleiderschrank und ließ
mich dann in das kuschelig warme Bett fallen. Ich hatte gar
nicht bemerkt, wie erschöpft ich war. Einen Moment lang
wollte ich mich nach einem Fön umsehen, aber das wäre wahrscheinlich sinnlos gewesen. Meine Umgebung wirkte nicht gerade so, als wäre sie auf dem neuesten Stand der Technik.

Was für Scherereien Kommissar Graf nun am Hals haben
würde, jetzt, wo ich auch noch verschwunden war? Wie wohl
meine Eltern damit klarkommen würden? Das waren sehr unangenehme Gedanken. Schließlich wusste ich ja, was es hieß,
einen nahestehenden Menschen vermisst melden zu müssen.
Aber ich hatte keine Wahl. Es war die einzige Möglichkeit, Nathalie vor dem Federmann zu retten.

Der erste Tag

Als ich am nächsten Morgen aufwachte, brauchte ich einige Minuten, bis mir wieder einfiel, wo ich war. Verschlafen blinzelte ich durch den Raum und versuchte, mich zu orientieren. Erst jetzt fiel mir auf, dass es in meinem neuen Zimmer keine Uhr gab. Wie sollte ein Mensch wie ich, der dazu neigte, innerhalb weniger Sekunden sein Zeitgefühl zu verlieren, ohne Uhr überleben? Ich stand auf und ging ins Bad. Donna hatte mir diverse Toilettenartikel hingestellt. Dankbar richtete ich mich her, probierte ein paar Kleidungsstücke an, bis ich mich schließlich als herzeigbar empfand und auf den Gang hinausschlenderte. Ich wusste zwar nicht, wo ich hinwollte, aber im Zimmer war ich weder jemandem nütze noch kam ich meinem Ziel näher. Ich bog mal nach links, mal nach rechts ab, musste aber feststellen, dass ich im Kreis lief, als ich mich plötzlich vor meinem Ausgangspunkt wieder fand.

„Und was mach ich jetzt?", fragte ich mich seufzend und war etwas verblüfft, als die Tür antwortete.

„Wart mal … Julie?"

Die Tür ging auf. Donnas neugieriger Blick huschte über mich. Wahrscheinlich sah ich geduscht und anständig gekleidet gleich aus wie ein anderer Mensch.

„Morgen, Donna", meinte ich lächelnd, woraufhin sie aber in schallendes Gelächter ausbrach.

„Morgen? Mittag wäre wohl passender."

Wie gesagt: kein Zeitgefühl.

„Damit erübrigt sich die Frage, ob du schon gegessen hast. Komm, ich zeig dir, wo du hinmusst."

Sie führte mich ins Esszimmer, das von der Größe her mehr Wirtsstube als Esszimmer war. Während ich es mir auf einer hölzernen Eckbank gemütlich machte, ging Donna in die Küche und kam wenig später mit zwei Tellern, beladen mit Semmelknödeln, Bratensauce und einem Stück Fleisch, zurück. Das Essen wurde mir übrigens auch vom Lohn abgezogen, wie sie mir freundlicherweise mitteilte. *Wieder eine Sorge weniger, die ich nie hatte*, dachte ich, während Donna begann, mir meine Aufgaben zu erklären.

„Okay, es gibt hier zwei Regeln. Erstens: Ich bin die Chefin. Zweitens: Lyon ist es nicht. Verstanden?"

Kein bisschen, aber ich nickte.

Welcher Teil davon hätte mir jetzt meine Aufgaben erklären sollen?

Wir aßen weiter, bis plötzlich Geschrei aus der Küche kam. Irritiert hob ich den Kopf, aber Donna winkte ab.

„Die holen uns schon, wenn sie was brauchen."

Und tatsächlich, kaum eine Sekunde später hallte ein „Donna?" aus der Küche und ein Kopf erschien in der Tür, mit eisblauen Augen und stoppeligem, schwarzem Haar.

„Was denn, Chuck?"

Zum Kopf gesellte sich ein drahtiger Körper, der sich langsam zu unserem Tisch bewegte.

„Aisha hat sich in den Arm geschnitten. Ziemlich tief, dachte im ersten Moment, sie hätte ihn sich abgehackt. Hab sie heimgeschickt …"

Donna schien schon zu wissen, worauf er hinauswollte.

„Brauchst du Hilfe in der Küche?"

„Bitte, bitte", war die prompte Antwort. Donna nickte mir zu.

„Julie – Chuck, Chuck – Julie. Ich will sie unbeschadet zurück, Chuck, ja?"

Das fand ich jetzt etwas unheimlich. Donna drückte mir ihren leeren Teller in die Hand und bellte noch einmal „Sei nett zu ihr!", was mir nicht unbedingt Zuversicht einflößte. Überhaupt ging das gerade ziemlich schnell. Auf einmal hatte ich Chucks Arm auf meiner Schulter und wurde in die Küche gezogen.

„Eigentlich bin ich viel netter als Donna", brummte er und ich nickte verwirrt. Die Küche wirkte auf den ersten Blick sehr klein, da sie ziemlich verschachtelt war und einige unnötige Ecken besaß. Es war auch sehr eng und wir mussten uns an drei Küchenhilfen vorbeizwängen. Die Mädchen halfen sich gerade gegenseitig beim Abwasch und ein junger Bursche schmiss irgendwelche Sachen in einen Kochtopf.

Die Wände waren weiß gefliest und auch in diesem Raum gaben große Fenster der Sonne ausreichend Gelegenheit, zu zeigen, was sie konnte. Chuck platzierte mich auf einem Schemel, brüllte seiner Küchencrew etwas zu, woraufhin alle lachten, und stellte mir dann einen Riesenberg Kartoffeln vor die Füße. Und wenn ich ‚Berg' sage, meine ich keinen kleinen Hügel. Vor mir thronte der Mount Everest der Kartoffelberge.

„Schälen, bitte", lachte Chuck, und ich fand das Ganze ziemlich unlustig. Noch dazu hatten die Leute hier offenbar noch nie etwas von Sparschälern gehört. Das hieß, ich musste mit einem großen, groben Messer schälen. Ich sah mich schon als die nächste Aisha enden. Der Küchenchef war dabei nicht gerade hilfreich. Er hatte seine Freude daran, so zu tun, als wolle er mir mit dem Kochlöffel eins überziehen, wann immer er dachte, ich würde langsamer werden. Dann rannte er gackernd durch die Küche, selbst als ich nicht mehr erschrocken zusammenzuckte. Ich wusste nicht, wie lange ich schon völlig entnervt Kartoffeln schälte, als mich etwas, das eines der Mädchen sagte, aufhören ließ.

„Wann kommt eigentlich Andrew von seiner Reise zurück?"

Ich hätte sie beinahe nicht gehört, weil sie mit so einer leisen Fiepsstimme sprach. *Andrew*, ertönte die Stimme des Federmanns in meinem Kopf und ließ mich erschaudern. Andrew Bohem.

„Weiß nicht", murrte ihre Kollegin, in einem Ton, der dazu aufforderte, sie nie wieder anzusprechen.

Nun kam auch der Junge zum Gespräch dazu. Er war mir gezwungenermaßen bereits aufgefallen, da er jedes Mal panisch zu mir hinübersah wann immer ihm mal wieder ein Malheur passierte. Das war in regelmäßigen Abständen der Fall. Er war ein bisschen pummelig und seine rotbraunen Haare hingen ihm ständig ins Gesicht.

„Morgen, denke ich."

Hatte ich gerade richtig gehört? Morgen? Mit einem Schlag war mir alles andere egal.

Der Kaiser würde morgen in die Residenz kommen. Er würde sich definitiv hier im gleichen Gebäudekomplex aufhalten wie ich. Mein Herz klopfte wie wild und der Gedanke ließ mich fast meine Kartoffel fallen lassen. Beinahe zitternd schälte ich weiter und versuchte, nicht daran zu denken, dass ich diesen Mann verführen musste.

„Wer bist du eigentlich?"

Die fiepsige Stimme der linken Abwäscherin drang an mein Ohr und ich sah auf.

Plötzlich waren drei Augenpaare auf mich gerichtet, als ob ich gerade erst zur Tür hereingekommen wäre. Zugegebenermaßen musterte auch ich sie jetzt zum ersten Mal. Die Fiepsstimme war relativ klein und zierlich. Sie hatte sehr helles, blondes Haar und papierweiße Haut. Alles an ihr ließ sie äußerst sanft wirken. Ihre Kollegin war etwas robuster und hatte eine selbstbewusste Ausstrahlung. Ihr stechend rotes Haar stand in krassem Kontrast zu dem unscheinbaren Blond des anderen Mädchens. Etwas schräg hinter ihnen stand der nervöse Küchengehilfe mit dem rotbraunen Haar. Was war noch mal die Frage? Ach ja, wer war ich eigentlich.

„Julie."

Offensichtlich nicht genügend Information. Sie musterten mich immer noch neugierig. Das könnte ein Problem werden.

„Ihr?"

Das rettete mich tatsächlich aus der Situation und die Abwäscherinnen stellten sich als Anne und Jane vor. Da der Küchengehilfe anscheinend alleine durch meinen Blick stumm geworden war, stellte ihn Anne mit ihrer Fiepsstimme vor.

„Das ist Ruffy, er ist schon zwei Sommer hier."

Er nickte nur. War mir auch recht so. Ich schälte weiter, doch da ich mir nun meiner Leidensgenoss:innen bewusst war, kam ich auch nicht umhin, ihren Unterhaltungen zu folgen. Die temprushanischen Jugendlichen (ja, soweit ich wusste, hieß das Land wirklich Temprusha) unterschieden sich kein bisschen von den jungen Schüler:innen, deren Gesellschaft ich in meiner Heimat gewohnt war. Auch hier ging es primär darum, wer mit wem, wann, wo, wie oft, weshalb und wer das in welchem Outfit gesehen hatte. Anscheinend konnte man dieser Art von Konversation nicht einmal dadurch entgehen, dass man in eine andere Welt reiste.

Ich kam nicht dazu, mir weiter Gedanken darüber zu machen, denn in diesem Moment stolperte Ruffy über irgendetwas – vermutlich seine eigenen Füße – und schüttete mir dabei den gesamten Topf voller Tomatensoße über den Kopf. Gott sei Dank hatte er sie noch nicht zum Kochen gebracht, aber das änderte nichts daran, dass ich aussah wie eine große Portion Gulasch, und außerdem musste Ruffy mit seiner Soße wieder ganz von vorne beginnen. Ein Gutes hatte die Sache. Vom spitzen Schrei seines Küchenhelfers angelockt, ließ der Küchenchef mich sofort gehen, als er das Tomatenmassaker sah. Im ersten Moment dachte er wohl, das rote Zeug auf mir wäre Blut und ich hätte Aishas Selbstverstümmelung toppen wollen. Doch auch nachdem er Ruffy mit dem Kochlöffel eins übergezogen hatte, beruhigte er sich nur unwesentlich. Er wollte wirklich, *wirklich* keinen Ärger mit Donna bekommen … die mich dann zu Recht fragte, wie ich das geschafft hatte, als ich ihr im Flur über den Weg lief.

„Muss ich dir erst sagen, dass du duschen gehen solltest, oder tust du das von selbst?", neckte sie mich.

„Es gibt absolut nichts, das mich jetzt davon abhalten könnte."

Während mir das mehr oder weniger warme Wasser über den Körper lief – sie heizten das irgendwie mit Sonne oder Feuer, das hatte ich noch nicht ganz rausgehört – wünschte ich mir nichts sehnlicher, als mich wieder in mein eigenes Bett fallen lassen zu können. In meinem eigenen Zimmer. In meiner Welt. Mit einem Anruf in Abwesenheit von Nathalie auf meinem Handy, ungemachten Hausaufgaben in der Schultasche und keiner größeren Sorge auf dieser Welt als dem Ergattern von Praktikumsplätzen.

Stroh im Haar

Die Tür knallte auf und ich fiel vor lauter Schreck fast aus dem Bett.

„Aufstehen, Julie, hopp, hopp! Das Küken macht sich das Nest nicht selbst!"[2], hallte Donnas enthusiastische Stimme herein. Ein weiterer Knall sagte mir, dass die Tür wieder zu war, während ich langsam meine morgendliche Verwirrung ablegte und mich aus dem Bett schälte. Kaum fünfzehn Minuten ließ mir meine liebenswerte Sklaventreiberin Zeit, bevor sie erneut hereinhuschte, um mich aufzuscheuchen. Was hätte ich in diesem Augenblick nicht alles für einen Kaffee getan, aber ich befürchtete, dass die Temprushaner:innen noch nie etwas von diesem koffeinhaltigen Heißgetränk gehört hatten. Eine weitere qualvolle Tatsache, mit der ich leben musste.

„Wieso hast du denn so einen Stress, Donna?"

Donnas Grinsen strahlte für zwei.

„Hab ich nicht, ich weck nur gerne Leute auf."

Das war Sadismus pur, aber ich konnte nicht anders, als ebenfalls grinsend den Kopf zu schütteln.

---

[2] Eine sehr verbreitete Redewendung in Temprusha, um zu verdeutlichen, dass Säuglinge, kleine Kinder sowie inkompetente Menschen die Arbeit nicht erledigen werden und daher der Empfänger oder die Empfängerin der Botschaft anpacken soll.

„Bist du dann fertig?"

Seufzend nickte ich. Sie würde mir sowieso keine Wahl lassen.

Zu meinem Glück waren für meine Arbeiten keine großartigen Fähigkeiten oder Kenntnisse erforderlich. Ich staubte ab, goss Blumen, polierte Besteck – kurz, erledigte alles an Hausarbeit, das sich auftreiben ließ. Schließlich gönnten wir uns eine gemeinsame Mittagspause, nach der sich meine Lage jedoch drastisch ändern sollte. Donna konnte mich am Nachmittag nicht gebrauchen und hatte auch nicht den geringsten Anhaltspunkt, was ich so alleine machen könnte.

„Such dir einfach Arbeit. Hier gibt es immer irgendwo etwas zu tun", meinte sie, und nachdem ich auf weitere *spritzige* Erlebnisse in der Küche verzichten konnte, ging ich hinaus in den Hof. Ich wollte mich gerade auf eine der Bänke setzen, als mich ein „Hey!" stoppen ließ. Mit *Heys* hatte ich bis jetzt nicht gerade die besten Erfahrungen gemacht, aber da ich die Stimme nicht kannte, konnte es nicht diese unangenehme Person mit dem Namen einer französischen Stadt sein. Also konnte ich mich gefahrlos umdrehen. In meinem Blickfeld erschien ein auf einem Mauervorsprung sitzender Junge mit blondem, schulterlangem Haar, braunen Augen und sehr dunklem Teint. Ich schätzte ihn auf höchstens vierzehn, vor allem, da er nicht unbedingt der Größte war. Wer weiß, vielleicht war er auch fünfzehn oder noch älter. Wir musterten uns kurz gegenseitig, bis er schließlich wieder den Mund aufmachte.

„Du bist die Neue, oder?"

Da konnte ich kaum widersprechen.

„Ja, könnte man sagen."

Er grinste und sprang leichtfüßig von der Mauer herunter, knapp einen Meter von mir entfernt.

„Ich bin Trevor." Und mir die Hand hinstreckend fügte er

noch rasch hinzu: „Lyons Haustier." Ich musste grinsen und erwiderte, während er meine Hand durchschüttelte:

„Julie. Donnas Haustier." Das amüsierte im Gegenzug nun ihn, und etwas schüchtern nuschelte er: „Wusste ich eigentlich schon."

Der Hoftratsch hat anscheinend nicht auf sich warten lassen, dachte ich, während Trevor weitersprach: „Eigentlich sollte ich gar nicht mit dir reden. Lyon scheint dich nicht zu mögen. Ich bin der einzige Angestellte Lyons, der in Donnas Nähe darf. Wahrscheinlich nur, um sie auszuspionieren, aber ich darf."

Ich hatte keine Ahnung, warum er mir das erzählte, aber er sprach schon weiter.

„Deshalb wusste ich auch schon davon, dass Donna ein neues Mädchen eingestellt hat."

Er grinste wieder und ich lächelte etwas irritiert zurück.

„Tja … hast du gerade nichts zu tun? Willst du mir im Stall helfen?"

Von ‚wollen' konnte keine Rede sein, aber Donna hatte gesagt, ich solle mir Arbeit suchen. Und solange ich nicht direkt Befehle von Lyon annahm, würde sie zufrieden sein.

„Gutes Timing, ich war gerade auf der Suche nach was zu tun."

Ich wartete auf eine Freudenbekundung, aber stattdessen sah er mich nur verwirrt an.

„Tei-was?"

Hätte mir ja klar sein müssen, dass die hier alles, was mit *time* zu tun hatte, nicht verstanden. Und das Vermischen von Sprachen war vermutlich auch nicht hilfreich. Seufzend winkte ich ab. „Ach egal, vergiss es einfach. Wo ist jetzt der Stall?"

Ich hatte Pferde noch nie gemocht. Ich war nie eines dieser Mädchen gewesen, das schon in der Grundschule auf ihr eigenes Pferd spart und in absolute Verzückung gerät, wenn ihr eines dieser Tiere ein Zuckerstück von der Hand schleckt. Das war einfach nicht meins. Und so konnte ich der Arbeit im Stall auch nicht viel abgewinnen, auch wenn Trevor mehr schlecht als recht versuchte, mir die Tiere etwas näher zu bringen. Ich mochte sie einfach nicht. Sie fürchteten sich vor allem und jedem, waren stur und gefräßig, und man roch fürchterlich, wenn man mit ihnen zu tun hatte.

„Tut mir leid, Julie. Du hättest mir sagen sollen, dass du Angst vor Pferden hast", meinte Trevor irgendwann plötzlich entschuldigend, und mir fiel daraufhin fast die Mistgabel aus der Hand.

„Ich hab keine Angst vor Pferden", fuhr ich ihn empört an, wohl wissend, dass die letzten Beinahe-Zusammenstöße mit ihnen traumatisierend hätten wirken können. *Hätten.* Trevor schüttelte nachsichtig den Kopf, was mich noch mehr ärgerte als seine Anschuldigungen: „Julie, die Pferde merken es, wenn du Angst hast. Ich hätte dich nicht dazu überreden sollen."

Trevor schien sich deswegen tatsächlich Vorwürfe zu machen. Und das, obwohl ich doch ohne Widerworte mitgekommen war! Außerdem hatte ich keine Angst vor ihnen. Ich mochte sie nur nicht. Gerade als ich ihm das in meiner eigenen Art und Weise noch einmal verdeutlichen wollte, hörte ich plötzlich Fußgetrampel und ein ganzer Haufen junger Mädchen krachte herein.

„Der Kaiser kommt!"

Ich erstarrte zur Salzsäule. Die Mädchen liefen lachend wieder hinaus. Trevor lächelte ebenfalls, allerdings nicht auf die gleiche Art wie vorhin.

„Komm, lass uns gehen. Der Kaiser freut sich, wenn er ordentlich begrüßt wird."

Sein Ton bestätigte den Inhalt des Satzes nicht wirklich. Ich fand sein Verhalten verwirrend, konnte mich damit aber nicht befassen. Der Kaiser kam. Und ich hatte Stroh im Haar. Wieder mal. Das Glück war einfach nicht auf meiner Seite.

Wir rannten hinaus in den Hof, beziehungsweise *ich* rannte und Trevor folgte mir, fluchend, was plötzlich in mich gefahren sei. Ich lief zu den anderen Schaulustigen, die sich in einem kleinen Streifen neben dem überdachten Weg versammelt hatten, schön hinter die steinernen Übertöpfe zurückgezogen, als wären sie ein „Police Line – Do not cross"-Absperrband. Sie lachten und sahen allesamt ziemlich fröhlich aus, während sie erwartungsvolle Blicke zum Tor warfen. Ich verstand das nicht. Die Menschen hier waren wirklich verrückt. Wieso einem herzlosen, gefühlskalten Kaiser einen solchen Empfang bereiten?

Ich war noch nicht zufrieden mit meinem Platz und der Aussicht gefühlt tausender Hinterköpfe. Erst jetzt fiel mir auf, dass ich Trevor aus den Augen verloren hatte. Plötzlich hörte ich Hufgetrappel. Bewegung kam in die Masse, als eine bronzefarbene Kutsche mit zwei pechschwarzen Pferden vor dem Stall stehen blieb. Die Tür flog auf und ich konnte Lyons überschwängliche Worte bis zu mir hören, mit der er die Gestalt begrüßte, die aus dem Dunkeln der Kutsche stieg. Sehen konnte ich allerdings nichts, da sich genau in diesem Moment ein paar Mädchen dazu entschlossen, sich vorzudrängen, und mich unsanft zur Seite schubsten. Meine Proteste gingen in der Masse einfach unter. Trotz des Tumults hallte Lyons Stimme immer noch vom Weg zu mir herüber. Ich bekam Panik, wurde weiter zur Seite gedrängt, taumelte nach links, fiel fast über einen Blumentopf – und plötzlich hatte ich ihn vor Augen. Im ersten Moment sah ich nur ihn, einen jungen Mann, wohl etwas größer als ich, aber kleiner als Lyon, mit kurzem, dunkelbraunem Haar, einem drahtigen Körper, heller Haut und malerisch blauen Augen. Und dann sah ich mehr. Er war anders, als ich ihn erwartet hatte. Ich dachte, er würde bitter sein, die Menschen um ihn herum verachten, anschreien, schlagen, treten und die ganze Welt für sein Unglück verantwortlich machen. Es war schlimmer. Er war *emotionslos*. Nur seine Augen waren eindringlich und kühl, und der schwache Rest eines federnden Ganges war das Einzige, das an die lebensfrohe Seele erinnerte, die diesen Körper früher einmal bewohnt hatte. Ich taumelte zurück, während Andrew weiterging, Lyon an der Seite, der auf ihn einredete und ihm die Tür aufhielt, hinter der beide verschwanden. Wie festgefroren blieb ich stehen und warf einen Blick in die Masse. Erst jetzt erkannte ich, dass diese scheinbar fröhlichen Menschen das traurigste Lächeln auf ihren Gesichtern hatten, das ich je gesehen hatte. Sie hatten den Kaiser gekannt, wie er *früher* war. Es zerriss ihnen das Herz, ihn so zu sehen. Plötzlich ergab alles einen Sinn. Auch Trevors merkwürdiges Verhalten. Aber für mich ging es hier um mehr. Das Spiel konnte beginnen. Mein Opfer hatte ein Gesicht.

Es war schon später Nachmittag, als Andrew Bohem endlich sein Büro erreichte. Am liebsten würde er durch einen geheimen Tunnel unbemerkt hineinschleichen. Er hasste den Aufstand, der seinetwegen gemacht wurde.

Durch die beiden großen Wandfenster drang kaum Licht, da sie durch dichte Vorhänge verborgen wurden, aber er änderte nichts daran, als er die Dokumente auf den hölzernen Schreibtisch davor legte. Er warf einen letzten Blick auf sie, bevor er sich zu einer Tür wandte, die neben den vielen Bücherregalen leicht zu übersehen war. Kaum hatte er sie geöffnet, seufzte er laut auf. Die kleine Abstellkammer war das reinste Chaos. In diesem Zimmer hortete er die gesamten Bücher, Akten und Dokumente, die er des Öfteren benötigte, und mit der Zeit hatte sich ziemlich viel angesammelt. Wie sollte er hier nur irgendetwas finden? Dabei war er doch mal so ein ordentlicher Mensch gewesen … Er hätte den Raum schon längst aufräumen sollen, aber er fand keine Motivation dazu. Diese Arbeit wäre nicht fordernd genug. Es fand sich genug andere Arbeit, die seine gesamte Konzentration benötigte. Es klopfte. Andrew musste sich nicht umdrehen, um zu wissen, wer es war. Es war fast wie ein kleines Ritual, dass sie ihn in seinem Büro besuchte, wenn er zurückkehrte.

„Hallo, Donna."

„Hallo, Andrew. Wie war die Reise?"

„Schön."

Wie immer dieselben lächerlichen Fragen mit denselben lächerlichen Antworten.

„Hattest du etwas Spaß?"

„Natürlich."

Als ob ihn so etwas Banales wie *Spaß* interessieren würde. Wörter wie *Spaß* hatte er aus seinem Wortschatz gestrichen. Donna bemühte sich um ein fröhliches Lächeln, aber er wandte sich wieder ab. Wie jedes Mal. Normalerweise würde sie es jetzt gut sein lassen und gehen, aber heute wurde ihre Aufmerksamkeit von etwas anderem abgefangen. Während sich Andrew hinter seinen Schreibtisch begab, ging Donna langsam zu dem kleinen Raum, dessen Tür noch immer offen stand.

„Ach du meine Güte!", war das Erste, das ihr herausrutschte, als sie die unbeschreibliche Unordnung sah. „Was ist denn da drin passiert? Ist da ein Tornado durchgefegt? Das sieht ja schlimmer als unser Esszimmer aus, nachdem sich meine Geschwister darin geprügelt haben!"

Sie schüttelte fassungslos den Kopf.

„Wirklich, Andrew, wie kannst du darin nur irgendetwas finden? Wenn du so weitermachst, wirst du in dem Chaos noch irgendwann untergehen …"

Da konnte er leider nur zustimmen.

„Ich befürchte es", war die karge Antwort. Donna sah mitleidig zu ihm hinüber, um nach kurzem Überlegen einen spontanen Vorschlag zu machen: „Wenn du willst, kann ich dir mein neues Mädchen borgen. Die könnte da drin sicher wahre Wunder bewirken."

Sie würde nicht locker lassen, das wusste Andrew. Trotzdem zögerte er noch. „Brauchst du sie denn nicht selbst?"

Wofür hast du sie sonst eingestellt, fügte er in Gedanken hinzu, war aber klug genug, das nicht laut auszusprechen.

„Ich komme auch ohne sie zurecht. Du offenbar nicht", neckte sie ihn, und schlussendlich willigte er schulterzuckend ein.

„Wenn du sie entbehren kannst –"

„Okay, ich komme morgen mal mit ihr vorbei!", unterbrach Donna ihn, und bevor er noch irgendetwas sagen konnte, war sie auch schon wieder draußen. Und hatte ohne mein Wissen meine Spielfigur einen vorteilhaften Schritt nach vorn bewegt …

Herr Kaiser

„Was?"

Vor lauter Überraschung ließ ich fast die Leinen fallen. Es war Vormittag und ich verbrachte meine Zeit mit Donna in der Waschküche. Heute kitzelten mich hier ausnahmsweise keine Sonnenstrahlen, da ein leichter Frühlingsschauer über das Land gezogen war. Donna legte meinen Blick vollkommen falsch aus.

„Ach, Julie, da ist doch nichts dabei. Du sollst doch nur etwas Ordnung in sein Bücherchaos bringen."

„Donna, ich –", wollte ich mich erklären, aber sie schnitt mir das Wort ab.

„Ich hätte dich so oder so irgendwann einmal vorstellen müssen."

„Ja, ich –"

„Da ist doch –"

„Donna!"

Nun war es an ihr, überrascht aufzusehen. Anders wäre ich wohl nie zu Wort gekommen.

„Ich habe ja nichts dagegen, Donna! Im Gegenteil, ich freue mich fast. Ich war doch nur überrumpelt."

Sie sah mich verwirrt an, als könne sie gar nicht verstehen, wie man von ihr überrumpelt werden könnte.

„Also, noch mal von vorne. Ich soll seinen Abstellraum aufräumen, richtig?"

Ich konnte es noch immer nicht fassen, dass ich so einfach in sein Leben plumpsen sollte.

„Ja", nickte Donna beinahe trotzig. „Und deshalb will ich dich heute Nachmittag erst mal mit in sein Büro nehmen, damit ich dich vorstellen kann."

Ein Lächeln schlich sich in mein Gesicht. Ich würde ihn nicht nur heute schon wiedersehen, ich würde ihm sogar vorgestellt werden. Wenn er meinen Namen kannte, war der erste Schritt doch schon getan, nicht wahr?

„Okay", sagte ich grinsend und Donna musterte mich skeptisch. Vielleicht freute ich mich ja zu sehr. Das konnte ihr nur merkwürdig vorkommen.

„Das ist wirklich kein Problem für mich, Donna", versuchte ich die Situation zu entschärfen. „Ich weiß auch gar nicht, wo eines sein sollte."

Sie nickte in dieser melancholischen Art, die ich schon von Trevor kannte.

„Ja, ich weiß. Es ist ja wirklich nichts dabei."

Der Vormittag verstrich wie im Flug und ehe ich mich versah, war der Nachmittag bereits da. Ich hätte nie gedacht, dass ich so nervös sein würde, als Donna mich abholte. Andrews Büro war im oberen Stockwerk. Von den Flurfenstern hatte man einen traumhaften Blick auf den Hof, fast bis zum Wald. Zwischen den Fenstern verdeckten die schweren weinroten Vorhänge die Holzverkleidung, die auf der anderen Seite nur von ein paar Türen unterbrochen wurde. Wir gingen weiter und kamen in einen etwas größeren Vorraum, von dem eine kurze Wendeltreppe noch weiter hinaufführte. Dort oben befand sich – ganz unscheinbar – das Büro des Kaisers. Jetzt konnte ich beim besten Willen nicht mehr behaupten, nicht nervös zu sein. Der erste Eindruck war unauslöschbar. Ich wollte das wirklich nicht vermasseln.

„Da geht's rauf", meinte Donna, während wir weitergingen, das Treppchen hinauf und dann nach rechts, bis wir vor seiner Tür standen. Donna zwinkerte mir noch einmal zuversichtlich zu, bevor sie schließlich anklopfte. Sie wartete nicht lange auf eine Antwort, sondern trat gleich ein, mich hinter sich herzerrend. Vollkommen unnötig. Ich wäre auch so gegangen. Denke ich.

Andrews Büro hatte eine verblüffende Ähnlichkeit mit dem von Mr. Burns aus den *Simpsons*. Von der Tür aus führte ein breiter Teppich bis zu dem großen, hölzernen Schreibtisch am Ende des Raumes, hinter dem zwei hohe Fenster Licht schenkten. Daneben – so wie eigentlich an fast jeder freien Stelle des Raumes – standen Bücherregale. Außer links vom Schreibtisch. Hätte ich genauer hingesehen, hätte ich bemerkt, warum: Ein Regal hätte die unscheinbare Holztüre verstellt. Andrew sah nicht auf, als wir hereinkamen. Er stand vor einem der Bücherregale auf der linken Seite und schien etwas zu suchen.

„Hallo Andrew!", grüßte Donna ihn, noch während sie die Türe schloss. Andrew winkte nur kurz mit der Hand, um zu zeigen, dass er uns registriert hatte. Donna störte sich nicht daran, sie redete einfach weiter.

„Andrew, das ist Julie, das neue Mädchen, von dem ich dir erzählt habe."

Der Angesprochene nickte ins Bücherregal und nahm im nächsten Moment ein Buch heraus. Ich war vollkommen perplex. Donna stupste mich an, anscheinend sollte ich etwas sagen. Mit Müh und Not brachte ich irgendetwas hervor.

„Ah … Guten Tag, Herr Kaiser."

Es war das erste Mal, dass er mich direkt ansah, und das kühle Blau seiner Augen elektrisierte mich durch und durch. Es war auch das erste Mal, dass ich in ihnen etwas anderes als emotionslose Kälte las, jedoch konnte ich mich darüber kaum freuen, denn er sah mich an, als wäre ich ein Marsmensch. Was ich im gewissen Sinn ja auch war. Verwirrt blickte ich zu Donna, die – sich das Lachen verkneifend – grinste wie ein Honigkuchenpferd. Kurz stieg in mir die unbegründete Furcht auf, dass er gar nicht der Kaiser wäre. Dass ich auf einem stinknormalen Hof gelandet war, dessen Bewohner sich einen Spaß daraus machten, ihren Herrn mit diesem Adelsrang zu titulieren, und ich gerade einen gewöhnlichen Gutsbesitzer mit ‚Herr Kaiser' angesprochen hatte. Aber so war es nicht. Er war Andrew Bohem, er war es ganz sicher.

„Wie kommst du denn darauf, ihn ‚Herr Kaiser' zu nennen?", fragte mich Donna amüsiert im Flüsterton, was meine Verwirrung komplett machte. *Ich habe mich wohl von den ‚Der Kaiser kommt!'-Rufen zu der Annahme hinreißen lassen, dass er diesem Stand angehöre, und habe wohl von seinem maskulinen Äußeren den falschen Schluss gezogen, dass er ein Herr sei*, dachte ich sarkastisch, und meine entgleisten Gesichtszüge machten es Donna schwer, nicht zu lachen. Etwas verzweifelt wandte ich mich wieder zum Kaiser, der aber nicht mehr in mein Gesicht sah, sondern einen imaginären Punkt hinter mir fixierte. Das Unheimliche daran war, dass ich mich trotzdem angesprochen fühlte.

„Ah … Mr. Bohem?"

Jetzt entfuhr Donna endgültig ein kurzer Lacher.

„Also, du gibst manchmal wirklich wunderliche Dinge von dir", sagte sie grinsend, und ich wünschte mir nur mehr, dass sich der Erdboden vor mir auftun würde, um mich zu verschlingen. Es war kurz still. Ich wagte es kaum mehr aufzusehen, bis ich seine Stimme hörte:

„Sag einfach Andrew zu mir …"

Ich kam erst wieder zu mir, als Donna neben mir schallend zu lachen anfing. Sie musste mich wohl aus dem Büro herausgeschoben haben, denn ich war mir sicher, mich keinen Millimeter bewegt zu haben.

„Also, Julie, du musst ja wirklich aus dem hintersten Bauerndorf kommen, das sich hier noch finden lässt."

Ich nickte nur etwas konfus, froh über diese Ausrede für alle peinlichen gesellschaftlichen Fehltritte, die ich mir noch leisten würde.

„Ich hätte wirklich nicht gedacht, dass das noch irgendwer sagen würde. Man spricht sich doch seit Ewigkeiten nicht mehr mit Nachnamen an!"

Sie lachte wieder, während ich etwas verwirrt einwarf: „Aber Lyon wollte doch sogar, dass ich ihn Herr Trebec nenne!"

„Ach, Lyon! Von dem brauchst du dir nichts abschauen. Der will sich nur wichtigmachen. Versucht sich seine nicht vorhandene Autorität zu erhalten. Aber jemand, der wirklich Respekt verdient, braucht das nicht. Manche finden das sehr unhöflich oder drücken damit sogar Distanz und Antipathie aus."

Wieder einmal der beste Beweis dafür, dass man sich *genau* über die Kultur und die Bräuche der Menschen, deren Land man bereisen wollte oder *musste*, erkundigen sollte. Was gäbe ich nicht für einen Reiseführer!

Donna schüttelte den Kopf und lächelte mir dann zu.

„Du kommst aber ganz gut an mit deinem *Bauerncharme*."

Als Stadtmädchen durch und durch empfand ich das fast als Beleidigung, aber was ertrug man nicht alles für eine gute Entschuldigung …

„Du hast ihn zum Lächeln gebracht. Oder zumindest zu etwas, das einem Lächeln seit langer Zeit am nächsten kam", sinnierte sie, während ich mich fragte, ob wir von dem gleichen Mann sprachen.

„Das letzte Mal, als er gelacht hat, das war, als Trevor mitten im Hof der Länge nach hingefallen ist, mit dem Gesicht voran in Coras Abschiedstorte."

Alleine die Erinnerung daran war offenbar so witzig, dass sich Donna überhaupt nicht mehr halten konnte, während mir allmählich klar wurde, wie schwer meine Aufgabe in dieser fremden Welt tatsächlich werden würde.

Ein gelungener Wurf

Der Regen hatte sich verzogen und die Sonne strahlte schüchtern durch die großen Fenster, als ich den Flur entlang zu Andrews Büro ging. Der weiße Rock schlackerte um meine Füße, und ich hatte Mühe, nicht über sie zu stolpern, während ich die kreative Wolkenbildung am Himmel beobachtete. Wie einfach die Welt doch gewesen war, als ich mich noch vollkommen unbesorgt ins Gras legen und die Wolken hatte beobachten können! Jetzt sah ich in jeder einzelnen eine Feder und die Stimme des Federmanns dröhnte in meinem Kopf.

Sie war sein Leben. Aber er nicht ihres. Sie brannte mit seinem Bruder durch. Ich schüttelte den Kopf und wandte mich der Wendeltreppe zu, die hinauf zu der dunklen Holztür führte, die mich noch von Andrew trennte.

Anders als Donna hatte ich nicht vor, nach dem Klopfen sofort hineinzustürmen. Ich hatte aber auch keine Ahnung, was die Höflichkeit in diesem Land verlangte. Daher stand ich eine schreckliche halbe Minute aus, bestehend aus Nervosität und Ungeduld, bis ich endlich seine Stimme dumpf durch das Holz vernahm.

„Es ist offen.“

Hätte mir klar sein müssen. Anscheinend sollte ich mich wirklich nach Donna richten. Immer noch etwas nervös drückte ich die Klinke hinunter. Andrew saß hinter seinem Schreibtisch, über ein paar Dokumente gebeugt. Zu meiner Überraschung sah er auf, als ich hereinkam. Zwar nicht direkt zu mir, aber immerhin in meine Richtung.

„Ah … Guten Tag."

Ich würde wohl die restlichen drei Monate nicht mehr herausbekommen als das. Sein Blick schweifte von mir – na gut, von der Tür – zurück zu seinen Papieren, bevor er schließlich aufstand, nach links ging und dort eine Tür öffnete, die mir bis jetzt noch nicht aufgefallen war. Langsam folgte ich ihm, bis ich ebenfalls vor dem kleinen Raum stand und mir fast die Kinnlade herunterklappte. Wenn schon einmal etwas die Bezeichnung ‚Chaos' verdient hatte, dann die Unordnung in diesem Raum. Bücher lagen wild durcheinandergeworfen auf den kleinen Tischen, aus den Schubladen quollen lose Zettel, mitten darunter stand eine Vase mit alten Blumen und die Staubsättigung der Luft war nicht zu fassen. Die zerbrochenen Stifte und das zusammengeknüllte Papier taten ihr Übriges. Lag da drüben nicht auch noch ein Hemd?

„Das ist der Aktenraum, den du bitte in Ordnung bringen sollst."

Es irritierte mich etwas, dass er jegliche Art von Anrede oder Begrüßung als entbehrlich empfand, aber ich brachte ein Nicken und ein „Okay" zustande. Er sah noch einmal hinein, offenbar selbst nicht fassend, wie der Raum so hatte versumpfen können, und ging dann zu seinem Schreibtisch zurück.

Und so stand ich nun in diesem kleinen, steril weißen Raum, dessen Nüchternheit so grotesk mit dem farbenfrohen Durcheinander kontrastierte, das er beherbergte, und fragte mich, wo ich da bloß anfangen sollte? Ich wusste ja nicht mal, was in den Büchern war, ob sie in einem bestimmten System geordnet waren oder sonst irgendwie zusammengehörten. Und in seinen Akten zu stöbern, gehörte sich nun wirklich nicht. Das waren schließlich staatliche Dokumente! Ich entschloss mich also, erst einmal etwas gegen die lebensgefährliche Situation für Stauballergiker zu unternehmen. Ich riss das Fenster weit auf. Unter einem der Tische fand ich Putzmittel, hinter zwei hohen Bücherstapeln sogar ein Waschbecken!

„Was für ein Saustall", murmelte ich in mich hinein, als mich ein „Julie?" erschrocken aufspringen ließ.

„Ah ... ja?"

Neugierig lugte ich bei der Tür heraus.

„Kannst du mir bitte das dunkelrote Buch bringen?"

Sehr lustig, dachte ich, einen Blick zurück in den Raum werfend. Kein Dunkelrot weit und breit. Als ich mich geraume Zeit nicht mehr meldete, hörte ich, wie ein Sessel verrückt wurde, und eine Sekunde später stand er im Türrahmen.

„Findest du es nicht?"

Wie denn, bei dem Chaos? Genervt wandte ich die Augen zur Decke – offenbar genau der Ort, zu dem mein Blick fliegen sollte.

„Ah! Da!"

Ganz oben, auf dem großen Regal, stach etwas Weinrotes hervor. Hastig sah ich mich um und fand in der Ecke eine kleine Leiter, die ich mir, Andrew dabei fast zur Seite schubsend (hatte er nicht anders verdient, der Gentleman), vor das Regal stellte, um das Buch herunterzuholen. Was allerdings nicht so leicht war, wie ich gedacht hatte. Ich war eben nicht gerade die Größte, und das Buch musste natürlich auch ganz hinten stehen. Mich reckend und streckend versuchte ich, an das verdammte Ding heranzukommen, während der werte Herr – der offenbar nicht erkannte, welches Handicap meinerseits er locker ausgleichen könnte – danebenstand und mir zusah. Was mir allerdings den Spaß dann endgültig verdarb, war die unangenehme Person, deren entrüstete Stimme plötzlich an mein Ohr drang.

„Was macht *die* denn hier?!"

Lyon. Natürlich, wer sonst? Ich seufzte kurz in die Spinnweben hinein, wandte mich dann um, bereits mit einem schnippischen Spruch auf den Lippen, schmiss dabei aber das dicke schwarze Buch vor mir herunter, das in hohem Bogen vom Regal flog und schwungvoll an Lyons Kopf abprallte. Hart getroffen schrie er empört auf und schimpfte sofort los.

„Au! Begrüßt du Leute immer so?"

„Als ob *du* netter grüßen würdest …"

Erfreut stellte ich fest, dass Andrews Mundwinkel befremdlich zuckten, während Lyon vor lauter Ärger immer mehr Röte ins Gesicht stieg. *Ob es auch umgekehrt zutrifft, was man über uns Frauen sagt? Dass wir uns in einen Mann verlieben, der uns zum Lachen bringt? Kann sich ein Mann auch in eine Frau verlieben, weil sie ihn zum Lachen bringt?* Der Gedanke wirkte im nächsten Moment schon irrelevant, denn als ich wieder zu ihm hinuntersah, war das Lächeln verschwunden. Anscheinend würde ich Lyon noch mit vielen Dingen bewerfen müssen, wenn ich den werten Herrn Kaiser dauerhaft bei Laune halten wollte.

Andrew war der Einzige, auf den Lyon sofort und bedingungslos hörte. So war es leicht für ihn, den Störenfried wieder aus dem Zimmer zu befördern, während ich es nun endlich schaffte, an das Buch zu gelangen. Ich legte es auf den Schreibtisch, als Andrew gerade seinen Freund zur Tür hinauskomplimentierte, und widmete mich dann wieder meiner Arbeit. Wer sich Dank von Monsieur Bohem erwartete, konnte nur enttäuscht werden. Kein Wort kam mehr aus seinem Mund. Den nächsten menschlichen Laut, den ich vernahm, war Donna, als sie mich abholte, um mit mir zum Mittagessen zu gehen.

„Hopp, hopp, Julie! Chuck wartet nicht gerne", sagte sie grinsend, und ich war froh, endlich mal wieder Gesellschaft zu haben. Ich war sogar so froh, dass ich nicht einmal mitbekam, dass Andrew sitzen blieb. Erst als Donna langsam die Tür hinter mir schloss, machte es mich plötzlich stutzig.

„Kommt Andrew denn nicht mit?"

„Nein, der kommt nie mit. Ehrlich gesagt habe ich keine Ahnung, wann und wo der Mann mal isst oder schläft. Manche behaupten sogar, er isst überhaupt nicht mehr", fügte sie mit geheimnisvoller Miene hinzu, um dann amüsiert aufzulachen. Ich fand das weniger lustig. Wer weiß, vielleicht war er ja ein Vampir. Klugerweise brachte ich den Witz nicht an. Es war äußerst unwahrscheinlich, dass Donna die Sage rund um Graf Dracula kannte, und ich sollte vielleicht nicht ständig mit merkwürdigen Äußerungen auffallen.

„Und, wie war dein erster Tag bei Andrew?"

„Ich hab Lyon eine Beule verpasst."

Davon war Donna so begeistert, dass ich ihr während des Essens die Geschichte ausführlich schildern musste – und das zweimal. Zum Glück musste sie dann los, sonst wäre sie vielleicht noch auf die Idee gekommen, das Ganze aus Lyons Sicht erzählt bekommen zu wollen. Die beiden schienen sich wirklich nicht ausstehen zu können, anders war Donnas Freude an seinem Leid fast nicht zu erklären. Es war schon eine ziemlich obsessive Art von Feindschaft.

Andrew war noch immer über seine Akten gebeugt, als ich mich am späteren Nachmittag vor seinem Schreibtisch postierte.

„Ich wäre dann fertig", versuchte ich auf mich aufmerksam zu machen. Erfolgreich, denn er sah auf, auch wenn er wieder mal nur an mir vorbeisah. Wieso konnte er mir denn nicht einmal in die Augen schauen? Dabei waren seine Augen doch so schön blau …

„Gut, dann kannst du gehen", erwiderte er ernst und nüchtern, und man hätte mir die Enttäuschung praktisch ansehen müssen. Das war es also. Der Anfang vom Ende meiner Mission? Ein Tag bei Andrew Bohem, an dem ich kaum ein Wort mit ihm gewechselt hatte? An dem ich stur genug gewesen war, ihn nach dem Essen nicht einmal wieder zu grüßen. Nur um zu begreifen, dass es absolut sinnlos war, ihn zu ignorieren, da er meine Anwesenheit wohl nicht einmal bemerken würde, wenn ich in Flammen aufginge? Ich seufzte und ließ meinen Blick über seinen Schreibtisch wandern. Wer wusste, wann ich das nächste Mal eine Ausrede dafür haben würde, hier bei ihm im Büro zu stehen? Andrew hatte sich schon längst wieder in seinen Dokumenten verloren, als meine Augen plötzlich an einem unscheinbaren Zettel hängen blieben. Wie jeder, der mit Prozentrechnung so auf Kriegsfuß stand wie ich, klammerte auch ich mich an die wenigen Dinge, mit denen man sich ein bisschen durchschummeln konnte. Wie die Tatsache, dass bei 10 Prozent das Komma immer einfach nur um eine Stelle verschoben werden musste. Das hatte sich in mein Hirn eingebrannt, von dem Tag an, als ich mit dieser verdammten Mathematik gestraft worden war. So war es nicht verwunderlich, dass mir dieser Fehler sofort ins Auge stach.

„Das stimmt nicht", platzte es aus mir heraus. Überrascht sah Andrew auf.

„Was?"

„Diese Rechnung. 10 % von 1400 kann niemals 132 sein."

Stirnrunzelnd griff Andrew nach dem Zettel und musste verblüfft feststellen, dass ich recht hatte.

„Tatsächlich, die Rechnung ist falsch."

Rasch überflog er die Zahlenkombinationen und sah dann wieder hoch.

„Wie hast du das so schnell …?"

„Das kann ich einfach gut", winkte ich ab, dreister lügend als je zuvor.

„Könntest du dann morgen vorbeikommen und auch die anderen Rechnungen prüfen?"

„Natürlich."

Mein Mund war mal wieder schneller als mein Verstand. Ehe ich mich versah, stand ich auch schon vor der Tür, plötzlich dauerhafte Rechnungsprüferin, engagiert aufgrund meiner vermeintlich fantastischen Mathematikkenntnisse. Und das alles ohne Taschenrechner. Ich war verloren …

So ein liebes Mädchen

Gut, ganz so verloren war ich dann doch nicht. Ich arbeitete zwar in seinem Büro – an einem eigens für mich angeschleppten Schreibtisch –, aber der Stapel Zettel war so hoch, dass Andrew niemals auffallen würde, ob er nun in einer Stunde um fünf oder nur um einen Zettel kleiner wurde. Und bei meiner Rechengeschwindigkeit schaffte ich in einer Stunde nie mehr als das, vor allem da ich mich die meiste Zeit lang nur selbst für meine große Klappe verfluchte.

Und so verging Tag um Tag. Nachts träumte ich von Nathalie und wachte schweißgebadet auf. Tagsüber blinzelte ich beinahe alle zehn Minuten zu Andrew rüber. Ich ließ meinen Blick über sein helles Gesicht und die kurzen dunkelbraunen Haare schweifen – nur seine tiefblauen Augen blieben auf seinen Tisch gerichtet. Nicht *einmal* sah er zu mir hinüber, und das, wo ich mir doch so sehr wünschte, diesen klaren, durchdringenden Blick mit meinen eigenen Augen widerspiegeln zu können. Wie viel ein einzelner Moment plötzlich ausmachen konnte, wenn man ihn nicht bekam …

Wir sprachen auch nicht miteinander und arbeiteten still vor uns hin. Es gab ganz wenige Ausnahmen, in denen ich es schaffte, so überaus geistreiche Sätze wie „Könnte ich bitte einen Bleistift haben?" in den Raum zu werfen. Alles andere prallte einfach an ihm ab. Ich hätte genauso gut Selbstgespräche führen können, mit dem Unterschied, dass diese mit Sicherheit weitaus interessanter gewesen wären als das, was Andrew und ich zustande brachten.

Umso überraschter war ich nun, als Donna eines Abends plötzlich sagte: „Er mag dich."

Wir saßen in der Küche und halfen Chuck mit den Kartoffeln aus, während der Regen draußen leise ans Fenster klopfte.

„Wirklich?"

„Nein."

Das war so typisch Donna. *Manchmal könnte ich sie erwürgen. Was will sie damit denn bezwecken?* Grimmig schälte ich weiter und achtete weder auf den langsam stärker werdenden Frühlingsschauer noch auf den Küchenpraktikanten Ruffy, der durch den spärlich beleuchteten Raum hetzte. Erst als ich Donnas mitleidigen Blick auf mir spürte, sah ich wieder auf.

„Ach Julie, das hat doch nichts mit dir zu tun."

Zwar hatte sie den Blick auf die Kartoffeln gerichtet, aber zumindest ein Lächeln im Gesicht, als sie weitersprach.

„Es wäre schön, wenn er dich mögen würde. Außer mit Lyon und mir redet er eigentlich mit niemandem mehr. Und da war auch schon lange kein sehr ausführliches Gespräch mehr dabei."

Mein Ärger verschwand mit ihren Worten. Sie seufzte und ich fühlte mich, als wäre mein Brustkorb zu klein für mein Herz. Ich war einfach zu sentimental für so etwas.

„Wenn bloß nicht dieser Vorfall gewesen wäre …", sinnierte Donna vor sich hin, und ich wagte es nicht, sie zu unterbrechen, geschweige denn mich lauter als lautlos zu bewegen. Ich spürte, dass etwas in der Luft lag, das sie zum Reden bringen würde. Ich durfte nur den Moment nicht zerstören.

„Früher war er ganz anders. Hat sich immer schnell mit allen angefreundet, unternahm viel mit ihnen, hatte einfach Spaß und verstand sich mit jedem gut." Nach einer kurzen Pause lächelte sie plötzlich.

„Ja, und schnell verliebt hat er sich immer, unser Andrew. Und meistens auch genauso schnell wieder entliebt."

Die Erinnerung daran ließ sie auflachen. Ich hing an ihren Lippen und sog jedes Wort auf.

„Außer bei Joanna. Das war was Ernstes."

Mit einer Nuance Melancholie in den Augen schälte sie weiter. Sie schien, als würde sie mit sich selbst hadern, als ob sie zu viel gesagt hätte. Aber es war längst zu spät, nun, wo die schemenhafte Gestalt, die für Andrews gebrochenes Herz verantwortlich war, einen Namen hatte, brach eine unmöglich zu unterdrückende Neugier in mir aus. *Joanna.* Unsere Vornamen begannen mit dem gleichen Buchstaben.

„Und … was ist passiert?", fragte ich leise, in dem Versuch, möglichst nicht verzweifelt neugierig zu klingen. Ihr war nicht ganz wohl dabei, mir das alles zu erzählen, das sah ich ihr an. Kurz schaute sie über ihre Schulter und vertrieb alleine mit ihrem Blick den ebenfalls neugierig gewordenen Ruffy. Dann konnte sie allerdings nicht länger an sich halten und beugte sich etwas zu mir vor.

„Sie ist mit seinem Bruder durchgebrannt."

Ihr Tonfall deutete an, dass sie diese Frau dafür am liebsten persönlich in die Hölle hinuntertreten würde. Falls sie an so etwas wie Himmel und Hölle überhaupt glaubte.

„Mit seinem Bruder?", wiederholte ich in der Hoffnung, sie würde mir mehr erzählen, als ich schon wusste. Unwillig lehnte sie sich zurück.

„Wir sollten nicht darüber reden. Es ist passiert, Ende der Geschichte."

Höchst theatralisch nahm sie sich eine Kartoffel aus der großen Schüssel und schälte weiter. Ich hatte noch nie jemanden sich so intensiv mit einer Kartoffel beschäftigen sehen. Aber auch wenn sie mir auf diese Weise klar mitteilte, nicht mehr preisgeben zu wollen, konnte ich es nicht lassen. Ich musste mehr über diese Frau erfahren, koste es, was es wolle. Langsam griff ich ebenfalls nach einer neuen Kartoffel und versuchte, möglichst unschuldig eine Frage zu äußern.

„Wie sah sie denn aus?"

„Oh, bitte Julie, wir sollten wirklich nicht über sie reden. Andrew mag das überhaupt nicht. Wenn er was davon hört …"

„Donna, bitte! Bitte erzähl mir ein bisschen von ihr!"

„Ich habe eigentlich schon zu viel gesagt."

„Nur ein bisschen. Bitte, Donna!"

Sie seufzte, und ich wusste, dass ich gewonnen hatte.

„Ich sag dir, wenn Andrew auch nur irgendwas davon erfährt …"

„Wird er nicht!"

Mein unschuldiger Lämmchenblick wirkte und Donna wurde endgültig weich.

„Na gut … also, Joanna McRaven war … sehr groß für ihr Alter. Sie war ungefähr so alt wie du, als sie auf den Hof kam. Sie hatte recht kurzes, rötlich braunes Haar und wache braune Augen."

Donna holte noch einmal tief Luft und ich sah ihr an, dass sie Joanna vor sich sah, während sie über sie sprach. Ein hübsches Mädchen, von dem sie nichts Böses erwartet hätte.

„Sie war sehr klug – und ziemlich verschlagen. Wahrscheinlich hat sie sich deshalb gleich so gut mit *Evan* verstanden."

Noch jemand, um den sich Donna wohl gerne persönlich kümmern würde. Evan musste Andrews Bruder sein.

„Joanna war am Anfang sehr … nett und hilfsbereit. Und

eine gute Beobachterin. Es gab nichts, was ihr entgangen wäre. Wir mochten sie eigentlich alle sehr gern. Und Andrew war natürlich vernarrt in sie. Jeden Wunsch erfüllte er ihr, noch bevor sie ihn überhaupt aussprechen konnte. Und sie wusste genau, wie sie kriegen konnte, was sie wollte. Eine Verführerin, vom ersten Tag an …"

Wieder einmal seufzte Donna, während mir kalter Schweiß den Rücken hinablief.

„Aber ich hab nichts gemerkt. Überhaupt nichts. Ich hielt sie für so nett. Was hat Andrew nicht für ein Glück mit diesem lieben Mädchen, dachte ich."

Ihrer Miene nach zu urteilen, hätte sie sich am liebsten selbst einen Tritt in den Allerwertesten gegeben für ihre Naivität. Ich schluckte, kam mir klein und dumm vor. Eine verführerische, kluge, hübsche junge Frau. Jemand, dem nichts entging. Jemand, der sich nicht den ganzen Tag blamiert, sondern beeindruckt.

„So, ich hoffe, du bist jetzt zufrieden. Aber wehe, Andrew erfährt was!", giftete Donna mich an, als ob ich schuld an alldem sei. Wir beendeten schweigend unsere Arbeit und waren froh, als wir uns verabschieden konnten. In dieser Nacht schlief ich wieder schlecht. Doch dieses Mal träumte ich von Joanna.

Von mutigen Fliegen und anderen Lebewesen

Trotz der unruhigen Nacht fühlte ich mich am nächsten Morgen weniger fertig als erwartet. Vielleicht psychisch angeschlagen, aber physisch ganz fit. Wie jeden Tag schmiss mich Donnas morgendliche Aufweckprozedur fast aus dem Bett. Wenig später fand ich mich auch schon auf meinem Lieblingsflur wieder, dem mit den großen Fenstern und dem schönen Ausblick. Ich ließ mir heute Zeit, denn die schien man in Temprusha ja genug zu haben, und beobachtete noch etwas verschlafen den Hof. Ungewöhnlicherweise war er heute ziemlich leer, aber nicht für mich. Meine Augen schweiften rastlos über die leere Fläche. Ich stellte mir Trevor vor, wie er mit dem Gesicht in seine Torte fiel, sah mich selbst, wie ich neben einem großen Pferd am Boden saß, und Lyon, dem Donna die Leviten las. Chuck, der mit seinem Kochlöffel gackernd seinen armen Praktikanten verfolgte. Und dann sah ich Joanna. Joanna und Andrew. Panisch wich ich vom Fenster zurück und verfluchte meine erschreckend realistische Fantasie. Hätte ich bloß nicht darauf bestanden, zu erfahren, wer sie war. Ich musste sie wieder aus meinem Kopf bekommen, sonst könnte ich mich nicht auf das konzentrieren, wozu ich hier war. Und Nathalie würde Mrs. Federmann werden.

Es schien eigentlich ein normaler Tag zu werden. Ich grüßte, er nickte, ich setzte mich und begann zu rechnen, er bewegte sich maximal, um das Dokument vor sich zu wechseln. Ich merkte, wie ich in eine gewisse Monotonie verfiel und zermarterte mir gerade das Hirn, wie ich dem Abhilfe schaffen könnte, als unverhofft Hilfe von anderer Seite kam. Der schweigsame Andrew gab plötzlich einen Laut von sich.

„Kannst du mir schnell etwas aus der Bibliothek bringen?"

„Es gibt hier eine Bibliothek?"

Verwundert hob Andrew den Kopf. Kurz starrte er einfach nur die Bücher hinter mir an und fragte dann mit einem gewissen Unterton (ich wusste gar nicht, dass er so was wie Untertöne überhaupt kannte!): „Wie lange bist du jetzt schon hier?"

„Vierzehn Tage."

Zwei Wochen war es schon her, dass ich in dieser Welt gelandet war, auf den Tag genau. Und wer würde das besser wissen als ich, wo mir doch jetzt schon jeder einzelne Tag durch die Finger zu rinnen schien? Ich glaubte, ein gemurmeltes „Kam mir länger vor" zu hören, war mir aber nicht ganz sicher und gerade als ich mich fragte, ob das ein gutes oder ein schlechtes Zeichen war, stand er plötzlich auf.

„Gut, dann komm mit. Ich kann keine Assistentin brauchen, die nicht weiß, wo meine Bücher sind."

„Assistentin?"

Hatte ich meine Beförderung verpasst? Oder war ich von Anfang an nicht nur als Rechnungsprüferin vorgesehen gewesen? Die Sekunden verstrichen, und gerade als ich begann, mir Hoffnungen zu machen, schnitt Andrews kühle Stimme durch den stillen, auf eine Antwort wartenden Raum.

„Donna hat mir das vorgeschlagen. Ich dachte, sie hätte das mit dir besprochen."

Sein Ton ließ mich erschauern. Noch distanzierter und kühler als sonst. Auf einem Thermometer hätte man die Raumtemperatur fallen sehen können.

„Aber du musst nicht, wenn du nicht willst. Ich komme auch allein zurecht."

Das war mehr ein Statement als ein Vorschlag; bedrückt von der eisigen Stimmung wehrte ich ab. „Nein, nein, ich freue mich darüber! Ehrlich!"

Mit freundlichem Blick versuchte ich meinen Worten Nachdruck zu verleihen, während Andrew verwundert die Bücher hinter mir anstarrte. Er schien nicht ganz verstehen zu können, warum sich jemand darüber freuen sollte, mit ihm zusammen zu arbeiten. Oder vielleicht hatte er auch einfach vergessen, wie es war, sich zu freuen.

Die Bibliothek befand sich im anderen Teil des Gebäudes, den man nur über den Hof erreichen konnte. Also führte mich Andrew nach draußen. Schweigsam wie immer schritt er den überdachten Weg entlang und ich folgte ihm, versunken in hoffnungsvolle Gedanken. Die Sonne wagte sich langsam hervor und tauchte den Hof in helles, warmes Licht. Vorausgesetzt diese Bibliothek war wirklich das, was man sich unter einer Bibliothek vorstellte, und nicht nur ein weiterer Raum, in dem Andrew seine Akten hortete, würden sich dort doch viele Bücher finden. Aus den verschiedensten Bereichen. Mit den verschiedensten Themen. *Wie zum Beispiel Federmagie,* dachte ich wagemutig und beschleunigte vor Aufregung meine Schritte, als mich Andrews Stimme aufschrecken ließ.

„Achtung."

„Was? Ah!"

Abrupt stoppte ich noch in der Bewegung und starrte mit großen Augen ein kleines, weißes Kaninchen vor meinen

Füßen an, das keine Ahnung hatte, wie knapp es eben dem Schicksal entgangen war, von mir über den Haufen gerannt zu werden. Stattdessen stellte es sich lieber auf seine Hinterbeine und schnupperte neugierig in die Luft. Überrascht flog mein Blick zwischen Andrew und dem kleinen Wesen hin und her.

„Ein Kaninchen?!"

Eine Feststellung, die auch eine Dreijährige zustande gebracht hätte. Aber Andrew erwiderte ohnehin nichts, und als ich seinen Blick suchte, machte das langohrige Fellknäuel auf dem Absatz kehrt und hoppelte davon. „Ah, es läuft weg!"

Hastig sah ich zu Andrew hoch, doch der fixierte wieder einmal einen scheinbar unglaublich interessanten Punkt hinter mir, allerdings ziemlich verwirrt. *Ich kann mich doch nicht schon wieder blamiert haben,* dachte ich und fragte unsicher:

„Sollten wir es nicht einfangen? Es wird doch bestimmt irgendwo ausgerissen sein?"

Seine Besitzer vermissten es sicher schon. Es sollte weder einer Katze noch Chuck in die Arme laufen. Andrews Blick fixierte mein Gesicht und ich kam mir wie gescannt vor.

„Das ist Donnas Kaninchen, sie züchtet sie. Wusstest du das nicht?"

Meine Gesichtszüge entgleisten und Andrews Mundwinkel zuckten kurz. An mir ging aber wirklich alles vorbei! Ganz anders als an der scharfsinnigen Joanna. *Aber vielleicht ist es auch ganz gut, dass ich nicht wie sie bin,* dachte ich, als ich es schließlich schaffte, entschuldigend zu meinem Begleiter zu schauen, und mir einbildete, dass seine Gesichtszüge für einen kurzen Moment etwas weicher wurden. Nicht lange, eine Zehntelsekunde vielleicht. Als wolle er nur kurz *Das macht nichts* sagen, auf seine eigene Art und Weise. Mein Selbstvertrauen stieg wieder und wischte alle Zweifel des letzten Abends beiseite. Ich war ich und das war gut so. Er sollte sich in Julie verlieben und nicht in eine Joanna Nummer zwei.

„Ich glaube, es wäre einmal Zeit für eine kleine Hausführung", meinte Andrew ernst, und ich nickte erfreut, während er mich zum Eingang des Nebengebäudes führte.

„Bleib in meiner Nähe, sonst gehst du noch verloren."

Bei jedem anderen hätte ich geglaubt, er würde scherzen. Aber Andrew war todernst. Ungläubig sah ich in seine tiefblauen Augen, doch er hatte den Blick abgewandt. Wofür hielt er mich? Eine Katastrophe auf zwei Beinen? Wollte er mir vielleicht auch noch ein Glöckchen umhängen wie einer herumstreunenden Katze?

„Ich geh nicht verloren", meinte ich in herausforderndem Ton. Woraufhin er nur skeptisch die Brauen hochzog. Das reichte. Ich riss die Tür auf und stapfte eilig nach vorne. Ohne meiner Umgebung auch nur die geringste Beachtung zu schenken, lief ich den Gang entlang, als ich plötzlich keine Schritte mehr hinter mir hörte. *Nein,* dachte ich fluchend, Furchtbares ahnend. Als ich mich umdrehte, entdeckte ich nirgendwo einen Andrew …

„Oh, verdammt." Ich ging ein paar Schritte zurück, hatte aber keine Ahnung, wo ich war. Nathalies Worte kamen mir in den Sinn. *Die Menschen nehmen dich so wahr, wie du dich selbst siehst. Wenn du denkst, du bist eine Katastrophe, wirst du dich automatisch so verhalten. Es wird zur selbsterfüllenden Prophezeiung.*

Nathalie kannte mich besser als jede andere und ich vergaß ihren Rat immer wieder. Ich brauchte sie hier bei mir. Dass ich das alles hier ohne sie schaffen sollte, war doch undenkbar. *Ich bin schon wieder dabei, alles kaputtzumachen.* Es war so still, dass ich Donnas Kaninchen hätte schnuppern hören können.

„Andrew?", piepste ich unsicher, mich nach allen Seiten umdrehend. Aber er war nirgends. Leichte Panik machte sich in mir breit. Es war doch bisher nur geradeaus gegangen. Wo hatte er bloß abbiegen können?

„Andrew!", rief ich ein zweites Mal, mit mehr Herzpochen, als ich haben sollte. Ich hätte nicht glücklicher sein können, als er plötzlich aus einer Seitentür herauskam. „Nur Spaß", meinte er. Mit seinem Gesichtsausdruck hätte er mir aber auch sagen können, er habe meinen Hund überfahren – mit dem Unterschied, dass es dann passender gewesen wäre.

„Glaubst du mir jetzt, dass du dich besser nicht zu weit von mir entfernen solltest?"

Nicht zu weit von ihm entfernen? Das klang doch gut. Vielleicht war ich wieder zu streng mit mir selbst. Alles war in Ordnung. Ich kam auch alleine klar. Mit einem erleichterten Lächeln ging ich einen Schritt näher auf ihn zu. „Ich werde nicht von deiner Seite weichen."

Die Bibliothek war größer als jede Stadtbücherei, die ich zuvor gesehen hatte. Unter der hohen Decke erstreckte sich ein weiter Raum, der zu seiner Beleuchtung nichts anderes als die langen Fenster an den Seiten nötig hatte. Gerade um diese Tageszeit gab die Sonne dem Raum ein wunderschön warmes Licht. Von den Fenstern bis hinunter zum Boden war die Wand mit einer dunkelbraunen Holztäfelung verkleidet und das, ohne übertrieben mit den hellen Bodendielen zu kontrastieren. Im hinteren Teil des Raumes war ein edler dunkelroter Teppichboden ausgelegt. Nach den unzähligen Regalen folgte eine Reihe von Tischen und Stühlen. Eine Treppe führte in einen zweiten Stock, der genauso groß war wie der Erste.

Aus den Augenwinkeln heraus beobachtete Andrew meine verblüffte Miene, während ich die gut sortierten und systematisch geordneten zahlreichen Buchtitel musterte. Ich konnte spitzeln, so viel ich wollte – in der kurzen Zeit würde ich die gewünschte Abteilung nur mit einer großen Portion Glück finden. Vor allem, da Andrew nicht vorhatte, sich hier allzu lange aufzuhalten. Mit einer Spur Ungeduld wies er mich zu den für ihn wichtigen Regalen, darum bemüht, mir wortkarg, aber pointiert zu erklären, wo ich was finden würde, sollte er es benötigen. Die Hälfte der Zeit war ich allerdings damit beschäftigt, seine Aufmerksamkeit zu genießen und zu hoffen, dass dieser Zustand länger andauern würde, als realistischerweise anzunehmen war.

„Das dürfte alles sein", beendete er seinen kurzen Vortrag über die systematische Ordnung in seiner Bibliothek (was mich nur zum wiederholten Male innerlich fragen ließ, wie ein dermaßen ordnungsliebender Mensch seine Aktenkammer so hatte versumpfen lassen können) und blieb dann unschlüssig stehen. Meine versprochene Hausführung schien auf wackeligen Beinen zu stehen. Nicht gut. Mit einem beklemmenden Gefühl in der Brust bemerkte ich, wie seine Augen sich beinahe sehnsuchtsvoll nach der Tür umsahen und Bewegung in seine starre Miene kam, als er leicht den Mund öffnete, um vermutlich unsere Tour zu beenden.

„Und was ist da hinten?!", platzte es aus mir heraus, noch bevor auch nur ein Laut seiner Kehle entkommen konnte. „Wo?"

Damit war zu rechnen gewesen. Aber Vorausdenken und vernünftiges Handeln hatte ich noch nie zu meinen Stärken zählen können. In meinem Kopf pochte es. Jetzt musste ich mir ganz schnell etwas einfallen lassen.

„Dort!" Auf gut Glück streckte ich den rechten Arm aus und deutete in irgendeine Richtung. Angespannt beobachtete ich, wie sich sein Kopf langsam hinüberdrehte, ein paar Sekunden lang starr blieb, als plötzlich ein kleiner Funken Überraschung über sein Gesicht flog, bevor es wieder zu Stein wurde. Ich konnte nur raten, was das zu bedeuten hatte. Es sollte noch eine Weile dauern, bis er antworten würde.

„Der Garten?"

Er fragte so leise, dass ich ihn fast nicht gehört hätte.

„Ja. Ich war noch nie im Garten."

Seine Miene blieb kühl, als er antwortete: „Das wundert mich nicht."

Und er lächelte nicht, was wiederum mich nicht wunderte.

Schweigend folgte ich ihm aus der Bibliothek hinaus den Gang entlang, bis es plötzlich mal scharf nach links und gleich wieder nach rechts ging. Die hölzernen Bodendielen wurden von Steinplatten abgelöst, der Gang immer enger und das Licht spärlicher. Es wirkte, als wäre den Bohems bei diesem Teil des Gebäudes das Geld für eine Renovierung ausgegangen. Unsere Schritte hallten, wie man es von einem guten Horrorfilm erwarten würde, und mir wurde tatsächlich etwas unbehaglich zumute. Andrew war dabei keine große Hilfe, seine steife Miene erschien mir im schwummrigen Licht so finster, dass ich nicht verwundert gewesen wäre, wenn sich das restliche Licht auch noch verzogen hätte. Schließlich kamen wir zu zwei überhaupt nicht ins Bild passenden Flügeltüren. Als hätte man eine barocke Statue in eine gotische Kirche gestellt. Während die Wände des Gangs kalt und dunkel wirkten, war der untere Teil der Türen in einem warmen Orangeton gestrichen und mit verschnörkelten silbernen Zeichen verziert worden, darüber waren sie verglast, aber dennoch undurchsichtig. Neugierig blickte ich zu Andrew, der zwei Schritte davor gestoppt hatte und sie ein paar Sekunden lang nur unschlüssig anstarrte, bevor er sich langsam nach vorne beugte und die Tür aufstieß.

Das Erste, was ich sah, war nur die helle Frühlingssonne. Doch als ich ihm nach draußen folgte und meine Augen die Gelegenheit bekamen, sich zu akklimatisieren, entwich mir ein bewundernder Laut. „Wow!"

Unbeeindruckt ging Andrew weiter nach vor in den Garten, wo sich der ganze Prunk versteckt hatte, den ich seit meiner Ankunft gesucht hatte. In der Mitte befand sich ein Teich, in dem ein mit reichlich Gold verzierter Seehund klares Wasser ausspuckte. Halb umrundet wurde er von herrlichen Blumenfeldern, deren Blickfang eine marmorne Feen-Statue war, an der sich ein Rosenstrauch hinaufschlängelte. Etwas weiter entfernt standen zwei alte Pappeln, deren Äste der Wind spielerisch zueinander wehte, sowie eine Trauerweide, an deren Stamm eine morsche Holzbank mit rostigem Bronzegestell zum Träumen einlud. Der perfekte Ort zum Lesen. Nur wer genau hinsah, konnte erkennen, dass der Garten langsam dabei war zu verwildern. Als würde sich nicht oder nur halbherzig darum gekümmert.

„Wie schön …!" Ich schlenderte an Andrew vorbei zum Teich, bevor ich mich umdrehte. „Wollen wir uns nicht setzen?"

An sich doch eigentlich eine leicht zu beantwortende Ja-Nein-Frage. Aber anscheinend hatte ich ihn damit auf dem falschen Fuß erwischt. Es war, als spräche ich eine fremde Sprache. Je länger es still blieb, desto unruhiger wurde ich und desto größer wurden meine Augen vor Unverständnis. Der Wind nahm zu und begann, mir die Haare ins Gesicht zu wehen. Aber ich kümmerte mich nicht darum, denn plötzlich wurden seine Gesichtszüge weicher. Ohne ein Wort zu sagen, setzte Andrew sich in Bewegung. Ich war so überrascht, ich wäre nicht im Traum darauf gekommen, ihm nachzugehen. Vor Verwirrung starr, glotzte ich auf seinen Rücken, bis er sich zögerlich umwandte.

„Wolltest du dich nicht setzen?" Ein weiterer Augenblick war nötig, bis ich schaltete.

„Ah … ja, sicher", antwortete ich lachend, bevor ich zu ihm auf die Bank eilte, wobei sich ein peinlich berührtes Lächeln auf die Reise machte. Es grenzte fast an ein Wunder, wie er es schaffte, selbst hier draußen noch steife Unentspanntheit auszustrahlen. Sie umgab ihn wie eine Glasglocke. Nicht einmal die mutigste Fliege hätte es gewagt, in diesen unsichtbaren Bannkreis hineinzufliegen. Unheimlich. Ihm schien die Stille ja nichts auszumachen, aber ich fand es erdrückend! Es hieß zwar, man solle nur sprechen, mit wem man auch schweigen kann, aber vierundzwanzig Stunden am Tag zu schweigen, das war eine Kunst! Ich wusste, dass auch das offensichtlichste Anstarren ihn nicht dazu nötigen würde, den Mund aufzumachen. Wenn ich eine ordentliche Unterhaltung zustande bringen wollte, musste wohl oder übel ich damit anfangen. „Ah … schönes Wetter heute."

Und somit waren wir bei den Top-Ten-Smalltalk-Themen ‚Reden um des Redens Willen' angekommen. Kurz verzog ich das Gesicht über meine eigene Einfallslosigkeit aber es war nun mal ein absolut unverfängliches Thema, das jeden betraf, jederzeit abrufbar war, und man konnte sich kaum einer Meinung dazu enthalten. Es wäre um einiges stiller auf der Welt, könnten sich die Menschen nicht mehr über das Wetter unterhalten.

Mein Blick flog wieder zu Andrew, der gerade dabei war, ein langes nachdenkliches Nicken zu beenden. Sein Kopf war nun wieder steif geradeaus gerichtet und etwas an dem kleinen Teich schien sein besonderes Interesse geweckt zu haben. Eigentlich eine tragische Bilanz. Sogar der Teich war interessanter als ich. Seufzend begann ich, mit den Füßen vor und zurück zu schaukeln, um meine Nervosität in den Griff zu bekommen. Vielleicht musste man bei ihm einfach etwas direkter sein. „Ah … Andrew?"

Abrupt sah er herüber, unruhig, als würde er erwarten, dass ich gleich etwas nach ihm werfen würde. Was hatte ich ihm denn getan, dass er bei jedem angefangenen Satz sofort das Schlimmste vermuten musste? Als ob das geheime Ziel jedes

Menschen Andrew Bohems persönliches Unglück wäre! Diese ewige Schwarzmalerei würde mich irgendwann noch durchdrehen lassen. Etwas aus dem Konzept fixierte ich ihn, aber noch bevor ich auch nur ein Wort sagen konnte, stand er stilvoll in einer einzigen flüssigen Bewegung auf und meinte mit klarer Stimme: „Ich sollte zurück ins Büro. Ich habe noch viel zu erledigen."

Ein dumpfer Schlag für mein kleines Ego.

„Und du kannst wirklich nicht noch kurz bleiben?"

Auch wenn es in dieser Welt keine Uhren gab, ich hätte schwören können, einen Sekundenzeiger ticken zu hören.

„Ich muss zurück", entschuldigte er sich in nüchternem Ton. Inzwischen wirkte es nicht einmal mehr befremdlich, dass er dabei an mir vorbeisah. Ohne große Dramatik ging er davon, nicht einmal sein Mantel wehte im Wind. Ich blieb noch eine Weile sitzen und ließ meinen Blick gedankenverloren über den Teich schweifen.. Ich hatte ja Zeit. Haha.

„Donna, du Schlitzohr!", rief ich lachend in den Speisesaal, als ich gegen Abend an der Küche vorbeikam. „Ich hab was am Ohr?", fragte sie verwirrt, und mir wurde ein ums andere Mal bewusst, dass ich einiges aus meinem Wortschatz zu streichen hatte, wollte ich nicht in Erklärungsnot geraten.

„Ah … nein, vergiss das wieder … ich meinte, wieso hast du mir nicht gesagt, dass mich Andrew zu seiner Assistentin machen wird?"

Da sie noch zu sehr mit ihrem Ohr beschäftigt war, konnte sie nicht gleich antworten, und noch bevor sie auch nur darüber hätte nachdenken können, etwas zu sagen, sprang Chuck hinter der Küchentür hervor.

„WAS? Du bist Andrews Assistentin geworden?!", rief er so laut, dass es mich nicht gewundert hätte, wenn es die ganze

Residenz gehört hätte. Ich nickte nur, überrumpelt von seiner Reaktion, während Donnas Gesicht vor lauter Grinsen richtig strahlte. Offensichtlich war sie sehr stolz auf sich. Wieder einmal drängte sich mir die Frage auf, warum sie das alles für mich tat. Wirklich nur, weil Lyon mich nicht mochte?

„Was stehst du hier noch so rum, Julie? Komm, setz dich! Das muss gefeiert werden!", rief Chuck aus vollem Hals und bugsierte mich auf die Bank. Ehe ich mich versah, lief er schon mit ein paar Flaschen Wein aus der Küche zurück, Ruffy, Anne und Jane im Schlepptau, und füllte mehr Gläser, als Leute da waren.

Ich hatte mehr intus, als ich haben sollte, als ich nach der kleinen Spontan-Feier versuchte, den Weg zurück zu meinem Zimmer zu finden. Es war so schon schwer genug, mich zu orientieren, auch ohne diese Schwierigkeiten beim Geradeausgehen und das Unterdrücken sinnlosen Gekichers. Ich wusste genau, ich hätte das letzte Glas nicht mehr trinken sollen, aber irgendwer musste die Flasche immer leer machen und das war nun mal heute leider ich gewesen. Donna und Chuck zeigten sich schwer überrascht über mein Trinkverhalten. Alkohol zu festlichen Anlässen zu trinken, war in Temprusha noch relativ neu – und das umso mehr für Küchen- und Hauspersonal. So griff nur ich selbstverständlich zum Glas, während die anderen jüngeren Leute schon nach dem ersten Schluck Sterne sahen – und danach klugerweise ablehnten.

Irgendwie war ich dann draußen auf dem Hof gelandet. Das war definitiv die falsche Richtung. Verwirrt stolperte ich auf dem überdachten Weg entlang, als mich ein Geräusch – mit etwas Zeitverzögerung, das gebe ich zu – stutzig machte. Ein Rascheln, als würde jemand eng an den Blumentöpfen am Rand des Weges vorbeihuschen. Und dann ein Krachen, als wäre jemand gegen einen dieser Töpfe gelaufen. Langsam drehte ich mich um. Doch ich konnte nichts erkennen, bis plötzlich jemand aus dem Schatten hervortrat.

„Na, hübsch gefeiert?", ätzte Lyon, und ich verdrehte nur die Augen über seinen Auftritt, was sich als Fehler herausstellte, da mir davon schwindelig wurde.

„Ich hoffe, du gewöhnst dich nicht zu sehr daran. Spätestens übermorgen bist du den Titel wieder los", meinte er feindselig. Seine Augen wurden schmaler, während er sprach. Kurz musterten wir uns gegenseitig im Mondlicht. Es war fast zu einfach, Lyon zu durchschauen. Je länger man mit Andrew zusammen war, desto besser lernte man, jemandes Mimik zu lesen und die leichtesten Veränderungen der Gestik zu bemerken. Lyons ganze Körperhaltung verriet alles, was ich wissen wollte. Wenn ich noch Zweifel an diesen Erkenntnissen hatte, brauchte ich nur in seine Augen zu sehen, die trotz meines unvorteilhaften Zustands klar und deutlich zu mir sprachen. Neid, purer Neid – und Unsicherheit, weil Herr Bohem ihm solche Angebote nicht machte. Bis Lyon sich plötzlich umdrehte und Anstalten machte, einfach wieder abzuhauen. Ohne mir Gelegenheit zu geben, verbal zurückzuschlagen! *Oh nein, so haben wir nicht gewettet!*

„Hast du etwa Angst, ich würde dir deinen geliebten Andrew wegschnappen?"

Lyon stoppte in der Bewegung. *Treffer, versenkt!,* dachte ich amüsiert. Auch wenn ich es an seinem schlecht beleuchteten Hinterkopf kaum erkennen konnte, war ich mir sicher, dass er gerade vor Ärger tomatenrot wurde. Meine Freude daran verflog, als er sich wieder umdrehte, mit der berühmten kalten Schulter zuerst.

„Nein, ich habe vor etwas ganz anderem Angst."

Ich verstand die Botschaft sofort. Aber ich war nicht Joanna.

Vielleicht hatte ich unlautere Motive, aber ich hatte nie gesagt, dass ich ihm schaden wolle. Ich musste nur diese Wette gewinnen. Ihn nur aus seiner Lethargie herausholen. Sein Herz öffnen. Und meine Freundin retten.

„Red nicht von Dingen, von denen du keine Ahnung hast", erwiderte ich mit trunkenem Ernst, aber Lyon schnaubte nur, bevor er sich wieder umwandte, allerdings nicht, ohne mir noch einen letzten misstrauischen Blick zuzuwerfen.

„Ich wünsch dir eine schöne Nacht", rief ich ihm sarkastisch hinterher, obwohl ihn die Dunkelheit schon lange verschluckt hatte. *Idiot ... wo war jetzt noch mal mein Zimmer?*

Nett

Als ich mich am nächsten Tag in meiner Mittagspause zu Donna setzte, hatte ich das Bedürfnis, ihr von der merkwürdigen Begegnung mit Lyon zu erzählen. Allerdings wollte ich es nicht wieder ausarten lassen. Also fasste ich das gestrige Geschehen in nur einem Satz zusammen: „Lyon kann mich nicht ausstehen."

„Ist das etwas Neues?", fragte sie sichtlich amüsiert und schob mir einen Teller Suppe zu. Brummend erwiderte ich: „Nein, nur eine Feststellung."

Jetzt erst schien ihr klar zu werden, dass ich das ernst meinte und sie sah überrascht auf. Ihre Blicke fühlten sich wie Röntgenstrahlen an.

„Seit wann stört dich das?"

Gute Frage. Ich öffnete den Mund, brachte aber keinen Laut hervor. Ich wusste nicht, wie ich es ihr erklären sollte. Gestern war ich noch lange wach gelegen und hatte darüber nachgedacht, was er zu mir gesagt hatte. Und mir war klar geworden, dass das nicht bloße Missgunst und Frauenhass waren, sondern dass er sich um seinen besten Freund sorgte. Dass er Angst um Andrew hatte. So wie ich um Nathalie. Könnte es nicht sein, dass Lyon – dieser bissige Hitzkopf, dieses unverschämte Großmaul, dieser unausstehliche Junge, der meinte, den großen Mann markieren zu müssen – ein zwar sehr auf-brausender, aber in Wirklichkeit netter Kerl war, der mit seiner feindseligen Art nur versuchte, seine vermeintlichen Schwä-chen zu verstecken? Ja, seit mir dieser Gedanke gekommen war, störte es mich, dass er so eine schlechte Meinung von mir hatte. Und ich wollte es ändern.

„Naja, ich dachte nur … meinst du nicht, dass Lyon unter seiner harten Schale vielleicht wirklich einen weichen Kern hat?" Anscheinend nicht, denn Donna meinte fassungslos: „Ich weiß zwar nicht, was genau du mir damit sagen willst, aber dass du unter Traumbildern leidest[3], dabei bin ich mir sicher."

Ich hielt an meiner Theorie fest, auch wenn Donna mich für verrückt erklärte. Sie konnte ja gar keine objektive Meinung dazu haben. *Schließlich sind die beiden wie Hund und Katz*, dachte ich belustigt. *Aber jetzt wieder an die Arbeit.*

Es war bereits Nachmittag und ich saß gerade an meinen Rechnungen. Was ich nicht alles für einen Taschenrechner getan hätte! Meine Konzentration sackte auf den Nullpunkt, während Andrew seine offenbar 24/7 konstant hielt. Er sah wie eine schimmernde Marmorstatue aus, bewegungslos über sei-nen Dokumenten brütend. Es war immer wieder erstaunlich, wenn er sich rührte. Als würde Galatea, die Statue, in die sich der griechische Bildhauer Pygmalion verliebt hatte, endlich zum Leben erwachen.

Wir saßen bis zum frühen Abend an unseren Schreibtischen, bis er – wie jeden Abend –irgendwann meinte, dass ich gehen könne.

---

[3] Wahnvorstellungen wurden in Temprusha als „Traumbilder" bezeichnet, da man sich Halluzinationen wie Träumen im Wachzustand vorstellte.

„Aber du hast doch noch so viel zu tun! Ich kann ruhig noch bleiben", versicherte ich ihm, aber er schüttelte nur den Kopf. Er wolle keinen Ärger mit Donna bekommen, sagte er, und setzte mich trotz lautstarken Protests vor die Tür.

„Ich geb dir gleich Ärger mit Donna", murrte ich in mich hinein, während ich langsam den Flur entlangschlurfte, um mich an den Sims meines Lieblingsfensters zu lehnen: das Fenster in der Mitte des Flurs, mit dem besten Ausblick über den ganzen Hof. Draußen versuchte Trevor, zwei starrköpfige Hengste zum Stall zu bringen. Wenn Pferde lachen könnten, sie hätten über ihn gelacht. Ich wollte gerade weitergehen, als ich etwas hörte, das mich stutzen ließ. Mir kam es so vor, als ob ich hastige Schritte hinter mir hörte. Ich lauschte. Es waren *tatsächlich* Schritte. Das waren eindeutig Füße, die auf Holz trafen. Und es waren nicht Andrews Füße. Andrew lief nie eilig umher. Es wäre besorgniserregend, wenn er es täte. Skeptisch wandte ich mich um, gerade noch rechtzeitig, um einen charakteristischen rotblonden Pferdeschwanz verschwinden zu sehen. Verdattert starrte ich ihm nach. Dies war das Ende des Flurs. Andrews Büro war der letzte Raum in diesem Stock, genauer gesagt: die kleine Treppe hinauf zu seinem Büro. Wäre Lyon an mir vorbeigegangen, hätte ich das bemerkt. Das hieß, dass er sich hier versteckt gehalten und darauf gewartet hatte, dass ich hinausging. Allerdings hatte er wohl nicht damit gerechnet, dass ich noch eine Weile gedankenverloren aus dem Fenster starren würde. Neugierig schlich ich das kleine Treppchen hinauf, presste mein Ohr an das kühle Holz und spitzte die Ohren. Eigentlich wollte ich nicht lauschen. Gut, was ich gerade tat, bewies das Gegenteil. Aber wie könnte ich unter diesen Umständen auch nicht? Die Frage, was Lyon und Andrew so Wichtiges zu besprechen hatten, dass ich nicht einmal wissen durfte, dass sie es taten, konnte nicht unbeantwortet bleiben.

Ich würde nicht schlafen können, ohne dieses mysteriöse Verhalten vorher geklärt zu haben. Leider verstand ich kein Wort. Nur Gemurmel, irgendetwas von ‚Erledigungen‘ und ‚in die Stadt fahren‘. Verzweifelt presste ich mein Ohr so nah an die Tür, wie es ging, und lauschte. Ich hielt sogar den Atem an, um ja kein Geräusch zu verursachen. Und meine Mühen sollten belohnt werden. Allerdings hatte ich mit dem Inhalt meiner Belohnung nicht gerechnet.

„Julie? Pff, die würde ich höchstens mitnehmen, wenn du sie in der Stadt aussetzen willst", drang Lyons Stimme an mein ungläubiges Trommelfell. Mit einem hinterhältigen Lachen als krönendem Abschluss. Ich konnte es nicht fassen, ein entrüstetes „Oh!" entfloh meiner Kehle und ich war so außer mir, dass ich nicht mal mehr versuchte, zu hören, was Andrew ihm antwortete. Dieser Mistkerl machte mich vor Andrew schlecht! Dieser miese, eifersüchtige Mistkerl! Wie hatte ich nur glauben können, er wäre nett? *Donna hatte recht, ich muss wohl komplett den Verstand verloren haben! Oh, damit hat er es sich mit mir aber verscherzt! Das bedeutet Krieg!* „Na warte, dir mach ich einen Strich durch die Rechnung, *Franzose*", fluchte ich die Tür an. Mal sehen, was Donna so alles in ihrem Repertoire hatte …

Ran an den Mann

Ich war schon längst wach, als Donna am nächsten Morgen aufgeregt die Tür aufriss. Selbstzufrieden strahlte sie mich an, während sie sich neben meinem Bett aufbaute.

„Und, alles gut gegangen?"

Rhetorische Frage, bei diesem Lächeln.

„Ja, alles bereit für deinen Plan."

Sie klopfte mir siegessicher auf die Schulter und hüpfte beinahe im Kreis vor lauter Freude. *Wie ein Kind an Weihnachten*, dachte ich schmunzelnd, während ich mich an ihr vorbei ins Bad schlich. Jetzt hieß es: *Ran an den Mann.*

„Ich dachte, du wärst schon fertig? Was machst du denn noch?"

„Ich bin's ja gleich, Donna! Außerdem sollst du doch nicht mitkommen!"

„Zu Andrew muss ich ja nicht mit, aber wenn ich Lyons Gesicht verpasse, wenn er erfährt, dass Andrew mit dir in die Stadt gefahren ist, hast du ein Problem."

„Noch hat er nicht Ja gesagt!"

„Dann lässt du ihn eben nicht Nein sagen."

Ach, Donna ... In ihrer Welt war immer alles so einfach. Wirklich beneidenswert. Als ich endlich fertig war, zupfte sie noch etwas an mir herum, obwohl wir beide wussten, dass es keinen Unterschied machte. Andrew würde es vollkommen egal sein, wie bezaubernd sie mich auch herrichten würde.

„Mach mir keine Schande", rief sie mir noch hinterher, während ich die Treppe hinaufeilte. Ich war viel zu nervös, um noch etwas Patziges zu erwidern. Sie würde ihren beleidigten Lyon schon noch zu sehen bekommen.

Mein weißer Rock schlackerte um meine Beine, während ich meinen Lieblingsflur entlanglief. Die kühle Morgenluft, die durch die geöffneten Fenster drang, hatte sich noch nie so gut angefühlt. Heute hätte der Weg ruhig noch etwas länger dauern können. Gut gelaunt klopfte ich, öffnete die Tür und warf Andrew ein strahlendes „Guten Morgen!" an den Kopf. Das musste er dann anscheinend erst mal verdauen. Man konnte die Gedanken in seinem Kopf richtig mitverfolgen. *Endlich habe ich das Überraschungselement einmal auf meiner Seite*, dachte ich.

„Julie …"

Ja, das ist mein Name, dachte ich ironisch. Er sah so süß verwirrt aus, dass ich gar nicht mehr aufhören konnte zu grinsen.

„Was … Hat Donna dir nicht –"

„Doch, doch", lenkte ich sofort ein, auch wenn es typisch für Donna gewesen wäre. Aber diesmal hatte sie ganz andere Pläne.

„Sie hat mir gesagt, dass du heute wegfährst. Und dass ich nicht ins Büro kommen muss. Aber ich dachte … ich komme trotzdem vorbei. Einfach so … um, äh … Hallo zu sagen."

Das hatte ich gestern in meiner Fantasie aber besser hinbekommen. Andrew senkte seinen Kopf wieder, vermutlich immer noch etwas verwirrt, und erwiderte trocken: „Ah."

Ich wartete vergeblich auf weitere Worte. Es blieb bei: *Ah.* Aber ich hatte auch nicht mehr erwartet. Vielleicht *erhofft*, aber nicht *erwartet*. Seufzend ließ ich meinen Blick über den Boden schweifen, tippte von einem Fuß auf den anderen, pustete mir eine Haarsträhne aus dem Gesicht und wartete darauf, dass er mir zwangsweise Aufmerksamkeit schenken musste. Ich blieb geduldig, bis die tiefblauen Augen wieder aufsahen.

„Weißt du, wo Lyon steckt?"

Vermutlich gefesselt und geknebelt neben einer wie ein Honigkuchenpferd grinsenden Donna. Gespielt überrascht sah ich ihn an und meinte unschuldig: „Lyon? Nein. Brauchst du ihn?"

Nachdenklich sah er zur Seite, seine sicherlich unglaublich interessanten Aktenstapel dort musternd. „Er wollte mich heute begleiten."

Nein, wie schade, dass er nicht hier war ... Aber das war eben Pech – gut organisiertes Pech. „Nun, wenn Lyon nicht mehr kommt", begann ich, kunstvoll eine Pause setzend und wie beiläufig näher zu seinem Tisch schlendernd, „könntest du doch auch einfach *mich* mitnehmen."

Mein Blick blieb eine Weile auf den Boden geheftet, bis ich schließlich gespannt seine Augen suchte – und zu meiner großen Überraschung sah er plötzlich wirklich auf. Mir blieb schier die Luft weg von diesem faszinierenden Blau. *Für diese Augen sollte man einen Waffenschein beantragen müssen.* Ich brachte den Mund erst wieder auf, als er den Blick abwandte. Was auch nötig war, da er die Fähigkeit zu sprechen verloren zu haben schien. So blieb es wieder an mir hängen, die Situation aufzulösen. Man hätte meinen sollen, es wäre eine ganz normale und harmlose Frage gewesen. *Anscheinend nicht.*

„Und? Soll ich?"

Langsam hob er den Kopf und senkte ihn wieder. War das ein Nicken?

„Die Kutsche steht schon bereit. Wir sollten sie nicht zu lange warten lassen."

Hey, es ist tatsächlich ein Nicken gewesen! Das war ein Ja! Ich bin die Beste! Moment – Kutsche?

„Bist du sicher, dass du da mitfahren willst?"

„Ja, bin ich."

„Aber du hast doch An…"

„Oh, halt einfach die Klappe, Trevor."

„Was soll ich halten?"

Genervt seufzte ich auf, während Trevor einen verwirrten Blick mit Andrew wechselte. Da dieser aber nicht zum Blickewechseln geneigt war, löste ich die kurze peinliche Pause mit einem schnellen „Vergiss es" und scheuchte den irritierten jungen Mann mit einer unwirschen Handbewegung zur Seite.

„Na los, jetzt lass mich schon einsteigen."

Widerwillig gab Trevor die Zügel der beiden schwarzen Hengste dem Kutscher und öffnete mir die verblichene Holztür. Gnädigerweise hielt er mir auch gleich die Hand hin, um mir hinaufzuhelfen, da die Kutsche verdammt hoch war. Ich bezweifelte, dass Andrew mein im wahrsten Sinne des Wortes kleines Handicap bemerkt hätte. Das würde später noch mal ein Kampf werden.

Unglücklicherweise unterschieden sich die temprushanischen Kutschen kein bisschen von den Kutschen, die wir in meiner Welt noch aus alten Zeiten kannten. Es hätte eine Original-Westernkutsche sein können, eine von denen, die immer ausgeraubt wurden. Allerdings nicht die von stinkreichen Adeligen mit den hübschen Töchtern, die beinahe ein ‚Entführ mich' auf der Stirn kleben hatten. Alles, was sich innerhalb dieses Fortbewegungsmittels befand, waren zwei alte Holzbänke. Und die waren genauso ungemütlich, wie es sich anhörte. Vergeblich versuchte ich während der Fahrt eine etwas angenehmere Position zu finden. Ein Ding der Unmöglichkeit. *Wieso ist hier noch niemand auf die Idee gekommen, Sitzpolster oder wenigstens Decken hinzulegen?*

Andrew hingegen schien damit keine Probleme zu haben.

Wie gemeißelt saß er auf der Bank neben mir, selbst die Schlaglöcher ließen ihn kalt. Er stierte einfach nur ins Leere, mit einem seltsamen Blick, und ich beließ ich es dabei, aus dem Fenster zu sehen, halb in Erwartung, gleich von Straßenräuber:innen angefallen zu werden. Ich beobachtete den immer spärlicher werdenden Wald, bis nur noch dann und wann irgendwo ein einsames, vereinzeltes Bäumchen zu sehen war. Das Grün wurde noch weniger, sobald die ersten Häuser auftauchten. Es waren zwar sehr schlichte Häuser, aber dafür unglaublich farbenfroh. Alles in allem erinnerten mich die kleinen Gässchen, durch die wir fuhren, sofort an das erste Dorf, in dem ich hier vor etwas mehr als zwei Wochen gelandet war.

Es dauerte nicht lange, bis wir zu einem großen Platz kamen, dessen Mitte einen mit Blumen bedeckten Brunnen zierte. Ein Blick hinaus zeigte, dass sich auch im Zentrum an den Häusern nichts geändert hatte. *Schlicht und farbenfroh* lautete die Devise offenbar nach wie vor. Ich versuchte, möglichst elegant und anmutig aus der Kutsche zu steigen, was mir aber nicht wirklich gelang. *Wieso in aller Welt musste dieses Fahrzeug auch so hoch sein?* Wenigstens hatte ich keine High Heels an. Andrew dagegen wäre vermutlich sogar mit High Heels eleganter aufgetreten als ich. Leichtfüßig und majestätisch stieg er hinaus in die Sonne. Würde ein Löwe aus einer Kutsche steigen müssen, er hätte es genau wie Andrew gemacht.

Kaum hatten seine Füße den Boden berührt, begannen die Menschen um uns herum ihn von allen Seiten zu grüßen. Nur noch lauter „Hallo Andrew!"-Rufe überall, die er mit reserviertem, kühlem Nicken erwiderte. *Was für ein wundervoller Mensch muss er mal gewesen sein, dass sich so viel Restliebe in all diesen Stadtbewohnern für ihn finden lässt? Wie viel Gutes hat er gesät, dass sich niemand von seinem jetzigen eisigen Verhalten ab-*

schrecken lässt? Ich war so beschäftigt damit, den vorbeieilenden Stadtbewohnern nachzublicken, dass mich erst Andrews Stimme wieder aufhorchen ließ.

„Beeil dich, sonst gehst du noch verloren", riss er mich aus meiner Lethargie, und ich merkte erschrocken, dass er inzwischen schon losgegangen war und nun auf sein kleines Anhängsel wartend an der Ecke stand. Diesmal ließ ich den patzigen Kommentar lieber sein. Ich wusste ja, dass er recht hatte. Aufmerksam folgte ich meinem schweigsamen Führer quer über den Platz, durch die eine oder andere Gasse, bis wir zu einem noch größeren Platz kamen. An dessen Ende befand sich unser Ziel: ein großer, rustikal wirkender Laden. *Abott's* war in riesigen Lettern über den Eingang geschrieben worden, und ich wunderte mich, was wir hier taten. *Geht er tatsächlich persönlich einkaufen? Er hätte mir doch auch einfach eine Liste schreiben und … nein, das wäre wohl schiefgegangen.* Vielleicht war es wirklich besser, wenn er selbst ging.

Das *Abott's* war das, was man bei uns unter einem Büroartikelladen verstehen würde. Einem wirklich großen Büroartikelladen. Ich glaubte nicht, dass man hier irgendetwas *nicht* finden könnte. Jedoch befanden sich keine Regale und industriell eingepackten Materialien hier. Es war mehr wie ein Markt mit vielen Tischen und losen Kleinteilen, die in irgendwelchen Behältnissen herumflogen.

Zielsicher und routiniert ging Andrew durch die Tischreihen, nahm von hier einen Stapel Papier, von dort ein paar Stifte. Einfach von überall *etwas*. Und dann drückte er es mir in die Hand. *Und was soll ich jetzt damit?,* fragte ich mich verwirrt, bis mir klar wurde: *Ich bin der Packesel.* Das war die Sache, bei der Lyon Andrew unterstützte? Er trug seine Einkäufe? Das konnte es doch nicht wirklich sein, oder?

Noch bevor ich mich weiter wundern konnte, reichte er mir schon die nächsten Dinge. In Sekundenschnelle war der Stapel zu einer derartigen Höhe angewachsen, dass ich nicht einmal mehr darüber sah. *Einkaufswagen? – Das ist nun nicht in den Top Five meiner Karriereziele.* „Du könntest mir ruhig etwas abnehmen, Andrew", merkte ich an. Und zu Recht, wenn man sich die bereits wackelnden kleinen Schachteln auf meinem Arm ansah. Das meiste von dem Zeug stabilisierte sich irgendwie gegenseitig in meinem Griff.

„Andrew!"

Keine Antwort. Was für ein Gentleman. Grummelnd eilte ich weiter, mir fiel nicht einmal auf, dass ich keine Schritte mehr vor mir hörte und leider auch nicht, dass eine Kurve auf mich wartete. Es kam, wie's kommen musste: Ich rauschte nach vorne und prallte in voller Geschwindigkeit prompt mit jemandem zusammen. Mit lautem Knall flog Andrews gesamtes Zeug auf den Boden, inklusive mir und einem jungen Mann mit dunklem Haar, dessen Fransen ihm tief ins Gesicht hingen und ihm ein etwas verschüchtertes Aussehen gaben. Ich brauchte einige Sekunden, bis ich den ersten Schock verdaut hatte. Ich hatte nicht einmal bemerkt, dass ich erschrocken aufgeschrien hatte. *Oh verdammt,* fluchte ich innerlich, während mein Blick über den mit Büroartikeln übersäten Boden glitt. Und auf den armen, unschuldigen jungen Mann, der das Pech gehabt hatte, zur falschen Zeit am falschen Ort um die falsche Ecke zu biegen.

„Entschuldigung … tut mir wirklich wahnsinnig leid …"
Mit hochrotem Kopf sammelte ich Andrews Einkäufe auf, als mir plötzlich jemand einen meiner Papierstöße reichte.

„Ich glaube, das gehört auch noch dir."
Perplex sah ich auf, direkt in zwei dunkelbraune Augen, deren Pupillen man nur erahnen konnte. Er lächelte mir freundlich

zu, auf eine schüchterne Art und Weise, die ich unglaublich süß fand, und mir klappte nur mehr der Mund auf angesichts so viel ungewohnter, geballter Nettigkeit.

„Ah … danke", war alles, das ich noch herausbrachte, bevor ich auf dem Absatz kehrtmachte und in den nächstbesten Gang rannte. Peinlich berührt sah ich mich nach Andrew um. Hatte er den Zusammenstoß mitbekommen? Ich wusste nicht, ob ich das wollte. Einerseits war der Auftritt furchtbar peinlich. Andererseits hatte die Mauer von Mann, gegen die ich gelaufen war, ziemlich gut ausgesehen. Und ein Lächeln hatte der, wirklich zum Schmelzen … Wenn mich Andrew nun mit einem attraktiven Kerl reden sehen würde, was würde er dann denken? So war das doch auch immer im Film. Die Frau sprach mit einem hübschen Typen, Kamera auf den Mann: *Eifersucht.* Große Erkenntnis. Ein, zwei Verwicklungen … dann Happy End.

Ich genoss das Gefühl noch kurz, bevor ich seufzend einsehen musste, dass das der dümmste Gedanke war, der mir seit Langem gekommen war. *Als ob Andrew eifersüchtig werden würde!* Selbst wenn ich mich dem Nächstbesten an den Hals werfen würde, er würde doch nur das Regal hinter mir anstarren. Und trotzdem hoffte ich, dass mich der Typ noch mal ansprechen würde. Mit Andrew in der Nähe. Es musste bald etwas geschehen. Ich hatte nicht ewig Zeit.

Es dauerte nicht lange, bis ich Andrew gefunden hatte. Geduldig wartete er am Ende des Ladens, mit kühlem Blick wie eh und je. *Willkommen zurück,* dachte ich ironisch, als ich erleichtert seine Einkäufe ablud. Sein einziger Kommentar zu dem Ganzen: „Da bist du ja wieder." *Auch gut.* War mir nur recht, wenn er nicht nachfragte. Die Verkäuferin schenkte mir ein nettes und mitfühlendes Lächeln, während sie die Waren abzählte, um Andrew wie jedem anderen Kunden das Geld aus der Tasche zu ziehen. Sie sah sehr offen und herzlich aus. Die

Art Mensch, die immer zu Smalltalk aufgelegt war – aber bei Andrew ließ sie es anscheinend lieber bleiben. Ich konnte es nachvollziehen, hatte er doch seit mindestens fünf Minuten unbeweglich und finster in die Luft gestarrt, um das Auftauchen seiner verloren gegangenen Assistentin zu erwarten. Ganz ehrlich, mir wäre auch unwohl zumute gewesen. Ich schenkte der Verkäuferin mein freundlichstes Lächeln als Entschädigung, lud mir die Einkäufe wieder auf und wankte hinter Andrew zur Tür hinaus. Er dachte nicht daran, mir etwas abzunehmen, erst als ich nach einem Beinahe-Unfall mit einem kleinen Mädchen grimmig „Andrew!" rief, fiel er aus seiner grüblerischen Trance und wandte sich um.

„Könntest du mir *bitte* freundlicherweise einen Teil *deiner* Einkäufe abnehmen?", knurrte ich und versuchte, ihm trotz der Papiere vor meiner Nase böse Blicke zuzuwerfen. Es funktionierte sogar besser als geplant. Wortlos nahm er mir *alles* ab, ignorierte die gestammelten Proteste meinerseits und ging dann schnell wieder voraus. *Ob er vor dem Vorfall ein zuvorkommender Mensch gewesen war?* Ich hätte es zu gerne gewusst. Obwohl es in diesem Fall eher kontraproduktiv war. *Denn wozu bin ich jetzt nütze, wenn er alles selbst macht?* Aber ein kleiner Teil von mir glaubte dennoch: Andrew wollte nicht alles alleine machen. Er machte diesen lächerlichen Einkaufstrip mit Lyon, um Zeit mit ihm zu verbringen. Vermutlich hatte er seinen Freund darum bitten und betteln lassen, um ja nicht bedürftig zu erscheinen. Aber insgeheim war ich fest davon überzeugt: Selbst Andrew war noch ein soziales Wesen.

Schweigend passierten wir die ruhigen Gassen. Langsam begann mich die ewige Stille ganz krank zu machen. Das soziale Wesen in Andrew hatte sich wirklich außerordentlich gut versteckt. Zum Glück erreichten wir bald unsere Kutsche, wo der Kutscher zu meiner großen Verblüffung seine Bank aufklappte und darin Andrews Sachen verstaute. *Der Vorläufer der aufklapp-baren Mopedsitze*, dachte ich erstaunt, während der Kutscher sein Bänkchen wieder zuklappte und mir dann die Tür hinein in das Gefährt öffnete. In das außerordentlich hohe Gefährt. Ich hatte noch die vage Hoffnung, dass er stehen bleiben und mir hinaufhelfen würde, doch die verwischte mit jedem seiner Schritte zurück zu seinen Pferden. Das hieß, ich war auf mich allein gestellt, da auch Andrew meine hilflosen Blicke gekonnt übersah. Das war so unfair. Irgendwann würde ich mich mit den Asiat:innen zusammentun, und dann würden wir kleinen Menschen die Welt beherrschen. Es war Andrews Stimme, die mich schließlich aus meinen größenwahnsinnigen Tagträumen riss.

„Worauf wartest du?"

„Darauf, dass ich wachse oder die Kutsche schrumpft", erwiderte ich leidvoll und folgte seinem kaum merklich erheiterten Blick von mir zu unserem Transportmittel. Nachdenklich starrte er es eine Weile an, bevor seine Augen kurz zu mir zurück huschten und er sich auf die Kutsche stellte, eine Hand an der seitlich angebrachten goldenen Stange, die andere auffordernd zu mir gestreckt. Wie ein Prinz stand er da oben, trotz des betont kühlen Gesichtsausdrucks ein unsicheres Flackern in den Augen, mit legerer Haltung, schüchtern ausgestrecktem Arm und dezent fordernder Hand. Die Sonne strahlte hinter ihm hervor und ich konnte nicht umhin, verlegen zu lächeln, als ich seine Hand ergriff. Er zog mich scheinbar ohne wirklichen Kraftaufwand hinauf, und auf einmal standen wir uns beinahe Nasenspitze an Nasenspitze gegenüber. Romantischer hätte man es nicht planen können. Luft schien ich keine mehr zu benötigen und ich dachte, jemand müsse meinen inneren Lautsprecher ausgeschaltet haben, da auf einmal alles völlig still wurde ... Der Moment konnte nur ein paar Sekunden gedauert haben, aber sie kamen mir wie Minuten vor. Nur fragte ich mich langsam, *wer* hier das Opfer war, als mir einen Herzschlag später der angenehm weiche Druck abhandenkam, da er plötzlich seine Hand wegriss, als hätte er sich verbrannt, und ich es nur meinen ausreichend guten Reflexen und meinem stark ausgeprägten Lebenswillen zu verdanken hatte, dass ich mich noch rechtzeitig an der Stange festkrallen konnte, um nicht wieder auf der Erde zu landen.

Einen Augenblick lang hing ich einfach nur rum, bis ich irgendwann perplex aufblickte, direkt in Andrews vor Schock weit aufgerissene Augen. *Was sollte das?* Dasselbe schien er sich auch zu fragen. Noch bevor ich irgendeinen Vorwurf formulieren konnte, drehte er sich um und setzte sich wortlos in die Kutsche. Zumindest hat er mir die Tür nicht auch noch vor der Nase zugeschlagen. Kopfschüttelnd zog ich mich hoch, verwirrt, noch etwas schwindlig von dem intensiven Blickkontakt, und ein bisschen verärgert. Er hätte mich wenigstens wieder hochziehen können, wenn er mich schon fallen ließ, aus welchen Gründen auch immer. *Was geht bloß in diesem Mann vor?* Wenn jetzt eine Fee vorbeifliegen und mir drei Wünsche erfüllen würde, wäre mein erster: Ich will bitte, bitte einmal einen Blick in seinen Kopf werfen. Aber nur ganz kurz, sonst bekomme ich noch Kopfschmerzen. Mein zweiter wäre: Nathalie. Mein dritter: eine Fahrkarte nach Hause. Seufzend machte ich ein paar Schritte in die Kutsche, zu dem Mann, der meine lebendige Fahrkarte werden sollte. Der Gedanke war irgendwie makaber. Ich setzte mich an den Punkt, der am weitesten von ihm weg war, was in dieser Enge höchstens symbolische Bedeutung haben konnte, schweigend wie er. Mein Ärger wuchs mit jeder Sekunde. Ich sah schon, die Rückfahrt würde genauso still verlaufen wie die Hinfahrt. Nur dass ich mich diesmal auf einen tobenden Lyon, ein paar angespannte Tage mit Andrew und eine dauergrinsende Donna freuen konnte. *Wunderbar.*

Irgendwie kam es mir vor, als würden wir diesmal langsamer fahren. Vielleicht hatte der Kutscher gespitzelt und dachte, das Eis zwischen uns wäre gebrochen und wir bräuchten Zeit für uns. *Haha.* Dann und wann warf ich skeptisch einen Blick nach draußen, um sicherzugehen, dass wir nicht standen und der Kutscher vorne saß und mit Kastagnetten Hufgeräusche nachmachte, während eine Truppe bislang sorgsam verborgener Helfer:innen die Kutsche zum Wackeln brachte. Wenn es um Andrew ging, traute ich den Leuten hier alles zu.

Aber der Kutscher linkte uns nicht, etwas später kamen wir an. Wir standen noch nicht mal richtig, da sprang ich schon hinaus wie ein Bond-Girl. Gut, wie ein ziemlich plumpes Bond-Girl. Aufgebracht stapfte ich nach vorne, unter dem überdachten Weg entlang, penibel darauf achtend, nirgends dagegen zu laufen, um den dramatischen Effekt nicht durch meine Fähigkeit zu zerstören, jederzeit und überall als Trampel fungieren zu können. Je näher die Tür kam, desto langsamer wurde ich. Enttäuschung machte sich in mir breit. Ich wusste nicht, was ich erwartet hatte. Ich war vollkommen kopflos hinausgestürmt, weil ich das ewige Schweigen einfach nicht mehr ausgehalten hatte und ihn aber auch nicht anschreien wollte. Mein Verhalten war gerade äußerst unproduktiv, aber in mir war ein solcher Wirbel. Gott und die Welt verfluchend stapfte ich weiter. Muffelig griff ich zur Tür.

Ich weiß nicht, was es war, das mich stoppen ließ. Die Tür war schon offen, aber ich zögerte noch, hineinzugehen. Es schien mir, als ob ich nicht verschwinden könnte, bevor ich mich nicht wenigstens nach ihm umgedreht hatte. Ohne große Erwartungen wandte ich mich um und ließ meinen trotzig-enttäuschten Blick zurückwandern. Zu meiner großen Überraschung stand er tatsächlich noch dort. Unsere Augen trafen sich, und zum ersten Mal hielt er einen konstanten Blickkontakt. Eine ganz eigene Atmosphäre legte sich über den Hof, während der Wind behutsam ein paar Blüten herumwirbelte. Trotz allem veränderte ich meine Miene nicht. Auch wenn es einem schlecht ging, durfte man nicht solchen Mist bauen und erwarten, dass er sich nicht auswirken würde. Vielleicht nicht lange, ich war nicht sehr nachtragend. Es wäre in meiner Position auch eher suboptimal, mich meinem Ärger hinzugeben. Aber er konnte sich nicht ewig auf Joanna rausreden. Das kleine Wörtchen ‚Entschuldigung' hätte doch schon gereicht. Eine Weile lang standen wir noch so da, bis ihn jemand rief und er sich nach einem letzten Blick zu mir abwandte. Etwas verwirrt trottete ich ins Gebäude und hatte kaum ein paar Schritte getan, als ich schon der euphorisch strahlenden Donna in die Arme lief. „Hallo meine Liebe", begrüßte sie mich grinsend, „war dein Tag genauso schön wie meiner?"

Eine Frage des Prinzips

Es stellte sich heraus, dass wohl niemand je so einen schönen Tag gehabt hatte wie Donna. Mit ihrem Universalschlüssel hatte sie Lyon im Herrenbad am Gang eingesperrt.

Mit einem „Ach, *du* warst das. Ich dachte, hier drin würde ein Tier verenden" ließ sie den verzweifelt um Hilfe rufenden jungen Mann gerade noch rechtzeitig raus, sodass er mich und Andrew davonrauschen sehen konnte. Lyons Gesichtsfarbe hatte das schönste Zinnoberrot seit der Renaissancemalerei angenommen, und wenn Blicke töten könnten, läge jetzt schon jede Person, die in diesem Augenblick auch nur mit dem kleinen Zeh den Hof berührt hatte, schon sehr tief unter der Erde. In Rage stürmte Lyon in den Stall, sprang auf eine Kutsche und gab den Pferden die Sporen. Allerdings waren die Pferde vorerst nur bereitgestellt und noch nicht eingespannt. Daher liefen die beiden Hengste, verängstigt durch Lyons wildes Mit-der-Gerte-Herumschlagen los – *ohne* Kutsche. Hilflos musste unser Tomatenkopf mit ansehen, wie sie quer über den Hof und hinaus aus dem Tor stürmten. Lyon und Trevor verbrachten den gesamten restlichen Tag damit, die zwei ausgebüxten Falben wieder einzufangen. An diesem Punkt klagte Donna schon über Muskelkrämpfe im Gesicht und der Magengegend, aber der Moment, der ihr endgültig die Lachtränen in die Augen treiben würde, sollte noch kommen.

Denn Lyon hatte es tatsächlich geschafft, bei der unfreiwilligen Jagd im Wald auszurutschen und in den Bach zu plumpsen. Den Tag hatten wir ihm wirklich auf ganzer Linie versaut. Es wunderte mich immer noch, dass er Donna nicht umgebracht hatte, als er klatschnass und wütend wie sonst was durchs Tor getreten und sie in hollywoodreifes Gelächter ausgebrochen war.

Was mich allerdings kein bisschen wunderte, war, dass ich am nächsten Morgen durch Lyons aufgebrachtes Geschrei geweckt wurde. Ein Fenster zum Hof war nicht immer das schönste, was man sich vorstellen konnte.

„Das war alles deine Schuld!"

„Hab ich dir gesagt, du sollst dich auf die Kutsche setzen und die Pferde durchgehen lassen? Nein. Also war das Ganze ausnahmslos *deine* Schuld. Was hattest du überhaupt vor? Ihnen nachreiten? So was Dummes kann auch nur dir einfallen …"

Spätestens jetzt wusste ich, dass ich die Beziehung der beiden zueinander wohl nie verstehen würde.

„Ich weiß, dass du da mit dringesteckt hast! Aber das bekommst du zurück! Genau wie dein Schoßhündchen!"

Schoßhündchen? Und da sollte sich noch jemand fragen, warum er so schlechte Sympathiewerte hatte! Genervt wälzte ich mich auf die andere Bettseite. Ich wollte mir das gar nicht weiter mit anhören müssen, ich wollte doch nur schlafen! Sie stritten noch eine Weile weiter und wenig später riss Donna strahlend die Tür auf. Jedem anderen Menschen legte sich ein Streit wenigstens ein bisschen aufs Gemüt, aber sie war bester Laune. *Versteh einer diese Frau.*

Die Konsequenzen unseres kleinen Streichs bekam ich jedoch ebenfalls zu spüren. Lyon schien beschlossen zu haben, nicht mehr von Andrews Seite zu weichen. Ständig wuselte er um den Kaiser herum. Ich war kaum mehr allein mit ihm. Am liebsten hätte ich Lyon auf den Mond geschossen.

„Hast du nichts Besseres zu tun?", zischte ich irgendwann entnervt in seine Richtung, aber alles, was er erwiderte, war: „Oh, das hättest du wohl gern."

Andrew beachtete unsere Streitereien nicht. Er wollte überhaupt nichts davon wissen. Verständlicherweise.

„Ich versuch hier nur zu arbeiten."

„Und? Stör ich dich etwa dabei?"

„Ja, verdammt!"

„Was kann ich dafür, dass du dich so leicht ablenken lässt?"

„Ein Presslufthammer wäre noch leichter zu überhören als du."

„Ein was?"

Seufzend widmete ich mich wieder meinen Rechnungen. Wie gewohnt warf ich Andrew zuvor noch einen kurzen Blick zu, dessen malerisch blaue Augen noch fester auf seinen Schreibtisch fixiert waren als sonst.

„Du kannst jetzt gehen, Julie", durchbrach Andrew schließlich die geladene Stille.

„Ich gehe nicht, bevor er geht", protestierte ich, bevor ich begriff, was ich mir da gerade herausnahm und dass diese Aussage mich wie ein trotziges Kind wirken ließ. Verständnislos warf mir Andrew einen kurzen Blick zu – langsam begann ich, mich an dieses Blau zu gewöhnen, auf die Intensität kam es an – und ließ ihn dann zu Lyon schweifen.

„Ich gehe nicht, bevor *sie* geht", machte auch er seinen Standpunkt klar, womit er einen gefährlichen Präzedenzfall schaffte: Wir waren zum ersten Mal einer Meinung.

„Gut, dann könnt ihr beide gehen."

Unmissverständliche Botschaft. Aber was hieß schon unmissverständlich?

„Kann ich dir wirklich nicht mehr helfen?"

Lyon schnappte aufgebracht nach Luft, doch Andrew war schneller: „Raus. Beide."

Das war für keinen von uns das, was wir eigentlich wollten, aber der Nachteil des anderen schien in diesem Moment wichtiger als der eigene Vorteil.

Mir war es dann auch ganz recht, so früh hinauszukommen. Inzwischen waren schon fast drei Wochen vergangen. Ich hatte bereits knapp ein Drittel meiner Zeit *verschwendet*. Nicht, dass Andrew und ich keine Fortschritte machen würden – auf mehrere Jahre angelegt. Für drei Monate ging das zu langsam. Und ich wusste, wie talentiert ich in diesen Dingen war. Mit Flirten hatte ich keine Probleme, ich tat es sogar ganz gerne. Aber sobald es um was ging, sobald mir jemand etwas bedeutete, vermasselte ich es. *Initiative ergreifen? Definitiv nichts für mich.* Ich war eher der Auf-den-richtigen-Moment-warten-Typ. Genau genommen noch eher der Vielleicht-checkt-er's-ja-von-selbst-Typ. Machen wir uns nichts vor – das klappte nie. Es war also höchste Zeit für einen Plan B.

Mit energischen Schritten begab ich mich auf den Weg zur Bibliothek. Die Antwort in einem Buch zu suchen, erschien mir eine weit effektivere Lösung, als unnütz vor Andrews Bürotür herumzulungern. *Magie für den Alltag, Verbunden mit den Naturkräften, Die Magie unserer Vorfahren, Zurückfinden zur Magie der Natur – wo fange ich da bloß an?*, dachte ich, während meine Augen rastlos über die Buchtitel huschten. Ich wusste genau, was ich suchte. Mit einem ganzen Stapel in Frage kommenden Materials machte ich es mir an dem langen Holztisch gemütlich, der gut versteckt hinter ein paar Regalen den perfekten Platz für meine Recherche darstellte.

Ich wusste nicht, wie viel Zeit schon vergangen war oder

beim wievielten Buch ich war, als ich endlich über das stolperte, was ich so verzweifelt suchte. Fast eine ganze Seite beanspruchte die plastische Abbildung der roten Feder, die mich an jeden beliebigen Ort in und außerhalb dieser Welt bringen könnte, wenn ich herausfand, wie sie funktionierte. Aufgeregt überflog ich den Text.

Federn des Orbéo-Vogels ... dieser hat die Fähigkeit, sich ohne Aufwand an jedem beliebigen Ort zu materialisieren ... Gabe in Federn gespeichert ... Verwendung der Federn ...

Da war es. Mit der Nase beinah schon im Buch konzentrierte ich mich auf die nächsten Zeilen.

Mit der Fingerspitze auf das Ende der Feder leichten Druck ausüben, dabei mit jeder Faser des Körpers auf den gewünschten Ort fokussieren. Für Anfänger wäre ein lautes Aussprechen des Zielortes empfehlenswert. Aktivierung der Feder durch ein Salz-Wasser-Gemisch möglichst nahe des Sekrets des Orbéos, auch mit menschlichen Tränen vergleichbar. Umpolung der Feder erst nach drei Tagen erneut versuchen. Bei der Reise Arme und Beine anziehen und geschützte Kopfhaltung annehmen, um Verletzungen zu vermeiden.

Ich las den Text gut fünfmal, um ihn mir möglichst genau einzuprägen. Meine Chance. Wenn alle Stricke rissen, würde ich mich zu Nathalie durchschlagen und wir würden mit der Feder zurück nach Hause fliehen. Mehr aus Neugier als aus purer Notwendigkeit las ich weiter.

Seit einiger Zeit gilt der Orbéo als ausgestorben. Das letzte offizielle Zuchttier befand sich im Besitz des McRav...

Ein lautes Geräusch an der Tür ließ mich zusammenzucken und das Buch fiel mir in den Schoß, wobei es mir natürlich die Seite verschlug.

„Verdammt ..." Seufzend legte ich es beiseite und lugte zur Tür. Wer auch immer hereingekommen war, hielt weder viel von Stille noch davon, Türen zu schließen. Ohne unnötig auf mich aufmerksam zu machen, schlich ich die Reihen nach vorne und formte mir zwischen ein paar Büchern ein Guckloch, durch das ich den Neuankömmling musterte. Spätestens als ich den rotblonden Pferdeschwanz erkannte, wusste ich, wer es war.

Lyon und Bücher? Das war eine der letzten Kombinationen, die ich mir vorstellen konnte, gleich hinter Chuck und einem Barbie-Traumhaus. Misstrauisch schlich ich weiter nach vorne, durch die Reihen hindurch, in geduckter Haltung wie eine Spionin, und suchte mir einen geeigneten Platz, von dem ich ihn unbemerkt beobachten konnte. Es war schwer zu übersehen, dass die Bibliothek nicht gerade sein Zuhause war. Ich sagte ja, Lyon und Bücher, das passte nicht. Sobald irgendwas darin stehen würde, das ihm nicht gefiel, würde er es bei seinem Temperament in einem Tobsuchtsanfall zum Fenster hinauswerfen. Nichtsdestotrotz wanderte er die Reihen ab und ließ die Augen über jeden einzelnen Buchrücken schweifen. Ich folgte ihm weiterhin, um bloß keine seiner Bewegungen zu verpassen. Um das Chaos, das ich in den zuvor noch perfekt geordneten Regalen hinterließ, könnte mich später noch kümmern.

Er blieb vor einem Regal stehen, das ich gut kannte, denn dort standen die Bücher, die Andrew mich immer holen schickte. Langsam wurde ich misstrauisch und pirschte mich so nah wie möglich an ihn heran. Als ich wieder aufblickte, hatte ein zufriedener Gesichtsausdruck die Ungeduld in Lyons Gesicht ersetzt. Er streckte den Arm und zog ein dunkelblau eingebundenes Buch heraus, auf dem in goldenen Lettern *482 A* stand. Die Chroniken der letzten Periode. Nicht mal ich würde die lesen wollen. Aber Andrew brauchte sie.

Wie dreist ist das denn? Dieser Mistkerl hatte sich wieder ins Büro geschlichen und übernahm einfach *meine* Aufgaben! Das war *mein* Platz! Aber nicht mit mir. Wenn er dachte, mich so einfach vom Feld zu bekommen, hatte er sich geschnitten!

Lautlos bewegte ich mich nach vorne, bis ich direkt hinter dem frohlockenden jungen Mann stand. Ich wusste, dass es funktionieren würde. Das Überraschungselement war auf meiner Seite. Und … nun, es war Lyon, von dem wir hier sprachen. Zielsicher tippte ich ihm auf die rechte Schulter, und als er sich erschrocken umwandte, hüpfte ich nach links und nahm ihm in einer einzigen Bewegung das Buch ab. Mit offener Kinnlade wirbelte Lyon herum und wurde prompt rot vor lauter Ärger, als ich ihm mit seinem Buch in der Hand herumwedelnd ins Auge fiel.

„Was fällt dir ein? Gib mir sofort mein Buch zurück!", herrschte er mich an, aber ich ging nur vorsichtshalber einen Schritt zurück und fragte mit süffisantem Unterton:

„*Dein* Buch? Sicher, dass es nicht *Andrews* Buch ist?"

Für die Farbstufe, die sein Gesicht nun annahm, müsste man erst ein neues Wort erfinden. Wir funkelten uns gegenseitig an, als er plötzlich nach vor sprintete und versuchte, mir das Buch aus der Hand zu reißen, aber ich krallte mich daran fest wie Gollum an seinen Schatz. Eigentlich ging es nicht um das Buch. Es ging nicht einmal wirklich um Andrew. Es ging um das Schlimmste, um das es in einem Streit gehen konnte. Es ging ums Prinzip! Ich könnte es nicht ertragen, mich einfach ersetzen zu lassen und ihn als Sieger hinauf zu Andrew gehen zu sehen. Und vice versa. Wir rangelten um das Buch wie kleine Kinder, zogen daran, dass es fast an ein Wunder grenzte, dass wir es dabei nicht auseinanderrissen. Wir kämpften uns durch die halbe Bibliothek, bis wir zu einer Diele kamen, der einzigen im ganzen Raum, die etwas hervorstand. Natürlich kannte ich sie. Es würde niemanden überraschen, dass ich schon mal darüber gefallen war. Aber in dem Trubel dachte ich nicht daran und stolperte beim Zurücksteigen darüber. Für Lyon wäre es kein Problem gewesen, mich mitsamt dem Buch zu halten, wäre er nicht ein genauso großer Tollpatsch wie ich. Er stolperte ebenfalls, und sein Gewicht machte es mir unmöglich, den Sturz noch irgendwie zu verhindern.

Das Erste, was ich merkte, war, dass ich das Buch hatte, fest umklammert in beiden Händen. Das Zweite, dass mir der Rücken wehtat und ich am Boden lag. Das Dritte, dass ich da nicht alleine lag. Atemlos starrte ich in Lyons schockgeweitete, nur einen halben Zentimeter entfernte grüne Augen. Ich spürte den Druck auf mir und fühlte die abgestützten Arme neben meinem Kopf. Nach ein paar Schrecksekunden, die meiner Meinung nach eher Minuten glichen, ließ ich zeitgleich mit Lyon einen kurzen, entsetzten Schrei los. Wie von der Tarantel gestochen sprang er auf, nicht einmal eine Hundertstelsekunde später stand ich ebenfalls. Zum ersten Mal, seit wir uns kannten, sah ich ihn knallrot vor Scham statt vor Ärger. Sein Mund öffnete sich, aber es wollte nichts herauskommen. Was mich aber auch nicht kümmerte, denn meine oberste Priorität war immer noch, diejenige zu sein, die Andrew das Buch brachte. So kindisch und unsinnig es auch war. So nutzte ich den Moment seiner Paralyse und rannte, was das Zeug hielt! Bis er begriffen hatte, dass ich nicht so neben mir stand wie er, war ich schon draußen. Ich fetzte den Gang entlang, denn ich wusste genau, dass er mich mit seinen langen Beinen sofort einholen würde, wenn ich nicht schnell war. Ich krachte durch die Tür in den Hof und musste durch den Schwung einen großen Bogen machen, um zum Hauptkomplex zu gelangen, aus dem in diesem Augenblick Trevor herauskam.

„Hi Ju– Ah!" Gerade noch rechtzeitig sprang er zur Seite, als er merkte, dass ich nicht stehen bleiben, sondern ihn unbarmherzig niederrennen würde. Viel half ihm das aber nicht, denn da er noch mit mir beschäftigt war, sah er Lyon nicht kommen. Und Lyon hatte genauso wenig Skrupel wie ich, sodass er ohne Rücksicht auf Verluste hineinstürmte und wahrscheinlich nicht mal merkte, dass er Trevor umgerannt hatte.

Bei der Treppe holte Lyon auf. Es machte eben doch einen Unterschied, ob man zwei oder vier Stufen auf einmal schaffte. Ich mobilisierte meine letzten Energien und rannte weiter den Flur entlang, das kleine Treppchen hinauf, Lyon immer einen Schritt hinter mir, bis wir schließlich gleichzeitig in Andrews Büro hineinplatzten Es war hier drin sicher schon lange nicht mehr so laut gewesen. Keuchend und nach Luft schnappend standen wir vor der Tür, Andrews perplexer Blick zwischen uns.

„Sie ... hat das ... Buch geklaut!", presste Lyon hervor und zeigte auf mich, als ob seine Worte nicht schon Anklage genug gewesen wären, und ich kratzte den letzten Rest Sauerstoff aus meinen Lungen, um einen Laut der Empörung herauszubringen.

„Halt die Klappe, Lyon!", zischte ich zu ihm hinüber. In dem Moment kümmerte es mich auch nicht, dass er keine Ahnung hatte, was ich ihm damit sagen wollte. Mit gekränktem Dackelblick fixierte ich Andrews tiefblaue Augen. Irgendwie schien ihm nun wohl unwohl zu werden.

„Wieso lässt du", ich unterdrückte den Drang, Lyon ‚diesen Idioten' zu nennen, „*ihn* meine Arbeit machen? Ich dachte, *ich* wäre deine Assistentin."

Sprachlos stierte er in meine Augen, bevor sein Blick nervös zwischen mir und seinem Freund hin und her zu huschen begann. Wie zuvor bei Lyon öffnete sich zwar sein Mund, aber es kamen keine Worte heraus. Dafür war diesmal Ersterer gesprächiger.

„Was? Was soll das? Wieso musst du dich vor ihr rechtfertigen?", empörte er sich, seine Mimik rutschte vor lauter Entrüstung ins Slapstick-Fach. Andrew blieb sprachlos, unruhig wanderte sein Blick durch den Raum, jedoch wusste er keine Antwort. Dafür ich. Und gleichzeitig wusste ich, welchen großen Vorteil ich in diesem Aspekt gegenüber Lyon hatte: Ich war eine Frau.

Die Waffen einer Frau

Die Sonne war noch nicht aufgegangen, als ich aufstand. Ich war stolz auf mich. Normalerweise bekam man mich um diese Uhrzeit nicht einmal mit Morddrohungen aus dem Bett. Aber ich hatte heute noch etwas Bestimmtes vor. Ich würde Andrew daran erinnern, dass ich eine Frau war. Ja, ich würde Initiative ergreifen (der Plan einer schlaflosen Nacht – mal schauen, wie überzeugend er im Licht des Tages wirken würde). Eine eiskalte Dusche war das Einzige, was mich in dieser koffeinfreien Welt zurück ins Leben bringen konnte. Zwei Stunden Augen ausruhen waren definitiv zu viel von zu wenig. Ich drehte das Wasser auf und einen Gefrierschock später wackelte ich zitternd wie ein Pinguinjunges zurück ins Zimmer. Auf meinem Bett lag ein feurig rotes, sehr kurzes Abendkleid, das eine schillernde Ausnahme in den eher langweiligen Outfits darstellte, die ich von Donna bekommen hatte. In einem Anfall von Tatendrang hatte ich es bereits mitten in der Nacht herausgelegt. Mein Plan war ganz einfach: Ich wollte ein Bild kreieren, das ihm nicht mehr aus dem Kopf gehen würde. Hatte ich seine Aufmerksamkeit, war der erste Schritt getan. So hatte ich das ja auch schon Tausende Male in Filmen und Serien gesehen. Die platonische Beziehung wurde durch einen Anstoß verändert. Plötzlich wurde die Zielperson mit ganz anderen Augen gesehen, unbewusste Gefühle traten an die Oberfläche ... Genau das wollte ich erreichen.

Im spärlichen Licht der Kerze musterte ich mich im Spiegel. Ein Knoten im Nacken hielt das Dekolleté zusammen. Das Kleid war *sehr* figurbetont und endete einige Zentimeter über dem Knie. Meine Mutter hätte mich so niemals aus dem Haus gehen lassen.

Mein fransiges, dunkelbraunes Haar band ich zusammen, nur um es Sekunden später wieder zu öffnen. Offen oder nicht? Spielte es denn eine Rolle? Ich dachte zurück an Nathalie. *Wenn dich jemand wirklich mag, dann sind solche Kleinigkeiten vollkommen egal.*

Nur ging es hier nicht um *mögen*. Hier ging es um *Verführung*. Ich musste leider ein paar Level überspringen. Zum Glück hatte mir Donna auch die Festtagsschuhe ihrer Schwester überlassen. Es waren zwar keine High Heels, aber sie waren schöner als die gewöhnlichen Arbeitsschuhe. Das reichte vollkommen. Ich ließ meinen Blick noch einmal zu meinen eigenen aufgekratzten grün-blauen Augen wandern, bevor ich mich schließlich auf den Weg machte. Mein Ziel zu dieser frühmorgendlichen Stunde war – *surprise, surprise* – Andrews Büro. Sein leeres Büro. Dort würde ich auf ihn warten – mit überkreuzten Beinen auf seinem Schreibtisch. Damit erfüllte ich wohl jedes Klischee, das ich erfüllen konnte. Ich kreierte das Bild, das ich haben wollte. Das er hoffentlich haben wollte. Wie es dann weitergehen würde, wusste ich nicht. Im schlimmsten Fall würde er mich rausschmeißen. Aber ich hatte nicht das Privileg, mich fürchten zu dürfen. Wenn ich nicht bereit war, etwas zu riskieren, konnte ich auch gleich Plan B auspacken und sehen, wie weit ich mit meiner Feder kam.

Ich mochte das Geräusch, das die Schuhe auf dem Flur machten. Er hatte nur einen entscheidenden Fehler: Er war zu kurz. Wann immer ich diesen Gang entlangging, kam es mir vor, als ob er einfach nicht die richtige Länge hatte. Seufzend ging ich weiter. Ich gönnte mir nicht einmal einen Blick auf den Sonnenaufgang über dem Wald. Jeder Schritt ging bewusst nach vorne, bevor mich der Mut verließ. Ich stieg das kleine Treppchen hinauf zu Andrews Büro. Daran, dass die dunkle Holztür versperrt sein könnte, verschwendete ich keinen Gedanken. War auch nicht nötig. Die Klinke ließ sich problemlos niederdrücken. Zuversichtlich öffnete ich die Tür – und verlor prompt die Kontrolle über meine Kinnlade, als mein geschockter Blick Andrews überraschte Augen traf. Da saß er wie gewohnt an seinem Schreibtisch, dunkelbraunes Haar über den tiefblauen Augen, die ein paar Schrecksekunden lang perplex in meine starrten, bevor er mit einer abrupten 90-Grad-Drehung den Kopf abwandte.

„Was machst *du* denn hier?" Das Gleiche hätte ich ihn auch fragen können, wenn es mich etwas angehen würde, aber ich brachte keinen Laut heraus. Um Fassung ringend blieb ich in der Tür stehen, nur vier Worte in meinem Kopf: *Wann. Schlief. Dieser. Mann*? Hatte er das Büro überhaupt verlassen? War er doch ein Vampir?

„Bist du schon wach, Julie?"

Da war ich mir selbst nicht so ganz sicher. Ich wusste schon, warum ich nie vor Sonnenaufgang aufstand. Das war nicht gesund, weder für mich noch für meine Umgebung.

„Ah … ja?"

Irritiert suchte ich Andrews Blick, aber er hatte den Kopf so betont abgewandt, dass ich dachte, er würde ihm gleich von den Schultern fallen, und er schaute so sehr nicht hin, wie es nur ging. Da brezelte ich mich unheimlich auf, nur um ihm zu gefallen, und ihn interessierte das überhaupt nicht! Toll. Frustriert biss ich mir auf die Unterlippe, während meine Finger unruhig über den Stoff wanderten.

„Sicher?"

Ich ahnte Schreckliches.

„Ja, wieso?"

Verwirrt beobachtete ich, wie er sich erlaubte, kurz verlegen aufzublicken, bevor er sagte: „Julie … du hast noch dein Nachthemd an."

Wenn ich gesagt hatte, ich hätte vorhin um Fassung gerungen, dann war das ein Irrtum. *Jetzt* rang ich wirklich darum. Er hielt es für ein *Nachthemd?!* Ohne übertreiben zu wollen, das Kleid war wirklich sexy, definitiv ein Abendkleid – und er hielt es für ein *Nachthemd?* Er dachte, ich wäre *im Nachthemd* in sein Büro gewandert? Ich schlief ja auch immer mit Schuhen … Sie sollten sich in der Nacht schließlich nicht einsam und verlassen fühlen, so ganz allein im Schuhregal. Vollkommen baff starrte ich ihn an, unfähig, auch nur den kleinen Zeh zu bewegen.

„Willst du dich nicht umziehen?", versuchte Andrew die peinliche Situation zu einem Ende zu bringen. Immer noch nicht fähig, einen klaren Gedanken zu fassen, ging ich raus, schmiss die Tür hinter mir zu und stand dann gut eine Minute lang einfach nur da. Ich starrte in die Luft und verdaute den Schock. *Gut, dass das in die Hose gehen würde, hätte mir eigentlich von Anfang an klar sein müssen.* Dafür wusste ich jetzt wenigstens, dass der Mann wirklich *nie* schlief. Schwer atmend wartete ich noch, bis sich mein Herz beruhigt hatte, bevor ich den Flur entlang zurück zu meinem Zimmer ging.

Als ich die Situation Revue passieren ließ, musste ich dennoch grinsen. Es hatte schon etwas Lustiges an sich gehabt, wie Andrew fast panisch seinen Kopf abgewandt hatte. Die Naivität, mein Abendkleid für ein Nachthemd zu halten. Das war wirklich typisch Andrew. Einfach süß.

Moment! Falsche Gedankenrichtung! Ganz falsche Gedankenrichtung! Auch wenn er im Grunde seines verklemmten Herzens sicher ein netter Kerl war, mit unglaublich faszinierenden Augen, in denen immer diese leichte Nuance Traurigkeit lag, war das noch lange kein Grund für meinen Kopf, solche Adjektive für ihn zu verwenden! Meine Hormone schossen meine Gedanken nur in Ermangelung anderer Alternativen in diese Richtung! Der restliche Tag würde peinlich genug werden, da konnte ich eine weitere Krise nicht gebrauchen. *Konzentration auf die Mission: Nathalie befreien. Auf die eine oder andere Weise.* Und dabei würde nicht helfen, dass er ‚süß' war – schließlich war *ich* diejenige, die *ihm* den Kopf verdrehen sollte.

Markttage

Ein paar Tage später wurde ich zwar wie gewohnt von Donna geweckt, aber nicht zur gewohnten Zeit. „Aufstehen, Julie! Wir fahren in die Stadt!"

Sie sollte wirklich aufhören, mich so früh morgens schon mit neuen Nachrichten zu überfordern. So kurz nach dem Aufwachen war ich nicht zurechnungsfähig. Was Donna nicht davon abhielt, mir die Decke wegzunehmen, als ich mich nicht rührte.

„Donna!", fluchte ich, aber sie meinte nur schulterzuckend:

„Entschuldige, du hast dich nicht mehr bewegt. Ich dachte, du wärst tot."

Sehr schmeichelhaft. Grummelnd stapfte ich an der nervtötenden Frau vorbei, als ihre Worte mein Gehirn erreichten. Neugierig – aber auch misstrauisch – wandte ich mich um.

„Stadt?"

Donna nickte grinsend und sagte: „Beeil dich. Wir warten draußen", und weg war sie. Eine dunkelbraune Leinenhose und ein weißes Shirt später war ich es auch.

Zu meinem Glück war Andrew der Meister des Ignorierens und Unangenehme-Situationen-Übergehens, sodass von unserer peinlichen Morgenbegegnung nichts in den Alltag übergeschwappt war. Es ging also nicht bergab, aber auch nicht bergauf. Und so verfiel ich in eine gewisse Lethargie. Es wäre demnach also gelogen, wenn ich sagen würde, ich wäre *nicht* enttäuscht gewesen, als ich draußen Trevor neben Donna stehen sah. Ich hatte fest damit gerechnet, dass mit ‚wir‘ Donna und Andrew gemeint waren. Und dass dies eine willkommene Abwechslung in Andrews und meiner Interaktion werden würde. Aber wenn dich zwei Menschen synchron angrinsen, hast du keine Wahl. Du grinst ebenfalls.

„Kommt Andrew noch?“

„Keine Sorge“, antwortete Donna und zerstörte damit auch noch meinen letzten Hoffnungsfunken. „Ich hab ihm schon gesagt, dass du heute frei hast.“

Ich habe frei? Das ist mir neu.

„Und ... was mache ich so an meinem freien Tag?“

Die misstrauische Note in meinem Ton schien die beiden zu amüsieren. Langsam wurden sie mir unheimlich.

„Was wir heute machen?“

Wir? Habe ich nicht frei?

Sie ignorierte meinen lautlosen Widerspruch.

„Wir bringen Kaninchen unters Volk.“

Ich hätte nie gedacht, dass sie mit ‚Kaninchen unters Volk bringen‘ tatsächlich gemeint hatte, was sie sagte. Nein, es war keine leere Phrase. Die Kutsche war voll mit Kaninchen.

„Kann man die nicht irgendwie separat transportieren?“, fragte ich etwas besorgt, da die Käfige nicht sehr stabil aussahen.

„Komm schon, Julie, Donnas Häschenmarkt ist immer gut besucht. Das wird lustig.“

Ich wies ihn lieber nicht darauf hin, wie bedenklich sich das in meinen Ohren anhörte. Stattdessen lächelte ich ihn fröhlich an, meinte: „Ja, sicher", und irgendwie glaubte ich es plötzlich selbst ein bisschen. *Es kommt immer auf die innere Einstellung an, nicht wahr?*

„Oh nein, Trevor, fang den Hasen wieder ein!"

Innere. Einstellung.

Zum Glück dauerte es nicht mehr lange, bis wir da waren.

„Ah, Fanny hat mein Schild schon aufgestellt", freute sich Donna und kaum einen Moment später stand die Kutsche und sie rauschte hinaus.

„Und die Kaninchen bleiben an uns hängen?", fragte ich beinahe empört meinen Leidensgenossen, und Trevor nickte etwas verdattert. „So schnell war sie echt noch nie draußen … muss ein neuer Rekord sein."

Wir beschlossen, dass er mir die Käfige hinausreichen und ich sie erst mal auf den Boden stellen würde, bis wir weitere Anweisungen erhielten. Mit wenig Elan sprang ich aus der Kutsche und sah mich um. Wir befanden uns am Stadtrand, mitten im flüssigen Übergang der Bäume und Grünflächen zur Stadt, und neben ihrem Stand plauderte Donna mit ihrer pummeligen kleinen Freundin, die bestimmt Fanny war. Aber ich konnte mich beim besten Willen nicht auf die beiden konzentrieren. Das Schild auf dem Stand beanspruchte meine ganze Aufmerksamkeit. In weiß-gold-roter Schrift und mit reichlich Verzierung stand da auf knallpinkem Hintergrund: *Donnas Häschenmarkt.*

„Das kann nicht ihr Ernst sein …", murmelte ich entsetzt in mich hinein. Ich hätte Donna nie für den Rosa-Typ gehalten. Aber vielleicht war das auch nur ein brutal psychologisch kalkulierter Werbetrick.

Es dauerte gerade mal fünf Minuten, bis Donna und Trevor so in ihre tiefgründige Diskussion darüber vertieft waren, ob ihm Hasenohren stehen würden oder nicht, dass ich den Stand allein schmeißen musste. Und auch wenn das Schild eine grauenhafte Farbkombination abgab, ein Blickfang war es allemal. So ließ mein erster Kunde nicht lange auf sich warten. Es war ein älterer, schrullig wirkender Herr, der auf irgendetwas herumkaute, dabei seinen Blick meinen Körper rauf und runter schickte und mich dann weiter kauend angrinste.

„Hallo, meine Schöne."

Na, *das* fing ja gut an.

„Guten Tag, möchten Sie ein Kaninchen kaufen?"

„Na, hast etwa was anderes *auch noch*?"

Ein Scherzbold. Wunderbar. Widerwillig zeigte ich ihm die Hasen und drängte ihm den großen Dunklen auf, bevor er mich nach meinem Freund oder anderen Dingen, die ihn nichts angingen, fragen konnte.

Eigentlich hatte ich gedacht, ein tolles Geschäft abgewickelt zu haben. 500 Karos für einen Hasen. Aber Donna war anderer Meinung.

„*500 Karos?* Du hast meinen besten Hasen für *500 Karos* hergegeben?!"

Wie sich herausstellte, waren 500 Karos ungefähr so viel wert wie bei uns 5 Euro. Aber wie hätte ich ihr erklären sollen, dass ich das nicht wissen konnte? Dass das eine vollkommen neue Währung für mich war?

„Ab jetzt bekommt Trevor das Kommando. Ich fass es nicht! Das war ein echter Zuchthase!"

„Ich dachte, den hast du von Toni?"

„Trevor, noch so eine kluge Meldung und Julie hat wieder das Sagen."

Man konnte sich denken, dass der Chefposten fast sekündlich umbesetzt wurde.

Wenn sie also nicht gerade Chaos und Verwirrung stiftete, schwirrte Donna irgendwo zwischen den Leuten herum, und wir hatten relativ freie Hand. So war es auch kein Problem, es sich zwischendurch mal irgendwo hinter dem Stand gemütlich zu machen und so zu tun, als ob man nicht da wäre. Schließlich hatte ich heute meinen freien Tag.

Freie Tage sollten eigentlich dazu genutzt werden, für Plan B zu recherchieren …

Dieser Tag hier jedoch brachte mich kein Stückchen weiter. Plötzlich hörte ich Trevor herumstottern. Überrascht lugte ich hinter meinem Versteck hervor. Ich hatte ihn noch nie so nervös gesehen. Vor ihm stand ein schwarzhaariges Mädchen mit kristallklar blauen Augen. Sie hatte sehr helle Haut, als ob noch nie auch nur ein einziger Sonnenstrahl ihr Gesicht berührt hätte, und ihr Mund war zu einem unsicheren Lächeln verzogen.

„Hallo", erwiderte sie mit süßlich leiser Stimme. „Kann ich mir die Kaninchen ansehen?"

Er starrte sie an, als ob er noch nie irgendetwas von irgendwelchen Kaninchen gehört hätte. Langsam schlich ich mich hinüber zu ihnen. Trevor hatte noch immer kein Wort herausgebracht, verloren in den Augen seiner Gesprächspartnerin. So leid es mir tat, aber ich musste eingreifen.

„Kann ich euch helfen?"

Meine Frage schien die beiden schier zu Tode zu erschrecken, ihren Gesichtsausdrücken nach zu urteilen. Wobei sich Trevors Blick bald von einem geschockten in einen hilflosen verwandelte, der fast darum zu betteln schien, dass ich ihm doch einen Eimer über den Kopf stülpen oder ihn irgendwie anders verstecken würde. Seiner kleinen Freundin erging es nicht besser, und nach einem betretenen Blick zu Boden stammelte sie: „Nein … muss nicht … kann später."

Und weg war sie.

Trevors zeitverzögerte Abschiedsworte hätte sie selbst mit den besten Ohren nicht mehr hören können. Eine Weile beobachtete ich ihn, wie er ihr versonnen nachblickte, bis ich meine wedelnde Hand zwischen seine Augen und ihren verschwindenden Schatten schob.

„Na?", fragte ich, als er perplex hochsah und sich wohl im selben Moment noch wünschte, ganz weit weg zu sein, da mein strahlendes Grinsen die Bredouille, in die er sich nun reden könnte, mit Trompeten und Fanfaren ankündigte.

„Wer war denn das? Kennst du sie?"

Trevors Kopf wurde knallrot. Worte würden da so schnell wohl nicht herauskommen.

„Wie heißt sie denn?", gab ich ihm einen Startschuss, und nach einem Seitenblick zu mir, der ihm bestätigte, dass er immer noch von geballter Neugier angestrahlt wurde, gab er seufzend nach.

„Ihr Name ist Susan." Er klang wehmütig, aber auch eine Spur erleichtert. Ich war wohl die Erste, mit der er über seine liebste Susan sprach. Sicher, weil er zu männlich war, um mit seinen genauso männlichen Männerfreunden über Gefühle zu sprechen oder weil ihn einfach nie jemand danach gefragt hatte. Auf jeden Fall schüttete er mir in rührender Weise sein Herz aus.

„Wir kennen uns schon, seit wir Kinder waren. Sie hat neben mir gewohnt … eine Zeit lang. Jeden Tag sind wir gemeinsam hinaus in den Park gelaufen und haben gespielt, bis sie mir eines Tages sagte, dass wir uns nicht mehr sehen könnten, weil ihr Bruder krank sei und sie wegziehen müssten. Irgendwohin, wo es wärmer sei. Sie sah so traurig aus, also habe ich sie in den Arm genommen und sie … hat angefangen zu weinen."

Ich war mir sicher, dass er *auch* geheult hatte. Aber das würde er niemals zugeben, *niemals*. „Sie hat mir einen Kuss auf die Wange gegeben und dann … ist sie gegangen." Er machte eine kurze Pause, um sich zu sammeln.

„Wenig später bin ich dann an Andrews Hof gekommen. Die Sommer vergingen, die Winter vergingen … ich dachte eigentlich nicht mehr an sie … aber auf Donnas letztem Häschenmarkt stand sie dann plötzlich vor mir und ich … sie hat mich angesehen und ich brachte keinen Ton heraus … ich weiß ja nicht mal, ob sie mich noch kennt …"

Das waren die Momente, in denen man sich eine riesige Fliegenklatsche wünschte. Für Menschen.

„*Natürlich* kennt sie dich noch! So was vergisst man doch nicht einfach!", wetterte ich, aber Trevor wimmerte nur: „Aber sie ist so hübsch …"

Erneut wünschte ich mir eine Fliegenklatsche.

„Entschuldige, Trev, aber das lass ich nicht gelten. Hübsche Mädchen haben auch Gefühle!"

Ich wusste wirklich nicht, was es da jetzt verwirrt aufzublicken gab, und wollte gerade fragen, ob das jetzt etwa *die* Neuigkeit war, als sich mit nur einem einzigen Wort seine Verwirrung erklärte.

„Trev?"

Oh nein. In mir wuchs die Befürchtung, erneut mit viel Anlauf in ein Fettnäpfchen gesprungen zu sein.

„Ah … die Kurzform von Trevor? Ein Spitzname?"

Oh, wie ich hoffte, dass Spitznamen hier nichts Ungewöhnliches waren! Zum Glück verschaffte mir schon im nächsten Augenblick ein breites Grinsen in seinem Gesicht Erleichterung, als er wie jemand, der das Offensichtliche übersehen hatte, ausrief: „Natürlich, ein Spitzname!" und dann lachend hinzufügte: „Ich hatte noch nie einen Spitznamen!"

Das wunderte mich, denn so viel Einfallsreichtum benötigte man wirklich nicht, um von einem Namen zwei Buchstaben wegzunehmen. Aber vielleicht war es hier nicht so üblich wie bei uns. Ich ließ ihn weiter frohlocken und wollte gerade zurück an meinen Platz gehen, als mich ein verschwörerisches Funkeln in seinen Augen stoppen ließ.

„Weißt du", flüsterte er, „Donna ist eigentlich auch ein *Spitzname*."

Ein amüsiertes Lächeln umspielte meine Lippen, als er mit noch leiserer Stimme weitersprach, das Objekt unserer Unterhaltung nicht aus den Augen lassend.

„Es ist mir bei Todesstrafe verboten, ihn auszusprechen, sie hasst ihren richtigen Namen ..." Das reichte, um meine Neugier auf den höchsten Punkt zu treiben. Ungeduldig flüsterte ich: „Und? Wie heißt sie?"

Aber Trevor schien sich einzubilden, dass sie hergesehen hatte und aufgrund ihrer telepathischen Fähigkeiten oder einfach nur wegen seines schuldbewussten Ausdrucks genau wusste, was er im Begriff war zu tun. Er wollte entschuldigend von dannen schleichen, doch ich krallte mir seinen Arm und zischte: „Du kannst mir nicht so vorreden und dann einen Rückzieher machen. Ich *sterbe*, wenn ich das jetzt nicht erfahre!"

Zugegeben, etwas melodramatisch, und Trevor musterte mich, als ob ich meine geistige Gesundheit beim Eingang abgegeben hätte, aber es wirkte.

„Wenn sie das erfährt, hast du mir mein Leichentuch zu sticken[4], klar?"

Was immer ihn glücklich machte.

---

[4] In Temprusha konnte man festlegen, wer das Leichentuch sticken sollte, das traditionell über den Leichnam gelegt wurde. Wenn man zu dieser Tätigkeit auserkoren wurde, konnte man sich davor nicht drücken - was dazu führte, dass ungefähr die Hälfte der Leichentücher von den nahen Angehörigen und die andere Hälfte von Erzfeinden gestickt wurden, die dadurch geärgert werden sollten.

„Ihr voller Name …“, hauchte er mir ins Ohr, so leise, dass ich meine ganze Konzentration brauchte, um ihn verstehen zu können, „… ist Donnatella.“

Da wir hier nicht in Italien waren, war der Name tatsächlich etwas ungewöhnlich, obwohl ich ihn schön fand. Wir grinsten uns an, in dem Wissen, dass wir diesen Namen wohl nie wieder laut aussprechen würden, denn Trevor bildete sich schon ein, dass Donna ihn böse anfunkelte, und ich war ihr einfach viel zu dankbar für alles, was sie bisher für mich getan hatte, als dass ich sie mit ihrem Namen aufziehen würde.

„Hm“, unterbrach Trevor meinen kleinen Gedankenausflug, „für dich fällt mir beim besten Willen keiner ein.“ Ich brauchte eine Weile, bis mir wieder einfiel, wovon wir gesprochen hatten, und konnte mich dann eines verhaltenen Lächelns nicht erwehren. Denn, was Trevor nicht wissen konnte, Julie war genau wie Donna nur die Kurzform meines Namens, hatte mich doch meine in alles Französische vernarrte Mutter *Juliette* getauft. Und auch wenn alle Welt diesen Namen wunderschön fand, war ich heilfroh, hier einfach nur *Julie* sein zu können. Und deshalb konnte Trevor auch keinen passenden Spitznamen für mich ersinnen, so sehr er sich auch anstrengte und grübelte.

„Schade“, seufzte er. „Ich hätte so gerne einen für dich gefunden. Spitznamen schaffen so eine … vertraute Atmosphäre … lockern die Stimmung auf…“, versuchte er sein ganzes Bedauern in Worte zu fassen, und war so vertieft darin, dass er nicht merkte, dass ich ihm keine Aufmerksamkeit mehr schenkte. Meine Gedanken hatten abrupt ihre Richtung geändert. Denn irgendwo hatte der verwirrte blonde Junge recht. Und mir fiel da auch gleich jemand ein, dem so ein wenig Vertraulichkeit nicht schaden könnte …

Desaster

Ab diesem Augenblick war der Trubel um Donnas Häschenmarkt für mich vergessen. Wenngleich ich davor auch nichts
dagegen gehabt hatte – *jetzt* konnte der Tag nicht schnell genug
vorübergehen. Die Unterhaltung mit Trevor hatte mir eine
neue Idee beschert. Der graue Schleier in meinem Kopf, der
mich bereits zu Plan B hatte zerren wollte, war verflogen. Ich
hatte wieder ein erreichbares Teilziel vor Augen! Wie leicht so
ein großes Ziel einschüchterte, bis man sich gleich gar nicht
mehr auf den Weg machen wollte, weil es sowieso unerreichbar
schien. Ich musste mir meine riesige Aufgabe in kleine Häpp-
chen unterteilen, damit ich nicht den Mut verlor. *Nathalie …
ich gebe nicht auf!*

Mit dem schönen Gefühl, an Lebensweisheit und neuer Stärke
gewonnen zu haben, fiel ich ins Bett. Mit Tinnitus wachte ich
auf. Im ersten Moment dachte ich das tatsächlich. War es nicht
fast peinlich, dass ich dachte, über Nacht (und vor allem in
einer Welt ohne Bass, Bluetooth-Kopfhörer und E-Gitarren) an
einem Ohrenleiden erkranken zu können? Nein, erst Donnas
aufgebrachtes Geschrei gab mir zu denken.

„Trevor, wenn du nicht sofort das Ding abstellst, versenke
ich dich mitsamt deiner bescheuerten Erfindung im See!"

Wäre ich zu diesem Zeitpunkt schon zwei Stunden wach gewesen, hätte ich es schade gefunden, dass Trevors Pionierleistung so wenig gewürdigt wurde. Aber da dies nicht der Fall war, hätte ich ihn am liebsten persönlich zum See verfrachtet.

Doch es half nichts. Wach war wach und zu Donnas großer Überraschung spazierte ich schon zur Tür hinaus, als sie mich gerade wecken kommen wollte.

„Trevor?"

„Liegt er schon im See?"

„Wenn er das noch mal macht, wird er sich das wünschen!"

Das Unheimliche daran war, dass ich ihr das sofort glaubte. Aber da es mich nicht betraf, konnte ich mich sorglos auf den Weg zur Erfüllung meiner Teilziele machen. Nervös eilte ich die Stufen in den ersten Stock hinauf. Der Rock wehte wie lebendig um meine Beine. Die strahlende Frühlingssonne versetzte mir einen Stich, da mich die Wärme auf meiner Haut an die Nachmittage im Freibad mit Nathalie erinnerten, doch genau um ihretwillen musste ich nach vorne sehen.

Ich beschleunigte meine Schritte, den Flur entlang und das altbekannte Treppchen hoch. Vor der dunklen Holztür blieb ich stehen. Angespannt atmete ich tief ein und aus. Meine letzte Aktion hatte in einem vollkommenen Desaster geendet. So blamiert hatte ich mich schon lange nicht mehr (obwohl sich das Blamage-Potenzial seit meiner Ankunft hier kontinuierlich gesteigert hatte). Aber diesmal war es eine harmlose Angelegenheit, die kaum schiefgehen, aber einiges bewirken konnte. Meine Mundwinkel zogen sich herausfordernd nach oben, als die kühle Klinke den Weg in meine Hand fand und ich sie hinunterdrückte.

Wie üblich wurde meine Ankunft mit einer leichten Kopfhebung honoriert. Ich schloss die Tür langsam hinter mir. Ohne lange zu zögern, rief ich mit jedem Fünkchen Enthusiasmus, das sich in mir finden ließ: „Guten Morgen ... Andy!"

Es dauerte einen Moment, bis Andrew das fremde Wort registrierte. Ich saß – nun, eigentlich stand – wie auf glühenden Kohlen. Als er verwirrt aufsah und sich sein perplexer Blick in meinen Kopf bohrte, verdoppelte sich mein Herzschlag. Eine paralysierende Stille legte sich über uns. Er schien es nicht zu verstehen, nicht im Geringsten. Ich sollte etwas sagen.

„Ah … Andy … die Kurzform für Andrew … ein Spitzname …", versuchte ich mich zu retten. Ich hätte wissen müssen, dass ihm das nicht einfach ein Schmunzeln auf das Gesicht zaubern würde.

„Spitzname?", wiederholte er mit rauer Stimme, was mich kurz irritierte, da seine Stimme sonst die personifizierte Klarheit war. Vielleicht ging es ihm ja nicht gut? Hatte ich etwa einen schlechten Tag erwischt?

„Ah … ja", stammelte ich nervös, und mit dem Gefühl, mehr dazu sagen zu müssen, fing ich wie Trevor gestern an, etwas über die Vorzüge von Kosenamen zu faseln.

„Ich dachte, das würde … die Stimmung etwas auflockern und … ah … für einen vertraulicheren Umgang sorgen …"

Wer gedacht hatte, eine peinliche Präsentation vor einer großen Menschenansammlung zu halten, wäre schrecklich, der irrte sich gewaltig. In Vergleich zu dem hier erschien mir Ersteres wie eine Vergnügungsfahrt.

„Unser Umgang ist vertraulich genug."

Seine Stimme durchschnitt den leeren Raum wie eine Rasierklinge. Mir blieb schier die Luft weg, als hätte ich einen festen Tritt in die Magengegend bekommen. Ich dachte, meine Knie würden gleich einknicken. Ich suchte seinen Blick, doch er hielt den Kopf abgewandt. Wie ein geprügelter Hund schlich ich hinüber zu meinem Tisch, um so zu tun, als würde ich mich meiner Arbeit widmen. Was ich nicht wissen konnte, war, dass er nicht vorgehabt hatte, diesen Satz so stehen zu lassen. Er hatte noch einen Spitznamen für mich dranhängen wollen. Es hätte Teil eines Witzes werden sollen. Doch das Erste, das ihm eingefallen war, blieb ihm wie Kloß im Hals stecken. Denn es war Jo. Jo wie Joanna.

Es war purer Zufall, dass sich Donna genau heute dazu entschlossen hatte, mal wieder in den Garten zu gehen. Sie war die Einzige, die sich noch ab und zu um die Sträucher und Pflanzen kümmerte, seit es Andrew nicht mehr interessierte, wie dieser Platz aussah, und er allen Gärtner:innen gekündigt hatte. Eine fröhliche Melodie summend schlenderte sie – bewaffnet mit Gießkanne und Heckenschere – den schwummrig erleuchteten Gang entlang. In mehr oder weniger sinnvolle Gedanken versunken öffnete sie die Tür und trat hinaus. Die hinter Wolken versteckte Sonne blendete trotz allem. Donna musste den Kopf zur Seite drehen, als sie sich auf den Weg zu den grausam vernachlässigten Pflanzen machte. Doch als eine wohlbekannte Silhouette in ihr Blickfeld geriet, hielt sie inne. Überrascht musterte sie den braunen Haarschopf und die geraden Schultern, die von der morschen Bank nicht mehr ganz verdeckt wurden. Es war lange her, seit sie ihn das letzte Mal hier gesehen hatte. Generell war es lange her, seit sie ihn zu einer menschenfreundlichen Zeit außerhalb seines Büros angetroffen hatte. Für gewöhnlich verließ er es nur, wenn es etwas gab, das ihn so sehr beschäftigte, dass ihn nicht einmal die anspruchsvollste Arbeit mehr zerstreuen konnte. Nach kurzer Überlegung legte Donna behutsam ihr Gartenwerkzeug zur Seite und kam näher. Andrews Blick war ungewohnt nachdenklich auf den Teich gerichtet. Er bemerkte Donnas Anwesenheit erst, als sie schon geräuschlos neben ihm Platz genommen hatte. Eine Weile lang saßen sie andächtig schweigend nebeneinander, das einzige Geräusch die sie einhüllende kühle Brise, die leichte Bewegung übers Wasser brachte.

„Manchmal frage ich mich noch, ob sie wohl irgendwann zurückkommen wird ..."

Scharf sog Donna Luft ein. Es kostete sie einiges an Überwindung, den Schwall von Worten, der ihr auf der Zunge lag, nicht als ordentliche Schimpftirade in die Freiheit zu entlassen. Nur das bedrohliche Flackern in ihren Augen hätte einem aufmerksamen Beobachter wohl etwas Angst eingejagt.

„Selbst wenn sie es wagen würde, noch einmal einen Schritt in dieses Haus zu setzen", erwiderte Donna bissig, „wird jeder ihr freundlich zeigen, wo sich die Tür befindet, und sie – wenn nötig – auch dorthin begleiten. Und du solltest sie *eigentlich* auch hochkant wieder hinauswerfen, wenn sie tatsächlich die Frechheit besitzt, noch mal bei dir aufzutauchen."

Andrew sagte nichts dazu, aber das musste er auch nicht. Man sah ihm an, was er dachte. Er hatte den verbohrten Blick eines Liebenden der ohnehin jedes Wort Lügen gestraft hätte. Eine Tür, die Joanna aufmachte, könnte er nicht zuschlagen.

„Oder sie zumindest nicht mit offenen Armen empfangen", fügte Donna leidvoll seufzend hinzu, wenn er schon keine andere adäquate Reaktion akzeptieren wollte.

Was würde er tatsächlich tun, wenn sie wiederkommen sollte? Und was, wenn sie es nicht tat? Nachdenklich legte Andrew den Kopf zurück. Er hatte Joanna geliebt, von ganzem Herzen, dagegen konnte man nichts sagen. Aber sie hatte ihn betrogen, verlassen, gedemütigt. Doch hatte sie ihn auch nie geliebt? Konnte man sich in den Augen eines Menschen tatsächlich so sehr täuschen? Er würde es erst glauben, wenn er es aus ihrem Mund hörte, aus ihrem Mund eine Erklärung für ihr Verhalten bekam. Anders konnte er nicht damit abschließen.

Und nichts Neues beginnen. Vielleicht gab es für ihren Verrat einen höheren Grund?

Er wollte niemand anderen mehr lieben. Wenn er nicht auf sie wartete – und ihr zumindest die Chance auf eine Erklärung gab –, bedeutete das dann nicht, seine Liebe und damit sich selbst zu betrügen? Oder war es einfach nur Angst, die es ihm unmöglich machte, loszulassen? Wenn er die Hoffnung aufgab – was in den Augen aller anderen absolut gerechtfertigt, wenn nicht sogar notwendig war, in seinen verqueren Gedanken aber nur zu einer schmerzlichen Mischung aus Angst, Demütigung und Sehnsucht verschmolz –, setzte er damit sein Glück aufs Spiel, falls sie doch zurückkommen würde? Das Glück mit der Frau, von der er gedacht hatte, sie wäre die Richtige? Die ihn betrogen hatte, in dem Wissen, dass sie ihn zerstören würde? Dass sie sein Herz in kleine Einzelteile zerreißen würde? Nein, er brauchte sie nicht. Und auch niemand anderen. Er brauchte keine Liebe. Es lebte sich auch ganz gut ohne, und es war ihm ohnehin schleierhaft, wieso er plötzlich wieder so oft an sie denken musste. Naiv zu glauben, er hätte tatsächlich die Freiheit, zu entscheiden, an wen er dachte und an wen nicht.

Seufzend senkte er den Blick. Das Bild seiner Assistentin schoss ihm wieder durch den Kopf, deren heiteres Lächeln wegen seiner Grobheit den ganzen Nachmittag von tiefschwarzen Regenwolken verhangen worden war. Er wollte sie nicht traurig machen. Und genau das machte ihm Sorgen.

„Du kannst nicht ewig auf sie warten", setzte Donna ein, als hätte sie seine Gedanken gelesen.

„Irgendwann wirst du an eine Gabelung geraten. Und dann wirst du dich entscheiden müssen, in welche Richtung du gehen willst."

So ungern er es auch hörte: Irgendwann würde er eine Entscheidung treffen *müssen*.

Verreisen

Mein erster Gedanke an diesem Morgen war, dass ich wirklich nicht aufstehen wollte. Gestern hatte ich Donna nirgends mehr gefunden und so keine Gelegenheit gehabt, mich auszuheulen. Ein ums andere Mal spürte ich, wie sehr ich Nathalie vermisste.

Das Wort *Desaster* hatte eine neue Bedeutung bekommen. *Unser Umgang ist vertraulich genug.* Als ob man irgendetwas an dieser nichtexistenten Beziehung zwischen uns als *vertraulich* bezeichnen könnte …

Frustriert presste ich meinen Kopf ins Kissen. Wenige Minuten später rauschte auch schon Donna herein und machte so lange unerträglich penetranten Lärm, bis ich mich gezwungen fühlte, mich wenigstens aufzurichten. Sie schob meine ungewohnt depressive Haltung wohl den frühen Morgenstunden zu, und ich hatte weder die Energie noch den Mut, den wahren Grund anzusprechen. Ich musste wirklich schlimm aussehen, denn sie verschwand, ohne auch nur ein weiteres Wort zu sagen. Unwillig schleppte ich mich ins Bad.

Die Person im Spiegel sah mich erschöpft an und ich konnte nicht anders, als einen tiefen Seufzer loszulassen. *Machen wir uns nichts vor. Ich werde es nie schaffen, Andrew dazu zu bringen, sich in mich zu verlieben,* dachte ich. Schon gar nicht in weniger als zwei Monaten. Nathalie und ich waren verloren. Wer war ich denn, dass ich dachte, ein gebrochenes Herz reparieren zu können? Ich war keine Anne Boleyn, keine Madame Pompadour, keine Kleopatra. An mir war rein gar nichts, das ich in diesem Moment schön gefunden hätte. Und ich hatte auch nicht die notwendigen Fähigkeiten, um einen unwilligen Mann dazu zu bringen, mich zu lieben. In mich hatte sich doch auch noch nie jemand verliebt. Und mehr als Schwärmereien kannte ich auch von mir selbst nicht. Ich war ein kleines, dummes Mädchen, das es nie wieder aus dieser Welt herausschaffen würde. Und selbst wenn ich es mit meiner Plan-B-Feder irgendwie zu Nathalie schaffen würde – wie würden wir dann heimkommen? Nathalie war von Anfang an verloren gewesen. Der Federmann hatte gewonnen.

Moment – war ich gerade dabei, innerlich aufzugeben? Ich las Bestürzung in den grün-blauen Augen, die dieses Wort gar nicht gern hatten. *Aufgeben*. Nein. Das konnte ich nicht zulassen! Irgendwie brachte dieser Gedanke es fertig, das kämpferische Funkeln in meinen Augen wiederzubeleben.

„Reiß dich zusammen."

Der Ton, mit dem ich mich selbst schalt, war schärfer, als ich beabsichtigt hatte. Meine Hände waren am Waschbecken abgestützt, während ich unbarmherzig mein Spiegelbild fixierte. *Das Spiel ist erst vorbei, wenn es vorbei ist.* Ich erinnerte mich daran, diesen Satz unzählige Male zu anderen Menschen gesagt zu haben. *Noch ist es nicht aus.* Was war ich bloß für eine Heuchlerin? Ich konnte mit einer Vehemenz, die schon fast an Intoleranz grenzte, auf andere einreden, nicht aufzugeben, bevor es zu spät war. Und nun jammerte ich selbst, weil es nicht so lief, wie ich es mir vorgestellt hatte. *Nicht jammern. Weitermachen.* Ich würde es schaffen. Wenn nicht so wie geplant, dann halt anders! Ich würde Nathalie befreien, dem Federmann einen gewaltigen Tritt in den Allerwertesten verpassen und dann ab nach Hause düsen. *Nichts ist unmöglich. Alles ist schaffbar.*

„Und das Glas ist halb voll", schnauzte ich mein Spiegelbild an, um danach selbstzufrieden das Bad zu verlassen. Es waren nicht mehr *nur* knapp zwei Monate. Es waren *noch* knapp zwei Monate. Der letzte Tag wurde einfach aus dem Gedächtnis gestrichen, als ob er nie existiert hätte.

Es wäre falsch, zu behaupten, mein Selbstbewusstsein hätte das einfach so weggesteckt. Mein Unterbewusstsein schien meinen Beschluss, den Tag zu verdrängen, irgendwie nicht so ganz mitbekommen zu haben. Mit heftig klopfendem Herzen ging ich aus meinem Zimmer und machte mich auf den Weg zu Andrews Büro.

Unfairerweise wurde meinen Nerven nicht mal diese kleine seelische Vorbereitung gegönnt – zu meiner großen Überraschung kam er mir plötzlich auf der Treppe entgegen. Als er mich bemerkte, stoppte er ebenfalls und musterte mich verblüfft. „Julie?!"

Irritiert starrte ich ihn an. Was war denn das jetzt? Hatte er vergessen, dass ich hier lebte? Ich meine, was war seit Neuestem überraschend daran, dass ich jeden Morgen diese Treppe hinauf zu seinem Büro ging? Hatte er gedacht, ich würde mich nach der Katastrophe gestern in irgendeinem Loch verkriechen und nicht mehr hervorkommen? (Zugegeben, ich war kurz davor gewesen.)

Bevor ich mir aber weiter darüber Gedanken machen konnte, hörte ich ein dubioses Geräusch hinter mir und wandte intuitiv den Kopf – zu Trevors großem Glück. Denn gerade in diesem Moment stolperte dieser mit einer großen Schachtel voll klirrender Zerbrechlichkeiten über seine eigenen Füße, die Schachtel rutschte aus seinen festgekrallten Fingern, seine

Augen wurden groß – ohne lange zu überlegen, hüpfte ich die Treppe hinunter, machte einen beherzten Schritt nach vorne und fing mit einem Kniefall die Schachtel. Einen Moment lang hatte ich selbst mit der Schwerkraft zu kämpfen, bis ich die Schachtel sicher und unverrutschbar in meinen Händen hatte, war dafür aber schon knapp davor, selbst einzuknicken.

„Oh Julie, das tut mir so leid …", stammelte Trevor starr vor Schreck und offenbar nicht in der Lage, zu erkennen, dass die Schwerkraft immer noch ihren Spaß mit mir hatte. Ich drohte bereits zur Seite wegzukippen, als von hinten ein scharfes „Trevor!" kam und er sich fing. In Sekundenschnelle hockte er neben mir und nahm mir endlich die schwere Schachtel aus der Hand.

„Danke, Julie, entschuldige, aber der Schreck …"

Lächelnd richtete ich mich auf und wollte den armen Kerl beruhigen – schließlich konnte ich jede Art von Tollpatschigkeit und Ungeschicktheit gut nachempfinden –, als mir Andrew ins Wort fiel.

„Reicht schon. Wartet Donna nicht auf dich?"

Die Tonlage war unerwartet kühl und genauso ungewöhnlich wie der Wortlaut. Verwirrt blickten wir beide ihn an.

„Ah … ja, entschuldige, ich bin schon weg!"

Trevor stabilisierte noch einmal schnaufend seine Schachtel und suchte dann schnellstmöglich das Weite. Verständlich. Ich wäre am liebsten mitgegangen.

Noch etwas konfus sah ich Trevor kurz nach, bevor ich mich umwandte, wo ich schon in den Augenwinkeln bemerkte, wie mich Andrews wache Augen für einen Moment lang auf eine seltsame Art und Weise musterten. Bis er im nächsten Augenblick sein Interesse schon wieder verlor und wieder den alten, etwas abwesenden und distanziert kühlen Blick bekam. Jetzt war ich endgültig verwirrt. *Okay. Was war das? Was zur Hölle war das?* Perplex starrte ich ihn an, aber sein gedankenverlorener Blick blieb zur Seite geneigt und würde sich wohl auch nicht mehr wenden.

War das der gleiche Andrew wie der, der mir gestern knallhart klargemacht hatte, wie weit wir von allem, das sich in irgendeiner Art ‚zwischenmenschliche Beziehung' schimpfen konnte, entfernt waren? Zu sagen, ich war verwirrt, würde die Situation nicht mal ansatzweise erfassen.

In diesem Moment kündigte sich mit plumpen Schritten das nächste Unheil an. „Andrew! Ich habe den Koffer gefu…, oh", rief Lyon von der Treppe herunter, stockend, als er meine Anwesenheit bemerkte. Mit einem vor Geringschätzung triefenden Gesichtsausdruck. Doch das tangierte mich weniger, mein Kopf begann zu arbeiten. Irgendetwas war hier merkwürdig. Erst jetzt fiel mir auf, dass Andrew über seiner Schulter lässig einen eleganten, schwarzen Reisemantel hängen hatte. Lyon trug einen scheußlichen karottenfarbenen Mantel, der sich zwar furchtbar mit seiner Haarfarbe biss, aber warm aussah, während seine dünnen Finger sich um eine fette schwarze Aktentasche krampften.

„Fahrt ihr etwa weg?", fragte ich ungläubig, direkt in Andrews kühle blaue Augen, die vor Überraschung aufblitzten.

„Habe ich dir das nicht gesagt? Ich habe einen Termin beim Baron."

Das erklärte die Sache. Ich seufzte.

„Nein, das hast du vergessen, Andrew."

Wie gut, dass ich noch rechtzeitig gekommen war. Hätte ich mich nur um fünf Minuten verspätet, würde ich schon verwirrt und hilflos im Schloss herumwuseln, auf der Suche nach einem verschwundenen Andrew. Donna hätte sich scheckig gelacht. Lyon musterte mich hämisch, während ich meinen Blick geknickt auf die Stufen wandern ließ. Plötzlich räusperte sich Andrew.

„Willst du mitkommen?"

„Was?!", schallte es nach einer kurzen, perplexen Pause zweistimmig durch die Halle. Ich brauchte einen Moment, bis ich begriffen hatte, dass er das ernst meinte. Der Ansatz eines Schmunzelns schlich über Andrews Gesicht, als mein Mund plump vor ungläubigem Erstaunen aufklappte, bevor ich begeistert „Ja, gerne!" rief. Lyon sah drein, als wäre jemand gestorben.

„Gut, die Kutsche steht schon draußen bereit, falls du dir noch etwas holen möchtest. Es ist heute eher kühl draußen."

Andrew und Lyon konnten noch nicht lange in der Kutsche sitzen, als ich mit roten Wangen und einem blauen Mantel in den Hof hinausstürmte. Diesmal hatte der Kutscher auf mich gewartet und half mir elegant hoch.

„Du hättest nicht laufen müssen", meinte Andrew irritiert, als ich einstieg. Trotzdem hatte ich nicht das Risiko auf mich nehmen wollen, ihm zu viel Zeit zu geben, seine Entscheidung zu überdenken. Er hätte es sich ja zwischendurch anders überlegen können.

„Schließlich steht mir der Baron den ganzen Tag zur Verfügung."

Die Leute hier mussten wirklich viel Zeit haben.

Diese Fahrt verlief weniger still als die letzte, was aber nicht an einem ungewöhnlich gut gelaunten Andrew lag, sondern an der dauerquasselnden Nervensäge neben ihm. Lyon füllte jede ruhige Minute aus. Dass ihm keiner antwortete, störte ihn nicht. Er verstand es, das Gespräch am Laufen zu halten, auch ohne Input von anderer Seite zu bekommen. Eine unerwünschte One-Man-Show sozusagen. Wie Andrew das aushielt, war mir ein Rätsel. Vermutlich hatte sein Gehirn Lyons Stimme mittlerweile durch Meeresrauschen ersetzt. Es war auf jeden Fall sehr offensichtlich, dass er ihm nicht zuhörte und irgendwo in seiner eigenen – sehr ernsten – Welt war.

So blieb mir nicht viel mehr übrig, als hinauszustieren. Wir fuhren diesmal in die andere Richtung, aus der Stadt hinaus, über Felder und Wiesen, die von Wald umgeben waren, bis der Weg immer steiniger und holpriger wurde und die Fläche eben und grün. Auf eine gewisse Art faszinierte es mich. In meiner Heimatstadt war ich gewohnt, alle paar Meter einen Berg vor mir zu haben.

Wenig später kam das Schloss schon in Sichtweite. Um es herum war ein kleines Wäldchen gepflanzt worden. Man erkannte allerdings deutlich, dass es kein natürlicher Wald war. Zu systematisch geordnete Baumkultur, so penibel, dass es der Natur sicher viel zu anstrengend gewesen wäre, sie so wachsen zu lassen. Diesen Aufwand würde sich nur ein Mensch antun. Ein Kiesweg führte zu einer Brücke, die über einen hellblau glitzernden Bach führte, der schräg am Schloss vorbeifloss. Ein Tor gab es nicht. Wie bei Andrews Hof war einfach ein großes, rundes Loch in die Steinmauer gehämmert worden, auch wenn es hier nicht so fein wie bei uns, sondern eher grob aussah. Vermutlich gab es dazu irgendeinen Aberglauben, den ich noch nicht kannte. Mit Unglück bringenden verschließbaren Toren. Und die Legende hatte sich dann wahrscheinlich ein verzweifelter Dieb ausgedacht.[5]

Durch das offene Tor kamen wir jedenfalls in einen kleinen Vorhof, wo uns ein junger Mann sofort einwies.

„Der Baron erwartet euch." Andrew und Lyon stiegen beide

---

[5] Tatsächlich stimmte Julies Vermutung. Den Aberglauben, dass Tore massives Unglück bringen, hatten Diebe gesät. Es gab eine Kampagne in Temprusha, in der Menschen Aufklärungsarbeit dagegen leisten wollten, da die Zahl der Diebstähle inzwischen ins Unermessliche gestiegen war. Aber dann brach wieder irgendwo ein Feuer oder eine andere Katastrophe aus und es war klar, wer schuld war: das Tor!

vor mir aus, unsicher folgte ich ihnen. Doch wider Erwarten befand sich kein Stroh unter meinen Füßen, als ich hinausstieg, sondern massiver Stein. Und in den Stein eingearbeitet verschiedenfarbige Mosaikfliesen, die in den Hof hinausführten. *Wunderschön!* Für Mosaik hatte ich eine Schwäche. Doch zu lange konnte ich mich nicht dazu hinreißen lassen, den Boden anzustarren – die anderen warteten schon.

An der Eingangstür stand eine junge, quirlige Frau, ganz in Orange, mit dunkelbraunem, leicht gelocktem Haar und grünblauen Augen, die schon mitten in ihrem kleinen Begrüßungsmonolog war, als ich dazukam.

„… und im Namen des *ganzen* Hofpersonals möchte ich euch *ganz* herzlich willkommen heißen! Wir freuen uns schon wieder *so sehr* auf den Frühlingsball! Das könnt ihr euch gar nicht vorstellen!"

Lyons dezent säuerlichem Gesichtsausdruck nach zu urteilen, ging das schon die ganze Zeit so dahin, und ihre penetrante Stimme überschlug sich noch einige Male, bevor Andrew – der bisher mit keiner einzigen Regung auch nur die kleinste Spur von Ungeduld preisgegeben hatte – mit eisiger Stimme ihren Monolog guillotinierte.

„Würdest du uns bitte zum Baron führen?"

Er hatte die Eigenart, mit seinem kalten Ton die Luft zu durchschneiden, als würden rasiermesserscharfe Klingen einem so knapp an der Nase vorbeischießen, dass man noch den kühlen Luftzug spürte. Die junge Frau wurde bleich.

„Na…Natürlich", stotterte sie und hielt uns die schwere Steintür auf, um uns mit einer zwar zittrigen, aber einladenden Geste hineinzubitten. Den restlichen Weg brachte sie keinen Ton mehr heraus. Wortlos führte sie uns über den mit roten und blauen Mosaiksteinen verzierten Steinweg, über haselnussfarbene Treppen und durch hell erleuchtete

Zwischenräume. Der einzige Laut, der durch die Gänge hallte, war das Geräusch unserer Schritte. Nicht einmal Lyon wagte es, seine Stimme zu erheben.

Als wir schließlich an einer Doppeltür, verziert mit kostbaren rotgoldenen Ornamenten, ankamen, schien sie immer noch unschlüssig, ob sie je wieder mit uns sprechen wollte. Verkrampft öffnete sie ihr Aktentäschchen und entnahm ihr eine Mappe, die sie uns entgegenstreckte, während sie etwas hervorstotterte.

„Ah … wer …?" Langsam begriff ich. Es durfte nur einer von uns mitkommen. Sie wusste nicht, wer Andrews Vertrauter war. Das entlockte mir ein hämisches Grinsen, zumindest innerlich. *Was für eine Kränkung für Lyon, was für ein Triumph für mich!* Andrew selbst stand schweigend in der Mitte, neben sich Lyon, der bitterböse hinüberfunkelte, und mich, mit bittendem Dackelblick.

Allerdings wusste ich schon, bevor er es aussprach, dass er nicht mich nehmen würde.

„Lyon." Ein einziges Wort, eine Aufforderung reichte. Lyon riss der armen Frau die Mappe aus der Hand und sie öffnete ihnen die Tür.

Weder Lyon noch Andrew drehten sich noch einmal um, bevor sie hineingingen. Sie wirkten äußerst geschäftig, und ich dachte bei mir, dass ich als absolut unwissende Fremde hier eher eine Belastung als eine Hilfe war und es wohl auch für mich besser war, außen vor gelassen zu werden.

Allerdings gab mir das auch einen Grund, mich zu freuen. *Andrew hat mich mitgenommen, ohne irgendeinen Nutzen daraus zu ziehen. Er hat mich mitgenommen, obwohl er mich in keiner Weise benötigt. Nur um mir eine Freude zu machen.* Der Gedanke brachte mich unwillkürlich zum Lächeln, was mich der kleinen orangenen Empfangsdame keineswegs sympathischer werden ließ, denn sie verließ so schnell wie möglich den Raum und ließ mich alleine stehen. Ich fühlte mich etwas verloren. Es gab hier nicht einmal eine Sitzgelegenheit zum Warten, und die Aussicht war auch nicht gerade berauschend. Als es mir langweilig wurde, beschloss ich, mich ein wenig umzusehen. Ihre Unterredung beim Baron würde sicher nicht so schnell zu Ende sein. Bis dahin war ich bestimmt wieder zurück.

Die Gänge sahen alle gleich aus. Steinerne Böden, dicke Mauern, ungewöhnliche Fenster. Ich schlenderte herum und langweilte mich fast mehr als vorher. Ich war sicher schon einige Minuten lang unterwegs, als ich plötzlich einen Raum entdeckte, dessen Tür halb offen stand und aus dem dunkelrotes Licht herausströmte. Fasziniert von dem Licht und froh über etwas Beschäftigung machte ich ein paar Schritte zur Tür hin und lugte hinein. Der Raum war hell und ziemlich leer, bis auf ein paar abgenützte Tische und Stühle und eine große rote Lampe in der Mitte, die das Sonnenlicht abfing und rot reflektierte. Ich wollte gerade einen Schritt nach vorn machen, als mich jemand an der Schulter packte und ich vor Schreck zusammenzuckte. Es lief mir eiskalt den Rücken hinunter. Ich ahnte intuitiv, wer es war. Langsam wandte ich mich um. Meine Intuition hatte recht. Ich blickte in das kantige Gesicht des Federmanns.

Der Schock ließ mich nicht klar denken. Ich riss mich los, stürmte ins Zimmer, knallte die Tür hinter mir zu und sperrte ab. Ich war noch nie so glücklich darüber gewesen, einen Schlüssel vorzufinden. Ich hörte ihn noch draußen lachen, bevor mir wieder einfiel, dass er einen ganzen Mantel voller Orbéo-Federn besaß. Was mein ganzes Unterfangen ziemlich sinnlos machte. Kaum einen Augenblick später materialisierte er sich hinter mir, ich wirbelte herum und drückte mich vor Furcht gegen die Tür.

„Was denn, Julie", fragte er grinsend, während er seinen Federmantel über die Schulter warf und sich ganz nah zu mir vorbeugte, „habe ich dich etwa erschreckt?"

Über seine rechte Wange zog sich eine recht frisch aussehende Narbe, und er sah generell etwas ungepflegter aus als letztes Mal. Ich nahm eine etwas lockerere Haltung an.

„Ein bisschen."

„Ein bisschen!"

Amüsiert legte der Federmann den Kopf in den Nacken und lachte laut auf.

„Ein bisschen!", rief er noch einmal belustigt aus, dabei von mir ablassend. Sein Weg führte ihn zur Zimmermitte. *Was für ein Narzisst*, dachte ich bei mir, in nervöser Erwartung, was er bloß vorhatte.

„Aber es ist mir ganz recht, wie du das grad eingefädelt hast. Ich wollte ohnehin privat mit dir sprechen. So kann uns niemand stören. Und es soll uns ja auch niemand hier zusammen sehen, sonst hättest du einiges zu erklären, nicht wahr, meine Kleine?"

Er lachte wieder auf und mir wurde ziemlich unwohl dabei. Sein Grinsen jagte mir kalte Schauer über den Rücken. Das Wissen, dass ich keinen blassen Schimmer hatte, was für eine Katastrophe es tatsächlich wäre, wenn Andrew mich mit ihm sehen würde, amüsierte ihn bestimmt köstlich. Und er schien Zeit zu haben. Eine Weile lang stand er noch grinsend in der Mitte des Raums, dann wurden seine Gesichtszüge plötzlich ernst. Er wandte sich ab und ging zu den Fenstern. Still sah er hinaus, als hätte er mich vergessen, aber ich wusste es besser. Es ging nur um die Theatralik. Er schien es zu genießen, sich selbst zu präsentieren, mit jeder Aktion, jeder Handlung den größtmöglichen Effekt zu erzielen. Aber ich tat ihm nicht den Gefallen, nach seiner Aufmerksamkeit zu fragen. Ich blieb stehen, wo ich war, ohne mich zu bewegen oder ein Wort zu sagen.

In mir keimte wieder etwas Selbstsicherheit auf, da ich wusste, was er wollte, und die Genugtuung hatte, es ihm zu verwehren.

Irgendwann wurde es ihm dann aber doch zu dumm, er drehte sich zur Seite und musterte mich scharf.

„Und? Wie sieht's aus? Machst du Fortschritte?"

Ich wusste nicht, woher ich die plötzliche Courage nahm, aber ich zuckte nur lässig mit den Schultern und meinte: „Ich bin hier, oder?"

Er schien irritiert, fast wütend.

„Ist das alles, was du zu sagen hast?", fauchte er, und ich bekam das Gefühl, gerade einen Fehler gemacht zu haben.

„Glaubst du, du hast ihn schon im Netz, nur weil er dich irgendwohin mitgenommen hat? Verdammt!", schrie er und schlug dabei so fest auf das Fensterbrett, dass ich vor Schreck zusammenzuckte.

„Glaubst du, das ist ein Spiel? Vergiss nicht, um was es hier geht! Bis zum Sommerbeginn muss er dich lieben! Keine Schwärmerei, keine kleine Verliebtheit, keine Sympathie! Liebe!"

Der Mann war ein Psychopath. Ohne Frage. Ich bekam ein wenig Angst.

„Was ist mit Nathalie? Wie geht es ihr?"

Unwirsch fuchtelte er mit der Hand und im Fenster erschien ihr Bild, wie sie in dem mir bekannten Keller saß und mit leerem Blick zu dem kleinen, verriegelten Fenster hochsah. Sie war bleich und noch magerer als vorher. Ein ums andere Mal wurde mir die Tragweite meiner Aufgabe bewusst. Der Federmann ließ das Bild wieder verschwinden. Dann zupfte er sich ärgerlich eine Feder aus seinem Mantel, warf mir einen letzten Blick zu, als wäre er zu aufgebracht, um noch ein Wort mit mir wechseln zu können, und verschwand so plötzlich, wie er gekommen war.

Doch bevor mich die Mischung aus Panik, Verzweiflung und Angst überwältigen konnte, riss mich der Klang einer wohlbekannten Stimme aus meinen Gedanken.

„Julie?!"

Ich konnte klar Andrews Stimme erkennen, auch durch die dicke Tür hindurch. In der Hoffnung, dass sie noch weit weg waren, drehte ich nervös den Schlüssel herum. Ich brauchte eine Weile, bis ich merkte, dass die Tür deshalb nicht aufging, weil ich in die falsche Richtung drehte. Aufgelöst würgte ich den Schlüssel ins Schloss und stürzte aus dem Raum. Zum Glück war niemand da. Ich beruhigte mich wieder etwas und ließ die Tür hinter mir zufallen. Blutdruck messen dürfte bei mir jetzt niemand. Ich wette, mein Herzschlag hätte das Gerät gesprengt.

„Julie?!"

Sie suchten nach mir. Ein angenehmer Gedanke. Schließlich hätten sie mich auch einfach vergessen können. Lyon hätte Andrew mit Sicherheit niemals freiwillig an mich erinnert.

„Julie?!"

Andrews Stimme wurde immer lauter. Anscheinend kamen sie immer näher. Er hatte eine schöne Stimme. Ich war so versunken in meine Gedanken, dass ich nicht einmal daran dachte, ein Lebenszeichen von mir zu geben, sondern einfach nur den Stimmen folgte.

„Leg dich einfach flach auf den Boden und beweg dich nicht mehr, bis wir da sind, dann kann dir auch nichts passieren, Julie!"

Lyon. Wer sonst? Ich sah ihn fast vor mir, wie er bösartig in sich hineinlachte für diese Meldung. Aber das bekam er zurück. Kaum war ich um die Ecke gebogen, sah ich die beiden Herrschaften dann tatsächlich. Sie standen mit dem Rücken zu mir und hatten mich noch nicht bemerkt. Süffisant grinsend rief ich Lyon entgegen:

„Hast du ernsthaft mit so einer plumpen Anmache schon mal eine Frau auf den Boden gebracht?"

Beide wandten sich abrupt um und wie immer lief Lyon vor lauter Ärger tomatenrot an, während Andrew gluckste.

Wenigstens die vulgäre Sprache verstand man überall. Moment … Andrew lachte? Ich konnte es nicht fassen! Ich hatte ihn noch nie lachen gehört. Was für ein vollkommen neuer und betörend schöner Laut! Vielleicht stand es um mich doch nicht so schlecht, wie ich gedacht hatte. Andrew sah sogar einmal nicht so drein, als ob die Welt untergehen und es mit ihm beginnen würde. Ich musste auf dem richtigen Weg sein.

Als wir abends zurückkamen, war ich in einer nachdenklichen bis trübsinnigen Stimmung. Andrew hatte sich sofort wieder in sein Büro verzogen und Lyon nervte sowieso nur, also verkroch ich mich ebenfalls und ging in den Garten. Hier würde ich meine Ruhe haben. Ich saß gerne bei Teichen oder Seen. Dort konnte ich am besten nachdenken. Wasser beruhigte mich irgendwie. Es dauerte nicht lange, bis ich tief in meiner eigenen Gedankenwelt versunken war und erschrak, als mir plötzlich jemand von hinten auf die Schulter griff. Vor Schreck sprang ich auf und machte einen Satz nach vorne, bis ich registrierte, welche bösartige Person mich da gerade halb zu Tode erschreckt hatte. Und das, nachdem meine Nerven nach der Begegnung mit dem Federmann heute ohnehin schon überstrapaziert worden waren!

„Donna", schrie ich empört auf, „schleich dich doch bitte nicht so an!"

Spöttisch zog Donne eine Augenbraue hoch: „Anschleichen? Eine Horde Elefanten hätte hinter dir vorbeilaufen können und du hättest nichts bemerkt! Was machst du überhaupt hier?"

Das war eine gute Frage. Ich seufzte und setzte ich mich wieder.

„Nachdenken."

Belustigt setzte sie sich neben mich, bevor sie murmelte: „Ich komm hier auch zu gar nichts mehr …"

Ich warf ihr einen irritierten Blick zu, den sie aber konsequent überging, und wir saßen eine Weile schweigend nebeneinander. Irgendwann warf sie mir einen besorgten Seitenblick zu – es kam ja doch eher selten vor, dass ich wirklich still war – und fragte: „Was beschäftigt dich denn?"

Auf diese Frage hatte ich gewartet.

„Das Thema wird dir nicht gefallen", tastete ich mich vorsichtig heran, allerdings siegte Donnas Neugier über besseres Wissen.

„Ach was. Sag einfach, was dir durch den Kopf geht."

Skeptisch musterte ich sie kurz, bevor mein Kopf sich wieder Richtung Teich wandte. Ich konnte sie dabei nicht ansehen.

„Ich frage mich nur … wie das war, als Joanna abgehauen ist. Ich meine, was genau passiert ist."

Beim Namen Joanna sog Donna tief Luft ein und bereute sichtlich, mich zu dieser Frage ermutigt zu haben.

„Julie, du weißt, darüber *kann* ich nicht reden …"

„Du hast gesagt, ich soll dir sagen, was mich beschäftigt und das habe ich getan."

Bittend fixierte ich Donna, die sich wand und krümmte und wohl einfach nur wieder wegwollte.

„Ich versteh es einfach nicht. Ich will nur wissen, was genau passiert ist."

Und etwas leiser fügte ich hinzu: „Und was das mit Andrew gemacht hat …"

Damit hatte ich sie. Die fast mütterliche Zuneigung und der tiefe Respekt, den sie für ihn empfand, spiegelten sich deutlich in ihrem Ausdruck wider. Nach einem lauten Seufzer gab sie schließlich auf.

„Gut. Wenn es dir so wichtig ist, werde ich es dir erzählen. Aber davon weder ein Wort zu Andrew noch zu Trevor oder sonst irgendeiner Seele. Ist das klar?"

„Absolut!", stieß ich hervor und nahm eine aufmerksame Haltung an, als Donna widerwillig zu erzählen begann.

„Es war ein trüber, kalter Morgen. Ich war schon früh im Hof und arbeitete – ich glaube an den Topfpflanzen am Korridor –, als ich plötzlich Joanna und Andrews Bruder Evan mit Koffern vorbeigehen sah. Wobei ich mir aber nichts dachte. Vielleicht fuhren die beiden mit Andrew gemeinsam auf eine Geschäftsreise. Das wäre zwar ungewöhnlich gewesen, da Andrew und Evan einander verabscheuten, schon seit Kindertagen, aber na ja, gewundert hätte es mich trotzdem nicht. Sie luden die Koffer ein, stiegen in die Kutsche und ließen die Tür laut ins Schloss fallen. Ab da begann es mir merkwürdig vorzukommen. Ich wandte mich von meiner Arbeit ab und ging verwundert ein Stück nach vorne. Die Kutsche fuhr los. Unendlich langsam, wie es mir schien. Ich merkte erst, dass Andrew neben mir stand, als er ebenso verwundert fragte: ‚Wo fahren die denn hin?' Und in dem Moment konnte ich im hinteren Fenster der Kutsche sehen, wie Joanna Evan einen sanften Kuss auf die Wange drückte. Ich wusste nicht, ob Andrew es auch gesehen hatte. Das weiß ich bis heute nicht. Aber ich sah, dass er begriff, was da passierte, und dass sich irgendetwas in ihm veränderte. Ich wollte ihn fragen, ob alles in Ordnung sei, doch plötzlich brach ein Tumult los. Ich weiß nicht mehr genau warum, vielleicht hatte noch jemand die Kutsche gesehen und den Hof informiert oder es war irgendetwas anderes. Ein Haufen Leute stürzte heraus und verlangte meine Aufmerksamkeit. Als ich mich endlich wieder losreißen konnte, war Andrew weg. Ich suchte ihn überall, wirklich überall, aber er war spurlos verschwunden. Wir schickten Suchtrupps los, die das gesamte Gelände durchforsteten und die umliegenden Städte durchsuchten. Aber es fand ihn keiner. Du glaubst nicht, was für eine Todesangst ich hatte. Drei Tage lang war er einfach verschollen. Dann tauchte er plötzlich wieder auf, ging durch das Tor in den Hof und ins Haus, als ob nie was gewesen wäre, und verlor kein Wort darüber, wo er gewesen war. Aber in diesen drei Tagen hatte er sich verändert. Es war nicht mehr der Andrew, den ich gekannt hatte. Seine Augen strahlten eine eisige Kälte aus. Nur die wenigsten wagten es noch, ihn anzusprechen. Ich weiß bis heute nicht, wo er war und was dort mit ihm passiert ist …"

Donnas Schweigen signalisierte, dass die Redestunde jetzt vorbei war. Ich hätte mich aber auch auf keine weitere Unterhaltung einlassen können. Mein Kopf und mein Herz waren so voller Emotionen, die ich erst noch verarbeiten musste. Manchmal war es anstrengend, ein sehr feinfühliger Mensch zu sein. Ich konnte Andrew direkt vor mir sehen. Wie er dastand, mit fragendem Blick. Den Schmerz konnte man jetzt noch immer in seinen Augen lesen.

Irgendwann später stand Donna wortlos auf und ging. Ich blieb sitzen, starrte aufs Wasser und dachte nach. Es war weit nach Mitternacht, als mir kalt wurde und ich ebenfalls ins Schloss zurückkehrte.

In meiner Mitte

Nach einer diffusen, von Träumen beherrschten Nacht hätte man annehmen können, dass ich unausgeschlafen gewesen wäre. Dem war allerdings ganz und gar nicht so. Leichtfüßig stieg ich aus dem Bett und streckte mich den morgendlichen Sonnenstrahlen entgegen. Ohne auch nur eine einzige Bewegung dabei zu verfluchen!

Was für wunderbares neues Gefühl! Es fühlte sich an wie … ja, wie innere Ruhe. Vielleicht war meine neue innere Ruhe dadurch verursacht, dass ich mich nun mehr oder weniger *wissend* fühlte. Als gehörte ich zu einem Kreis enger Vertrauter, die ein bedeutendes Geheimnis teilten. Donna jedenfalls schien das Gespräch von gestern vergessen zu wollen. Sie klopfte nur einmal an, ohne hereinzukommen.

Auf dem Weg zu Andrews Büro konnte ich schon von Weitem erkennen, dass er bei dem Fenster vor dem kleinen Treppchen stand und hinausstierte.

Als ich näher kam, sah er kurz auf und unsere Blicke trafen sich. Ich konnte gar nicht anders, als ihn anzulächeln. Meine Gesichtszüge wurden automatisch sanfter. Am liebsten hätte ich ihn in den Arm genommen und ihm gesagt, dass alles wieder gut würde. Er sah aber sofort wieder weg und starrte noch energischer aus dem Fenster. Langsam fragte ich mich, ob Donna mir vielleicht zu viel erzählt hatte. Zumindest mehr, als gut für meine Mission war. Jedenfalls schien Andrew der Ausdruck in meinen Augen unangenehm zu sein. Ich verstand warum.

Er will kein Mitleid. Aber dass ich ihm das so leicht ansehen konnte, war merkwürdig. Irgendetwas war heute wirklich anders. Zum Glück wurde mein unschlüssiges Dastehen und Andrew-Anstarren durch externe Faktoren beendet. Mir persönlich wäre allerdings eine andere Unterbrechung lieber gewesen als ein durch eine Seitentür preschender Lyon, der lauthals und äußerst dramatisch verkündete: „Es ist eine Katastrophe!"

Für einen kurzen Moment lang dachte ich, Andrew würde seinem Gesichtsausdruck Worte verleihen (man konnte heute wirklich viel aus ihm lesen ... warum bloß?) und ihm sagen, was für eine melodramatische Nervensäge er war. Doch seine Züge stabilisierten sich innerhalb von Sekunden. Er blieb ruhig stehen, stierte weiter aus dem Fenster – und sagte nichts. Irgendwie kam es mir vor, als sei er *aus* seiner Mitte gefallen, so wie ich plötzlich *in* meine gefallen war. Wie wir Lyon kannten, störte er sich nicht weiter daran, dass Andrew kein Wort zu der Sache verlor und machte weiter im Text.

„Das Datum auf den Plakaten ist falsch! Es steht der 49. statt der 48. Tag der Blütezeit darauf!"

Irritiert sah ich ihn an. „Was für Plakate?"

Daraufhin bekam ich den von mir liebevoll genannten ‚Marsmensch-Blick' ab.

„Na, um was wohl, du Siebenschläfer? Um den Frühlingsball natürlich!"

Ah, der Frühlingsball. Natürlich, alles klar.

„Wir haben alles für den 48. vorbereitet! Das kann nicht mehr verschoben werden!"

Das war das erste Mal, dass ich mitbekam, dass in Temprus-ha – dem Land der Menschen mit aller Zeit der Welt – aus zeitlichen Gründen ein Problem vorlag.

„Dann korrigier doch das Datum", erwiderte Andrew nüchtern auf Lyons höchst emotionale Rede.

„Korrigieren?! Das sind über 1.000 Plakate! Die müssten wir alle einzeln ausbessern."

„Und? Setz dich irgendwo an einen ruhigen Platz und fang an. Nimm dir Julie mit, dann seid ihr bis spätestens heute Abend fertig."

Als er meinen Namen erwähnte, warf er mir einen kurzen Blick zu, der mir das Gefühl gab, als ob ich gar nicht da wäre. Als ob er Lyon nur auf diese ausgesprochen schöne Wand hinter mir aufmerksam machen wollte. Ich verstand diesen Mann wirklich nicht. Zuerst war er eisig kalt und riss mich allein mit seinen Worten fast in Stücke, am nächsten Tag war er seltsam fröhlich und freundlich und heute plötzlich wieder abweisend. Wie sollte irgendjemand bloß daraus schlau werden? Konnte er sich vielleicht einmal für ein Verhalten entscheiden? Auf jeden Fall stand mir ein langer Tag bevor …

„Also, du musst aus dem 49er auf dem Plakat ganz links unten einen 48er machen, das heißt aus dem Neuner einen Achter, genau bei dem wo…"

„Lyon, ich habe es mittlerweile verstanden", unterbrach ich ihn leicht genervt. Er hatte mir jetzt fast dreimal erklärt, wie ich diese sehr simple Aufgabe zu erledigen hatte. Es waren nicht mal andere Zahlen auf dem Plakat, geschweige denn Neuner, die man verwechseln könnte.

„Ich will nur sichergehen, dass du auch wirklich verstehst, was du machen sollst. Diese Plakate sind sehr wichtig. Alle handgezeichnet, jedes einzelne."

Mein Blick folgte seinem auf das Plakat vor mir auf dem Tisch. Er hatte recht. Man konnte klar erkennen, wie viel Arbeit und Liebe in ihnen steckte.

Auf dem Plakat stand links oben groß *Frühlingsball*. In einen hellrosa Kirschblütensturm gehüllt war ein tanzendes Paar abgebildet. Er trug ein hellgraues, halb offenes Hemd, hatte schütteres braunes Haar und ein kantiges Gesicht mit verschmitztem Lächeln. Mit seiner Rechten hielt er die zarte Hand seiner Tanzpartnerin, die Linke war vorne an ihrer Taille platziert. Ihre meerblauen Augen versprachen Herausforderung und ihre freie Hand ließ sie graziös hinter sich fallen, während die langen schwarzen Haare im Schwung ihres Tanzes wehten. Ihren Körper bedeckte ein fliederfarbenes Kleid, das im Rücken zusammenlief und körperbetont nach unten floss.

Jedes Plakat hatte das gleiche Motiv. Doch auf jedem einzelnen war ein anderer Bereich besonders detailreich und mit besonders viel Hingabe gestaltet worden oder es gab kleine Änderungen, die das Tanzpaar maskuliner, femininer oder nonbinärer zeigten. Dadurch erschienen sie zwar alle gleich, fingen das Auge jedoch immer an einer anderen Stelle ein. Jedes Plakat war einzigartig.

„Ich will auf keinen Fall, dass auch nur einem einzigen dieser Plakate etwas geschieht. Dafür haben sich zu viele Menschen zu viel Mühe gemacht. Ist das klar?"

Die Ernsthaftigkeit, mit der Lyon mit mir sprach, war neu für mich. Mein Bild von ihm war das eines launenhaften, von seinem Temperament bestimmten Kindskopfes, der sich gerne wichtigmachte. Dass er so eine reife, verantwortungsbewusste Haltung an den Tag legte – wie gesagt, vor allem mir gegenüber – hatte ich erst einmal bei ihm erlebt, und das war, als er sich um Andrew gesorgt hatte. Deshalb hob es mich immer aus den Angeln, wenn er einmal richtig ernsthaft mit mir sprach.

Wir arbeiteten still und konzentriert vor uns hin, jeder für sich, bis meine Neugier zu groß und meine Unsicherheit zu klein wurde.

„Und worum geht es jetzt da bei diesem Frühlingsball?"

Es war so lange still gewesen, und Lyon so versunken in seine Arbeit, dass er vor lauter Schreck seinen Stift auf den Boden fallen ließ. Dadurch erschrak ich mich ebenfalls und gab ein überraschtes „Oha!" von mir, woraufhin Lyon und ich uns perplex anstarrten und dann zu lachen begannen. Ich konnte es nicht fassen. Lyon und ich – selbst ernannte Erzfeinde – saßen hier in diesem kleinen Zimmer, das vollgestopft war mit Plakaten und Stiften, und begannen herzhaft zu lachen.

„Was hast du gesagt?", fragte Lyon schließlich, als wir uns wieder halbwegs beruhigt hatten. Ich war mir nicht ganz sicher, ob ich antworten sollte, aber ich tat es trotzdem.

„Ich habe gefragt, was es mit dem Frühlingsball auf sich hat."

Lyon sah aus, als würde er gleich wieder zu lachen beginnen.

„Wie, du weißt nicht, was der *Frühlingsball* ist?! Ist das dein Ernst?! Du machst dich doch lustig über mich, oder?"

Das war ganz schlecht. In meinem imaginären Reiseführer flogen die Seiten durcheinander, bis zu dem Kapitel *Feste und Gebräuche*. Doch dieses war leer. Kein einziger Buchstabe auf den weißen Seiten. Ich sah die vielen Fettnäpfchen, in die ich reintapsen könnte, förmlich vor mir. Jetzt musste ich behutsam vorgehen.

„Na ja, meine Familie hat eher für sich gelebt und sich nicht wirklich für Veranstaltungen oder andere Leute interessiert. Deshalb hab ich sehr wenig davon mitbekommen."

Ich hoffte nur, dass er mir das abkaufte. Zum Teil war es nicht einmal eine Lüge. Meine ‚richtigen‘ Eltern rissen sich auch nicht unbedingt darum, am kulturellen Leben der Nachbarschaft teilzuhaben. Oft war ich mit Nathalie und ihrer Familie unterwegs gewesen. *Nathalie ... dir wäre so ein Fauxpas bestimmt nicht passiert ...*

„Aber so klein kann ein Dorf gar nicht sein, dass man dort nichts vom Frühlingsball mitbekommt! Das gibt's doch gar nicht!", meinte Lyon lachend, und ich schluckte schwer. Damit könnte er vielleicht nicht einmal unrecht haben. Vielleicht gab es wirklich keinen anderen Menschen hier, der nichts von diesem Ball wusste. Aber vielleicht auch nicht. Ich wusste es eben nicht. Er hatte Ahnung davon. Es könnte leicht passieren, dass der Spaß in Misstrauen umschlug.

„Doch, doch, unser Dorf ist wirklich sehr klein ...", versuchte ich mich herauszureden und das Thema zu wechseln. Doch Lyon war so fasziniert von der Tatsache, dass es offenbar tatsächlich möglich war, nichts vom Frühlingsball mitzubekommen, dass das nicht wirklich leicht war.

„Das gibt's ja echt nicht! Wie heißt denn euer Dorf?"

Ich hätte schwören können, dass mir jegliche Farbe aus dem Gesicht wich. Würde ich jetzt bei einem Polizeiverhör sitzen, hätte der Cop sicher schon die Schweißperlen bemerkt, die sich auf meiner Stirn zu bilden begannen, und entwaffnend gesagt: „Kommen Sie, Frau Hotchens. Wollen Sie jetzt nicht zur Abwechslung mal mit der Wahrheit herausrücken?"

Es war wirklich außergewöhnlich dumm und sorglos von mir, dass ich in der ganzen Zeit, in der ich nun schon hier war, nie auf den Gedanken gekommen war, mal einen Blick auf eine Landkarte zu werfen und mir eine Herkunftsgeschichte zurechtzulegen.

„Mein ... mein Dorf ... also ... das ist wirklich ... nicht sehr interessant", druckste ich auf der Suche nach Strohhalmen herum, an die ich mich klammern könnte. Ich wartete jeden Augenblick schon darauf, dass sich seine Brauen zusammenzogen und er mich fragen würde, ob ich etwas zu verbergen hatte.

„Ach was", meinte er lachend, „es interessiert uns doch alle, wo unsere geheimnisvolle kleine Julie herkommt."

Das Wort ,klein' betonte er mit einem spöttischen Grinsen. Er glaubte wohl, mich damit kränken zu können. Neben dem 1,90-Meter-Löwen Lyon war ich das ja auch. Aber im Moment könnte er mit allem Möglichen über mich herfallen, und ich wäre nur froh darüber, dass er keinen Verdacht geschöpft hatte.

„Mein Dorf ist wirklich sehr, sehr klein, kaum erwähnenswert, steht wahrscheinlich nicht mal im Atlas ...", versuchte ich mich herauszureden, als Lyon plötzlich begann, die Stirn zu runzeln. *Oh nein.* Mein Herzschlag musste sich mindestens verdoppelt haben. Ich wäre keine gute Kriminelle. Ich würde diese Anspannung und dieses Unmittelbarer-Gefahr-ausgesetzt-Sein auf Dauer nicht ertragen. *Mach es bitte kurz und schmerzlos ...*

„Atlas? Was ist denn das für ein komisches Wort? Heißt so dein Dorf?"

Ich brauchte einige Sekunden, bis ich realisierte, dass er nicht misstrauisch geworden war, sondern nur das Wort ,Atlas' nicht kannte. Das ganze gleichnamige Gebirge schien mir vom Herzen zu fallen, als ich erleichtert den Gedanken aufgriff.

„Ja ... ja, Atlas, genau. Richtig komisch, ich weiß. Deshalb sage ich es auch nicht so gern ... also bitte psst ..."

Ich legte meinen Zeigefinger auf die Lippen. Hoffentlich kannte er diese Geste. Und hoffentlich hielt er auch wirklich dicht und machte sich nicht zu viele Gedanken darüber.

„Atlas, wirklich, so einen komischen Namen für ein Dorf habe ich noch nie gehört ... vor allem die älteren haben normalerweise viel melodischere Namen ...", dachte Lyon laut nach – bis er den Gedanken lachend verwarf. Erleichterung. Was hatte ich doch für ein Glück!

„Und seid ihr Atlasianer alle so ein komisches Volk oder bist nur du so hinterm Wald[6]?", fragte Lyon grinsend und ich musste auch lachen. Wenn er wüsste, *wie* ‚hinterm Wald‘ ich war! Es war wirklich erstaunlich, wie gut und harmonisch wir miteinander auskommen konnten. Ich fragte mich, wie lange dieser Zustand wohl anhalten konnte.

Und das Schicksal beantwortete mir diese Frage post-wendend, als die Tür aufging, Andrew hereinlugte und wir nichtstuend über den Plakaten saßen. Und lachten. Während wir noch nicht einmal die Hälfte ausgebessert hatten, wie er auch gleich taktvoll bemerkte.

„Recht weit seid ihr ja noch nicht gekommen …"

„Das ist ihre Schuld!", entgegnete Lyon sofort, und ich riss empört die Augen auf.

„Meine Schuld?!"

Der Mann war nicht zum Aushalten! Der drehte sich ja mit dem Wind, bevor er überhaupt da war!

„Wer hat denn den Beginn ewig lang hinausgezögert?", setzte ich kindisch nach.

„Ich wollte nur sichergehen, dass du es nicht wieder vermasselst! Und ich habe nicht angefangen mit dem Ball, oder? Du *Atlas*!"

Ich hätte schwören können, dass mein Gesicht brannte vor Wut und Empörung.

„Du mieser …"

„Ich gehe dann wieder", murmelte Andrew in sich hinein und räumte das Feld, bevor wir über uns herfallen konnten. Eine gute Entscheidung. Es folgt eine dieser niveaulosen Wort-schlachten, in der es mal wieder nur ums Prinzip ging. Ich hätte

---

[6] „Hinter dem Wald" war in Temprusha das Äquivalent zu unserem „hinter dem Mond". Das machte auch mehr Sinn, denn im Wald waren die meisten schon mal. Auf dem Mond nicht.

es wissen müssen. Solange Andrew zwischen uns stand, konnte es zwischen Lyon und mir keine vernünftige, auch nur im Ansatz freundschaftliche Beziehung geben. Das würde noch ein langer Nachmittag werden …

Süße Überraschung

Völlig übermüdet schlurfte ich spätnachts zu meinem Zimmer. Wir hatten für den Rest der Plakate ungefähr doppelt so lang gebraucht wie für alle vorherigen. Dabei waren wir uns auch noch gehörig auf die Nerven gegangen. Erleichtert ließ ich mich auf mein Bett fallen. Wie hatte ich mich auf diesen Moment gefreut!

Ich kuschelte mich in die Decke und war kurz davor wegzudämmern, als ich im hellen Mondlicht auf meinem Schreibtisch etwas Ungewöhnliches aufblitzen sah. Verwundert runzelte ich die Stirn und richtete mich auf. Es war schwer, etwas zu erkennen, da sich bereits wieder Wolken über den Mond schoben. Aber es sah aus wie eine kleine Schachtel. Hatte ich sie selbst da hingestellt und in der ganzen Aufregung heute vergessen? *Nein, daran würde ich mich doch erinnern.*

Ich stieg also wieder aus dem Bett und inspizierte das mysteriöse Objekt. Dabei fiel mir auf, dass ein Kuvert dabei war. Spätestens jetzt wurde mir klar, dass das von jemand anderem sein musste. Vor lauter Neugierde war ich sofort wieder hellwach. Aufgeregt klemmte ich die Schachtel unter den Arm und lief mit dem Kuvert in der Hand zum Fenster, in der Hoffnung, dort etwas mehr erkennen zu können.

Sie war weinrot und wirkte mit dem schwarzen Band, das darum gewickelt war, sehr edel. Auch wenn der Absender es etwas ungeschickt befestigt hatte. Wer immer dieses geheimnisvolle Präsent verantwortete, konnte das Verpacken von Geschenken nicht zu seinen Stärken zählen. Ich löste die Schleife und nahm vorsichtig den Deckel herunter. Der Inhalt roch verlockend. Als ich genauer hinsah, entdeckte ich eine kleine, aber dicke Tafel Schokolade darin. Schokolade! Ich hatte nicht gewusst, dass es die hier überhaupt gab! Zumindest hatte ich noch nie welche gesehen …

Langsam bekam ich Herzklopfen. Behutsam verschloss ich die Schachtel wieder und stellte sie zur Seite. Das Kuvert bestand aus dickerem Papier und war eher schlicht gehalten.

Fürs Lyon beschäftigen. Danke, stand darauf. Darunter ließ sich eine angesetzte Feder erkennen, doch der Schreiber hatte es sich wohl kurzfristig anders überlegt. Keine Signatur.

Ich stand total neben mir. Konnte es tatsächlich sein, dass das von Andrew stammte? *Unrealistisch!,* schrie eine kleine Stimme in meinem Kopf. Die Stimme, die mich vor zu viel Hoffnung beschützen wollte: mein Nathalie-Ersatz.

Trotzdem legte ich mich mit einem breiten Lächeln wieder ins Bett – und wachte auch lächelnd wieder auf, noch bevor Donna überhaupt ins Zimmer gespäht hatte.

Ich musste jedoch noch einmal eingeschlafen sein, denn als ich die Augen das nächste Mal öffnete, war bereits helllichter Tag. Offenbar hatte mich Donna einfach länger schlafen lassen. So eine Chefin konnte man sich wirklich nur wünschen …

Ich hatte solches Glück. Ohne sie wäre ich wahrscheinlich nie so nah an Andrew herangekommen. Wobei ich selbst bemerkte, wie anzweifelbar diese Behauptung angesichts unseres spannungsreichen Verhältnisses klang.

„Julie, du auch schon wach?", lachte Donna mich an, als ich im Esszimmer eintraf. Sie war gerade dabei, vieles gleichzeitig auf viele verschiedene Papiere zu notieren. Wahrscheinlich etwas für den Frühlingsball.

„Ja, sicher", scherzte ich, und im beiläufigen Plauderton – sie musste ja nicht unbedingt wissen, dass es mir ein Loch in die Zunge brannte – fügte ich hinzu: „Hast du eine Ahnung, wer mir ein Geschenk ins Zimmer gestellt haben könnte?"

Zunächst sah sie mich nur mit einer Mischung aus Verwunderung und Überraschung an, dann brach sie plötzlich in schallendes Gelächter aus. Verwirrt setzte ich mich zu ihr.

„Damit hätte ich wirklich nicht gerechnet."

„Womit?", fragte ich ungeduldig, aber Donna grinste nur wissend. Schließlich erzählte sie mir, dass Andrew sie gestern gefragt hatte, ob sie nicht später mal nach Lyon und mir sehen könne, um sich zu versichern, dass wir uns nicht gegenseitig massakrierten.

„Da habe ich ihn natürlich gefragt, wie in aller Welt er denn auf so eine Idee gekommen wäre ... Lyon und dich zusammenstecken ... er weiß doch, dass Lyon dich nicht ausstehen kann! Er hätte doch genauso gut Trevor schicken können. Da hat er wirklich nicht mitgedacht. Und dass er froh sein kann, dass du nicht nach zwei Tagen bei Lyon und ihm gleich aufgegeben hast."

Oh Mann, Donna ... Sie musste es auch wirklich immer gleich übertreiben. Andrew sei dann wortlos aus der Küche gegangen.

„Aber dass ihm so was einfällt, das hätte ich ihm wirklich nicht zugetraut. Da kommt der alte Andrew wieder in ihm hoch", meinte sie lachend, und ich war kurz einfach nur baff, dass sich Donna so für mich eingesetzt hatte. Wobei der Hauptgrund für sie allerdings ziemlich sicher darin lag, dass es eine wunderbare Gelegenheit bot, Lyon zu denunzieren. Jedenfalls wusste ich jetzt, dass die kleine Schachtel *wirklich* von Andrew stammte. Auch wenn er einen kleinen Denkanstoß bekommen hatte … allein diese Geste kam mir schon viel mehr vor, als ich je von ihm erwartet hätte. Und das so zu sehen, machte mich sehr glücklich.

„Was war denn überhaupt drin?"

„Schokolade."

„Was?!"

Ich zuckte zusammen vor lauter Schreck über Donnas Überraschungsschrei.

„Schokolade? Hast du eine Ahnung, wie teuer …! Aber gut … wenn Andrew Geschenke macht, dann richtig. Und als Kaiser kann er es sich ja leisten!"

Verdutzt starrte ich sie an. Damit hatte ich nicht gerechnet. Die Tafel hatte eher wie Bruchschokolade ausgesehen. Aber selbst die war hier offenbar ein ziemlich exotischer Luxus.

„Ach, ich würde auch gerne Schokolade geschenkt bekommen …", seufzte Donna.

„Tja, dann musst du dich dafür aber einen ganzen Nachmittag lang mit Lyon herumschlagen", erwiderte ich boshaft – und wir lachten beide schallend. Schließlich versprach ich Donna, ein Stück von der kostbaren Süßigkeit abzugeben, und machte mich auf den Weg zu Andrew.

Leichtfüßig flog ich beinahe die Treppe hinauf Richtung Andrews Büro. Die Sonne schien heute wieder besonders hell durch die Fenster herein. Der Himmel war wolkenlos. Beschwingt öffnete ich die Tür – und blickte direkt in die fremden, grauen Augen einer mir unbekannten männlichen Person, die mich ebenso erschrocken anstarrte. Ein ziemlich großer, dunkelhaariger und von der Sonne deutlich gebräunter junger

Mann stand da in der Mitte des Raumes, in der einen Hand einen Kübel Wasser und in der anderen ein Tuch.

„Wer bist du?", fragte er misstrauisch, und ich dachte bei mir, dass ich mich nie an das Du von fremden Personen hier gewöhnen würde.

„Ich bin Julie, Andrews Assistentin." Irgendwie erinnerte er mich an den Federmann. Wahrscheinlich deshalb, weil er so aussah, als könnte er mich allein mit seinem kleinen Finger durch das Fenster hinauswerfen. Er grunzte daraufhin nur, wobei er mir überließ, diese Lautäußerung zu interpretieren, und murrte dann „Ich *putze* hier", als würde er sein Territorium markieren. Dann drehte er sich wieder den Fenstern zu, aus deren Reinigung er seine ganze Persönlichkeit zu ziehen schien. Unschlüssig blieb ich im Türrahmen stehen.

„Weißt du zufällig, wo er ist?"

„Wer er?"

„Na, Andrew."

„Ist nicht deine Sache."

Beleidigt machte ich kehrt. *So ein unhöflicher Kerl!* Aber vielleicht war ich in diesem Land auch die Einzige, die Wert auf höfliche Umgangsformen legte. Etwas hilflos wanderte ich den Gang wieder zurück. Donna war nicht mehr im Esszimmer und sonst konnte ich auch niemanden finden. Seufzend ging ich wieder hinaus in den Gang, als ich im Hof Stimmen hörte. Hastig und erwartungsvoll stürmte ich hinaus – allerdings waren es nur Lyon und Trevor, die an einem Tisch saßen und an irgendetwas arbeiteten. „Habt ihr Andrew gesehen?"

Überrascht blickten beide auf, bevor ein verächtliches Schnauben von Lyon kam.

„Du bekommst echt gar nichts mit, oder?"

Na toll, hatte ich einen internationalen (oder interdimensionalen?) Feiertag verpasst? Ich war ja schon öfter mit meinem Nichtwissen über meinen gegenwärtigen Aufenthaltsort aufgefallen. Dann erschrak ich: Oder war gar etwas mit Andrew passiert …?

„Andrew hat heute seinen einzigen freien Tag. Heute ist der Totentag der Bohems."

„Der was?"

Lyon hob ungläubig die Augenbrauen. Wieder etwas, das ich kennen sollte. Eigentlich konnte man es nur als grob fahrlässig bezeichnen, wie ich mich hier ohne Kenntnisse der örtlichen Kultur durchzumogeln versuchte.

„Der Tag, an dem man der Toten seiner Familie gedenkt. Und Ruhe sucht."

„Das heißt, Andrew nimmt sich genau einen einzigen Tag frei, um an diesem zu trauern?"

Oh ja, das hört sich sehr nach ihm an.

Kaum hatte ich meine Frage ausgesprochen, hätte ich mich selbst ohrfeigen können. Wollte ich mich denn mit aller Gewalt noch suspekter machen, als ich ohnehin schon war? Da könnte ich mich ja auch gleich mit einem großen Schild hinstellen, das *Kennt sich hier nicht aus!* sagte. Doch hatte ich wieder mal mehr Glück als Verstand … Niemandem schien es aufgefallen zu sein.

„Er wollte sonst keine mehr. Er meinte, er bräuchte keine", erwiderte Lyon etwas unwirsch, aber sichtlich geknickt.

„Rechne nicht damit, dass du ihn heute noch zu Gesicht bekommst."

Eigentlich hätte ich es wissen müssen. Kein Glück kam hier für mich, ohne seinen Tribut zu fordern. Wieder ein weiterer verlorener Tag, der aus meiner erbarmungslos weiterlaufenden Sanduhr fiel …

Wir sind die Stärkeren

Lyon hatte recht behalten. Ich sah nicht einmal den Hauch eines verschwindenden Schattens von Andrew. Ein ereignisloser Tag näherte sich seinem Ende. Aber morgen war auch noch einer. Und dieser Tag würde hoffentlich mehr Chancen bieten ...

Ich war gerade auf dem Weg zu meinem Zimmer, als Trevors helle Stimme mich stoppen ließ.

„Julie!"

Eigentlich hatte ich gerade keine Lust, mit ihm zu plaudern. Aber ich war nun mal ein höflicher Mensch.

„Was gibt's, Trevor?"

Er strahlte übers ganze Gesicht, als er verkündete: „Ich habe ganz tolle Neuigkeiten! Ich habe Lyon überreden können, dass du mich morgen beim Plakataufhängen in der Stadt begleiten kannst!"

Das war nicht sein Ernst. Mein Lächeln gefror.

„Den ... ganzen Tag?"

„Ja, so lange wir eben brauchen. Aber normalerweise schon."

Er bemerkte offenbar, dass meine Reaktion nicht so ausfiel, wie er gedacht hatte. *Den ganzen Tag.* Ich würde einen ganzen Tag weg sein und Andrew so einen weiteren Tag lang nicht zu Gesicht bekommen. Ich hätte Trevor würgen können. Lyon hatte ihm das sicher mit Freuden erlaubt.

„Und? Was sagst du?", fiepte Trevor, völlig überwältigt von seiner eigenen Begeisterung. Ich seufzte. Mir blieb ja doch nichts anderes übrig.

„Ja, ich bin dabei."

„Juhu! Du wirst schon noch sehen, Julie, das wird lustig!"

Das hatte er von Donnas Häschenmarkt auch behauptet. Deutlich weniger euphorisch gestimmt verabschiedete ich mich von ihm und ging zurück zu meinem Zimmer. Okay. Morgen war doch kein guter Tag ...

Ich hätte nicht unmotivierter sein können, als ich am nächsten Morgen aufwachte. Einen ganzen Tag lang mit Trevor in der Stadt herumgurken. Da kam Freude auf! Es war ja nicht so, als ob ich noch so viel Zeit hatte. Immer wieder musste ich an Nathalie denken, wie sie in der Zelle des Federmanns saß und darauf wartete, dass ich sie befreite.

Dementsprechend schlecht gelaunt machte ich mich auf den Weg zum Esszimmer. Gefrustet stieß ich die Tür auf – und blickte direkt in Andrews leuchtend blaue Augen. Träumte ich noch? Seit wann war Andrew im Esszimmer anzutreffen?

„Guten Morgen, Julie", sprach er mich an, die Augen immer noch unverwandt auf mir. Ich war einfach baff. Langsam sollte ich mich daran gewöhnt haben, dass sich hier hinter den Türen ständig etwas anderes befand, als ich erwartete.

„Sie ist keine Morgensonne[7], Andrew", lachte Donna und Andrew lächelte mit. Er schien heute ungewöhnlich gut gelaunt zu sein. Offenbar hatte ihm der freie Trauertag ganz gut getan.

---

[7] In Temprusha wurden Frühaufsteher liebevoll als „Morgensonnen" bezeichnet, während ihre gegensätzlichen Chronotypen als „Nachtmonde" bekannt waren. Hin und wieder konnte Sprache auch einfach sein.

„Morgen", erwiderte ich und ging näher auf die beiden zu. Fast hätte ich vergessen, dass ich ihm noch danken wollte.

„Und du begleitest heute Trevor?"

Falscher Zeitpunkt, Donna, dachte ich. Eigentlich wollte ich doch zu Andrew.

„Jap", antwortete ich kurz angebunden, während ich ihn weiterhin fixierte

„Andrew …"

Klirr!

Plötzlich krachte es in der Küche, als ob sämtliche Kochtöpfe, Küchengeräte und sonstige größere und kleinere Gegenstände auf einmal zu Boden gestürzt wären. Sofort begann Chuck lautstark zu toben, weiterer Lärm aus der Küche gesellte sich dazu, Donna stürmte hinein, um mitzumischen, kurz: Das Chaos war perfekt. Andrew warf mir einen entschuldigenden Blick zu (der war neu … und kam sofort zu meiner Sammlung von Andrews Gesichtsausdrücken: zu dem eisigen, dem überraschten und dem gleichgültigen), und verschwand ebenfalls in der Küche. Ich seufzte. Das Schicksal war heute nicht auf meiner Seite.

Wenig später stand schon unsere Kutsche bereit. Trevor hatte mir extra einen kleinen Hocker als Einstiegshilfe organisiert. Wie er sich um galantes Benehmen bemühte, war schon niedlich.

„Vorne beim Tor hab ich auch schon ein Plakat aufgehängt."

Trevor war nun ganz in seinem Element. Die Fahrt war geprägt von Wegbesprechungen (wozu ich kaum etwas beitragen konnte) und Frühlingsballschwärmereien (wozu ich noch viel weniger beitragen konnte). Doch ich bekam einen kleinen Einblick in die bevorstehenden Aktivitäten. Das Frühlingsfest war *das* Highlight in ganz Temprusha. Mit ihm feierte man den baldigen Einzug der sogenannten ‚vollen Blüte', also des Sommers (kurzer Panikanfall meinerseits: Sommer war für mich ein absolutes Tabuwort ... Mir rannte die Zeit davon ...!).

Am selben Tag wurde überall in allen größeren Städten Temprushas zugleich ein riesiges Fest gefeiert – der Höhepunkt des Spektakels war natürlich der Ball am Schloss des Kaisers. Kein Wunder, dass so viel Wind darum gemacht wurde. Das Fest am Hof verstand sich als Sinnbild der Perfektion aller Feste. Allerdings konnte ich mir schwer vorstellen, dass Andrew als der Menschenmuffel, zu dem er geworden war, so einen guten Beitrag zu einem *Fest* leisten würde ...

„Ich kann noch immer nicht glauben, dass du noch *nie* auf dem Frühlingsfest warst", wunderte sich Trevor laut und ich zuckte zusammen. Mein Lieblings-Hassthema: *was ich alles in Temprusha nicht kannte.*

„Einsiedlerfamilie", brummte ich kurz angebunden – übrigens ein Wort, das Trevor nach kurzer Zeit von mir übernommen hatte, da es ihm so gut gefiel ... die gängige temprushanische Bezeichnung ,Menschenmeider' war wirklich weit weniger stilvoll. Ich schaffte es, diese Klippe zu umschiffen, und wenig später kamen wir auch schon am Stadtrand an.

„Ich wäre ja eigentlich gerne weiter weg zu einer der größeren, östlichen Städte gefahren, aber so lange kann ich nicht vom Hof wegbleiben", seufzte Trevor. „Wer zu den Städten an der Küste fährt, ist mehrere Tage lang unterwegs. Vielleicht darf ich ja beim nächsten Mal bei dieser Route dabei sein."

Das simple Aufhängen von Plakaten für diese eine Veranstaltung stellte für ihn ganz offensichtlich eine große Ehre dar. Das Frühlingsfest schaffte wohl ein enormes Zusammengehörigkeitsgefühl, bei dem jede Person stolz darauf war, den eigenen Beitrag leisten zu können. Langsam begann ich mich sogar selbst darauf zu freuen.

Diesmal stiegen wir woanders aus als bei Donnas Häschenmarkt. Rechts von uns war eine Reihe von Häusern, links ein Marktplatz mit Brunnen und allerlei anderen zentrumsweisenden Lokalitäten. Geradeaus säumten Bäume und immer mal wieder vereinzelte Häuser den Weg zur Innenstadt. Trevor sprang mit Leichtigkeit aus der Kutsche und drückte mir sofort begeistert einen Stoß Plakate in die Hand.

„Hier, geh du zum Brunnen und ich bleibe auf dieser Seite, okay?"

So bekannt wie er war, brauchte der Frühlingsball eigentlich keine Werbung. Und sobald ich das erste Plakat aufgehängt hatte, erkannte ich, um was es hier wirklich ging. Es waren kaum zwei Sekunden vergangen, da stürmten die Leute schon in Scharen herbei, um das Plakat zu betrachten. Sie gaben fachkundige Meinungen ab, verglichen das Motiv mit denen der letzten Jahre und überhäuften den Frühlingsball mit Komplimenten und Lobpreisungen. Der erste Schritt in die Öffentlichkeit war bereits ein Event an sich. Wie ich erfuhr, wurden die Plakate auch alle in jeder Stadt am selben Tag aufgehängt. Nachdem mir verschiedene Lokalbesitzer:innen noch ein paar Plakate zum Aufhängen in ihren Räumlichkeiten abgenommen hatten, machte ich mich wieder auf den Weg zur Kutsche. Trevor wartete schon geduldig und zeigte mir aufgeregt, dass er auch eines an der Kutsche selbst angebracht hatte. Skeptisch zog ich die Brauen hoch.

„Meinst du wirklich, dass das eine gute Idee ist?"

Erhöhte Aufmerksamkeit auf sich zu lenken, war meiner Meinung nach nicht gerade der beste Weg, schnell durch die Stadt zu kommen. Aber Trevor strahlte übers ganze Gesicht, also ließ ich ihm die Freude. Solange er uns die Frühlingsball-Hooligans vom Hals zu halten wusste …

Wir stiegen wieder ein, fuhren ein Stückchen, blieben wieder stehen, hängten Plakate auf, wimmelten neue zu enthusiastische Schaulustige ab und stiegen wieder ein. Das Ganze wiederholte sich, bis Trevor sich erschöpft auf der Bank zurücklehnte und dem Kutscher zielsicher die Anweisung „Und jetzt zum Stadtzentrum!" gab. Ich lehnte mich ebenfalls erschöpft zurück. Es war doch alles etwas anstrengender, als ich gedacht hatte. Ich war so in Gedanken versunken, dass ich anfangs gar nicht bemerkte, dass Trevor sich plötzlich merkwürdig verhielt. Er rutschte unruhig auf der Bank hin und her, als könne er nicht mehr ruhig sitzen, und sein Blick wanderte immer wieder beunruhigt zum Fenster hinaus auf die Straße. Allerdings bekam ich das erst mit, als Trevor den Kutscher etwas angespannt fragte, wo er hinfahre. Da erst warf auch ich wieder mal einen Blick auf die Straße – und erschrak. Keine Bäume und warme, einladende Häuser waren mehr zu sehen. Wir fuhren durch enge, verwinkelte Gassen, die so dunkel waren, dass man das Gefühl hatte, es wäre schlagartig finster geworden.

„So sind wir schneller", brummte der Kutscher unwirsch. „Ich hab keine Lust, so einen großen Umweg zu nehmen. Ich weiß schon, was ich tue."

Trevor sah aus, als wäre ihm schlagartig übel geworden. Die Gassen schienen noch enger zu werden, die Straßen noch dreckiger, und an die Mauern waren wüste Parolen geschmiert worden. Ich kniff die Augen zusammen und versuchte zu erkennen, was auf den Wänden stand. Als ich es schaffte, zuckte ich erschrocken zusammen.

Nieder mit dem Kaiser
Unser ist der Thron
Nieder mit dem Kaiser
für ihn nichts als Hohn.

Auf zu den Waffen,
rauf auf das Pferd,
wir werden ihn stürzen,
zu allem bereit!

„Trevor, wo sind wir hier?", fragte ich mit zittriger Stimme. Es dauerte ein paar Sekunden, bis er antwortete.

„Man … man nennt sie die dunklen Gassen … hier leben viele Kriminelle und … unheimliche Gestalten. Außerdem sagt man, dass sich hier *Die Stärkeren* treffen …"

„Die Stärkeren?"

Ängstlich huschten Trevors Augen hin und her.

„Eine Gruppe von Revolutionären, die meinen, Andrew sei zu weich und labil für den Thron. Man munkelt, Evan Bohem – also sein Bruder – sei ihr geheimer Anführer und sie warteten hier nur im Untergrund auf sein Zeichen, um sich für die Revolution bereit zu machen."

Trevor war sichtlich unwohl dabei, darüber zu sprechen. Vermutlich dachte er, es brächte Unglück. Es würde zu ihm passen. Plötzlich wurde mein Gedankenfluss von einem dumpfen Geräusch an der Kutsche unterbrochen. In diesem Moment schoss es uns wohl beiden gleichzeitig wieder in den Kopf, dass wir Plakate vom Frühlingsball an den Türen unserer Kutsche hängen hatten. Wir fuhren also gerade als deklarierte kaiserliche Kutsche durch das Viertel der Revolutionäre, Kriminellen und Nichteinverstandenen. Im nächsten Moment machte es *klatsch* und eine Tomate flog mit viel Schwung gegen unser Fenster. Ich schrie erschrocken auf, die Pferde wieherten verstört und der Kutscher brüllte unverständliche Sachen. Unsere Geschwindigkeit nahm rapide zu. Wir fetzten durch die Gassen, sodass Trevor und ich fast durch die Kutsche geschleudert wurden. Die Luft war erfüllt vom wütenden Geschrei der

Bewohner:innen der dunklen Gassen und unserem laut pochenden Herzschlag. Irgendwann wurde es dann jedoch wieder heller. Hastig holperte die Kutsche in das blendende Licht und hinein in die grünen Wiesen. Die Kutsche kam langsam irgendwo am Bankett zum Stehen. Fluchend hüpfte der Kutscher herab, um sein Fahrzeug zu inspizieren. Langsam kamen Trevor und ich wieder zu Atem.

„Oje!", stöhnte er, „oje …"

Behutsam öffnete ich die Tür und wir stiegen aus. Die Kutsche sah schrecklich aus. Verschiedenstes Gemüse hatte an der Kutschenwand sein Ende gefunden. Spitze Steine hatten Kratzer und Dellen hinterlassen und die Plakate waren völlig zerfetzt. Wir konnten von Glück reden, dass die Pferde nicht mehr als ein paar welke Salatblätter abbekommen hatten. Trevor war vollkommen bleich im Gesicht.

„So können wir unmöglich in die Stadt weiterfahren …"

Der Kutscher fluchte weiter herum, was das Zeug hielt, und ich spürte, wie meine Beine nachgaben und ich langsam ins Gras sank. Erinnerungen an den Federmann strömten auf mich ein. *Ist er ein Revolutionär? Will er mit meiner Hilfe Andrew stürzen?* Schnell schüttelte ich diese giftigen Gedanken wieder von mir ab. Der Federmann hatte mit diesen Leuten nichts zu tun. Er wollte Andrew nur wieder auf die richtige Spur bringen – auf welch verkorkste Art und Weise auch immer. Und wenn ich es schaffte, das Eis um Andrews Herz zu schmelzen, würde er ihn in Ruhe lassen und gar nichts tun. Ich hatte also nichts mit diesen Revolutionären zu schaffen – aber sie waren noch ein Faktor, den ich einberechnen musste. Und ein unberechenbarer Faktor …

Ich hatte ein mulmiges Gefühl auf der Fahrt zurück zum Schloss. War ich doch gerade dabei, etwas verdammt Falsches zu tun?

Am Hof hatte man uns schon von Weitem kommen sehen. Als wir das Tor passierten, war der Platz zum Bersten voll. Wie eine Flutwelle strömte Entsetzen durch die Gesichter der Menge, als sie unsere demolierte Kutsche einbiegen sahen. Man spürte förmlich, wie sie uns entgeistert mit den Augen verfolgten. Ich ließ mich so weit wie möglich nach unten rutschen, sodass ich schon fast mehr auf dem Boden lag, statt auf der Bank zu sitzen. Ich wollte sie alle weder sehen noch von ihnen gesehen werden. Waren diese Menschen in Gefahr, wenn *Die Stärkeren* wirklich irgendwann zuschlagen sollten? Wären sie in Gefahr, wenn der Federmann seinen ursprünglichen Plan, Andrew zu stürzen, doch noch in die Tat umsetzen sollte? Meine wirren Gedanken schlugen mir auf den Magen. Ich wollte da jetzt nicht hinausgehen. Wie ein einziger Nachmittag alles auf den Kopf stellen konnte ... gestern um diese Zeit hatte ich noch keinen Gedanken daran verschwendet, was draußen, außerhalb dieses Hofes passierte. Ich war vollkommen eingelullt von der Isolation und der Sicherheit, die mein Wohnort mit sich brachte, sodass ich keine Ahnung vom wirklichen Leben in Temprusha hatte. Theoretisch hätten an den Außengrenzen Kriege ausbrechen können – und ich hätte es nicht einmal mitbekommen.

Plötzlich sprang die Tür auf. Wir waren stehen geblieben. Trevor warf mir einen besorgten Blick zu. Meinem Gefühl nach zu urteilen war ich wohl gerade ziemlich blass um die Nase.

Kaum hatte ich einen Fuß auf den Boden gesetzt, brach ein Lärm los, der seinesgleichen suchte. Die Leute drangen auf uns ein, bombardierten uns mit Fragen, schubsten uns unbeabsichtigt durch die Menge. Trevor stammelte herum, brachte aber kein Wort heraus. Ich war kurz davor zu schreien, dass sie uns doch bitte einfach in Ruhe lassen sollten, als das Tohuwabohu abrupt endete. Als hätte jemand die Taste für die Stummschaltung betätigt. Langsam ließen die Menschen von uns ab und wichen ehrfürchtig zurück. Als ich die eisige Temperaturveränderung in der Luft spürte, wusste ich, wer unser Retter war. Andrew und Lyon marschierten direkt auf uns zu.

„Zurück, bitte!", forderte Lyon die letzten Schaulustigen verärgert auf zu gehen.

„Zurück an eure Arbeit."

Lediglich wenige wagten es, zu murren oder nur den leisesten Hauch von Verärgerung zu zeigen. Andrew schritt in schnellem Tempo nach vorn. Sein Körper wirkte elektrisch geladen vor Anspannung. Bei jedem Schritt schienen Stromstöße von seiner hochgewachsenen Gestalt auszugehen, die jede Person aufspringen ließen, die noch immer hier war. Andrews Blick war eiskalt – und die Atmosphäre um ihn herum knisterte bedrohlich. Nein, diesen Mann wollte ich mir wirklich nicht zum Feind machen …

„Was ist hier los? Was ist passiert?", fragte Lyon aufgebracht, als die beiden bei uns angelangt waren. Der Hof war inzwischen menschenleer. Niemand von uns sagte etwas. Der Kutscher wäre wohl am liebsten im Erdboden versunken. Trevor brachte noch immer kein Wort heraus. Ich war ebenfalls zu aufgewühlt, um überhaupt zu kapieren, was gerade um mich herum passierte. Mal davon abgesehen, dass ich sowieso nicht gerade die geeignetste Person für kühle Analysen war. Es war ziemlich schwer, wenn man den historischen Hintergrund seiner Zeit nicht kannte, die politischen Geschehnisse der Gegenwart zu begreifen.

Nachdem einige stille Sekunden vergangen waren, machte Andrew mit nur einem einzigen Wort dem Schweigen ein Ende.

„Trevor."

Erschrocken zuckte der Angesprochene zusammen und fiel aus seiner Paralyse.

„Wir ... wir sind durch ... durch die dunklen Gassen gef–"

„Was?!"

Fast wäre ich vor lauter Schreck ein paar Schritte zurückgetaumelt. Ich hatte Andrew noch nie so aufgebracht erlebt – und vor allem hatte ich ihn noch nie schreien hören. Normalerweise blieb seine Stimmlage relativ gleich, was es manchmal schwierig machte, zu erkennen, dass er eine Frage gestellt hatte. Ich war von ihm eher eine Intonation von kleinergleich 0 gewohnt – Schreien war ein absolutes Novum. Und keines, über das ich mich freute.

„Ihr seid durch die dunklen Gassen gefahren? Habe ich das nicht ausdrücklich untersagt?!"

Beim letzten Satz wandte sich Andrew dem Kutscher zu. Ich wollte wirklich nicht in dessen Haut stecken. Man konnte richtig sehen, wie er unter Andrews stechendem Blick wimmernd in sich zusammenfiel. So leise wie er sprach, hätte ich kein Wort verstanden, doch Andrew hörte ihn offenbar klar und deutlich.

„Eine *Abkürzung*? Du gefährdest meine Arbeiter:innen für eine kleine Zeitersparnis?!"

Und das in dem Land der Menschen *mit Zeit*. Der Kutscher wartete wohl nur noch auf den Gnadenstoß. Sein Gewimmer war schon so leise, dass ich lediglich aus der Bewegung seiner Lippen schlussfolgern konnte, dass er überhaupt etwas sagte. Als er endete, war es kurz still. Zeit für ein kleines Stoßgebet.

Kaum merkbar begann sich Andrews Mimik zu verändern.

„Mach das nie wieder. Du kannst jetzt gehen."

Die Spannung in der Luft löste sich. Dankesworte murmelnd machte sich der Kutscher vorsichtig, aber so schnell wie unauffällig möglich, auf den Weg. Zurück blieben Trevor, Lyon und ich – mit den Füßen am Boden festgeklebt, da keiner wagte, sich zu bewegen. Es verstrichen noch einige Sekunden, bis die Kälte langsam von Andrew wich und wieder der leichte Hauch von Melancholie in seine Augen zurückkehrte.

„Trevor, wie konntest du Julie nur so einer Gefahr aussetzen?"

Damit hatte nun keiner gerechnet. Lyons und mein Unterkiefer klappten verblüfft nach unten, während Trevor erschrocken die Augen aufriss. Ich war einfach fassungslos. Hatte er sich etwa Sorgen um mich gemacht?! Hatte er Angst um mich? Hatte er vielleicht wirklich Gefühle für mich?

„Du weißt doch, wie gefährlich diese Viertel sein können. Julie ist noch nicht lange hier. Sie hätte sich an die schlimmsten Plätze verlaufen können. Du hattest Verantwortung. Es wäre deine Schuld gewesen, wenn ihr etwas zugestoßen wäre."

Das war's mit meiner Hoffnung. Es war schwer zu sagen, was enttäuschender war – dass er offensichtlich meinte, dass man mich keine fünf Minuten alleine lassen konnte, ohne eine Katastrophe zu verursachen, oder dass es ihm scheinbar mehr darum ging, dass Trevor seine Pflichten auf die leichte Schulter genommen hatte. Doch trotzdem, während Trevor schuldbewusst seine Schuhe anstarrte und Lyon immer noch irritiert den selbst etwas aufgewühlten Andrew musterte, meinte ich Erleichterung in ihm zu erkennen. Auch wenn Andrew es nicht zeigen wollte – er hatte sich Sorgen um mich gemacht. Und das bedeutete, dass ich ihm irgendwie doch am Herzen liegen musste ... Ich war so eingenommen von diesem Gedanken, dass ich zu spät mitbekam, wie uns Lyon aufforderte, uns bei Donna im Esszimmer zu erholen. Er und Andrew waren dann so schnell wieder verschwunden, wie sie aufgetaucht waren. *Bei dem Gefühlszirkus, den ich heute mitgemacht habe, werde ich sicher gut schlafen*, dachte ich, als ich hinter Trevor Richtung Küche trottete ...

„Julie! Trevor! Wie könnt ihr mir nur so einen Schrecken einjagen?!", schimpfte Donna, als wir das Esszimmer betraten. Die Erleichterung stand ihr ins Gesicht geschrieben, als wir schuldbewusst näher kamen.

„Ach", lachte sie, „ihr wisst gar nicht, was ihr mich an Nerven kostet!"

Ihre Freude war ansteckend. Kaum eine Sekunde später aßen wir alle gemeinsam und lachten über den Aufstand, den unsere kleine Spritztour hier am Hof ausgelöst hatte. Chuck gesellte sich später mit einer Flasche Wein zu uns. Die Stimmung war perfekt dafür. Die Flasche wurde leerer und die Gespräche ernster. Seit einigen Wochen braute sich in der Stadt etwas Bedrohliches zusammen. Die Temprushaner:innen in der Runde sprachen von Überfällen auf öffentliche Gebäude, vermehrtem Vandalismus, Übergriffen und anderen kleinen Anzeichen, die darauf hindeuteten, dass etwas passieren würde. Der Frühlingsball wäre die ideale Gelegenheit dafür. Noch dazu war das der Zeitpunkt, an dem man den leichtesten Zugang zum Hof hatte. Wobei die Frage war, ob man es wirklich noch leichter haben musste. Wenn man bedachte, wie einfach *ich* hier reingekommen war.

Doch Donna und Chuck schienen sich deshalb keine wirklich großen Sorgen zu machen.

„Am Frühlingsball sind fast schon wieder zu viele Menschen – und der Großteil der Bevölkerung steht mit ganzem Herzen hinter Andrew", erklärte Donna. „Aber natürlich – sicher wissen kann man es nie."

Danach schwiegen Donna und Chuck für einige Minuten. Es war klar, dass sie damit rechneten, dass früher oder später irgendetwas passieren würde. Leider hatten weder sie noch ich eine Ahnung, wie bald.

Als Trevor und ich uns dann auf den Weg machten, war es bereits ziemlich spät. Wir gingen beide schweigend zurück in unsere Quartiere. Ich spürte, dass für Trevor – obwohl er hier lebte und nicht wie ich einfach in diese Welt geworfen worden war – die heutigen Ereignisse genauso einen Schlag ins Gesicht bedeuteten wie für mich. Auch er hatte in der heilen Welt des Hofes gelebt und war sich der potenziellen Gefahr nicht bewusst gewesen. Raus aus der Illusion – hinein in die richtige Welt! Der Mond strahlte mit voller Begeisterung durch das Fenster, als ich mich schließlich völlig erschöpft ins Bett fallen ließ …

Scherben bringen Glück

Trotz allem schritten die Vorbereitungen für den Frühlingsball so rasant voran wie zuvor. Die Tage vergingen wie im Flug. Ich pendelte zwischen Donna und Andrew hin und her, tat hier dies und dort das. Zwischendurch lief ich mal wieder in Lyon hinein. Schon war wieder Abend. Dennoch waren es gute Tage. Wenn ich nicht gerade etwas für Donna erledigte, verbrachte ich die meiste Zeit bei Andrew. Ich überprüfte die Finanzen – ja, tatsächlich –, schrieb Pläne neu, tippte Briefe ab, erledigte Botengänge – im Prinzip war ich sein Mädchen für alles. Durch die Zusammenarbeit schien Andrew etwas aufzutauen. Ab und zu war die Atmosphäre so heiter und entspannt, dass wir sogar miteinander scherzten – und das passierte so von selbst, dass ich manchmal innehalten musste, um mir dessen bewusst zu werden. Es schien so unwirklich. *Nathalie, halte durch. Ich werde das schaffen!*

Einige Zeit nach dem Vorfall mit der Kutsche sollte ich Donna beim Ausräumen des großen Saales helfen. Da ich keinen Plan hatte, *wo* sich hier in diesem Gebäude *was* befand, war ich dafür nicht wirklich die beste Wahl – aber Donna ging das Personal aus. Was hieß, dass ich den ganzen Tag mit wirren Wegbeschreibungen und dem undurchschaubaren Stufen- und

Korridorsystem des Hofgebäudes zu kämpfen hatte. Es war schon Nachmittag, als ich eine Schachtel in einen der Lagerräume im ersten Stock bringen sollte. Ich befolgte Donnas Anweisungen penibel genau – sollte ich mich einmal verlaufen, würde ich Ewigkeiten brauchen, um wieder zurückzufinden. Zum Glück war der Raum nicht weit weg – die östliche Treppe hinauf und dann gleich rechts. Behutsam klemmte ich die Schachtel unter meinen Arm und öffnete die Tür – und hätte beinahe alles fallen gelassen, als ich Andrew darin erblickte.

Verdutzt starrten wir einander an. Ich war fassungslos. Was hatte Andrew – der normalerweise sein Büro nicht einmal zum Essen verließ – hier in Lagerraum 2a verloren?

Nach einer kurzen Stille räusperte er sich schließlich.

„Ah … ich bin auf der Suche … nach einer Vase."

Meine Antwort darauf beschränkte sich auf ein perplexes Blinzeln. Er suchte eine … Vase? War das sein Ernst? Irgendwie kaufte ich ihm das nicht ganz ab. Vor allem, nachdem ich einen ersten Blick in den Raum geworfen hatte.

„Was ist mit der, die auf dem Tisch steht?"

Überrascht wandte Andrew den Kopf von den Holzregalen an der Wand zu dem dunklen Eichentisch in der hinteren Mitte des Raums – auf dessen linkem Rand eine wunderschöne Glasvase stand.

„Ah ja, da ist eine … danke, Julie", murmelte er gedankenversunken, während ich meine Schachtel im Regal abstellte. Das war meine Chance. Seit dem Plakat-Debakel hatte sich keine so gute Gelegenheit mehr ergeben, mich für die Schokolade zu bedanken. Ständig war irgendjemand reingeplatzt. Hier waren wir praktisch ganz allein und es war sehr unrealistisch, dass Lyon oder irgendein anderer Störenfried uns plötzlich überfallen würde.

„Ahm … Andrew?"

Überrascht blickte er auf und stellte die Vase wieder auf dem Tisch ab.

„Ja?"

Mit wenigen Schritten hatte ich den Raum durchquert und stand ihm nun gegenüber. Langsam sollte ich mich daran gewöhnt haben, gleichzeitig dem Blick seiner klaren, blauen Augen standzuhalten *und* zu sprechen. Mein Herz pochte laut und deutlich und ich fühlte mich, als würden Steine auf meiner Zunge liegen. Doch je länger ich wartete, desto nervöser würde ich werden – und desto peinlicher würde das Resultat ausfallen. Also holte ich tief Luft und stieß es einfach aus mir heraus: „Danke für die Schokolade! Das war sehr nett von dir."

Einen Moment lang wirkte er überfordert. Mein Atem ging so schnell, dass ich mich bewusst darauf konzentrieren musste, ihn zu regulieren. Nach ein paar nervenzerfetzenden Sekunden schlich sich jedoch der Ansatz eines Lächelns in sein Gesicht.

„Nun, du hast dir ja auch viel Mühe gemacht."

Das läuft überraschend gut? Jetzt weiter so!

Nervös lehnte ich mich gegen den Tisch – doch der war bei Weitem nicht so massiv, wie er aussah. Was hieß: Er rutschte unter meinem Gewicht zur Seite. Ich schaffte es zwar, mein Gleichgewicht zu halten und nicht unästhetisch zu Boden zu fallen, die Vase hatte jedoch weniger Glück. Andrew war gerade dabei gewesen nach ihr zu greifen, doch da sie so ungünstig am äußersten Rand des Tisches platziert war, flog sie nun mit viel Schwung zu Boden.

So ein Mist!

Sofort bückte ich mich, um die Scherben aufzusammeln.

„Oh, es tut mir so leid, Andrew! Ich dachte, der Tisch wäre massiver …"

Erst jetzt merkte ich, dass sich Andrew ebenfalls gebückt hatte und gleichzeitig nach den Scherben griff. Wir hatten wohl beide so rasch reagiert, dass keiner von uns darauf geachtet hatte, was die andere Person tat. Während ich sprach, hob er genauso verdutzt den Kopf wie ich – und seine großen, hellen Augen blickten plötzlich direkt in meine. Unsere Köpfe waren gerade einmal ein paar Zentimeter voneinander entfernt – und wir beide hatten das bis eben nicht realisiert. Das leise Klirren der aus meiner Hand fallenden Scherben schien weit, weit weg zu sein. Mein Herzschlag dröhnte in meinen Ohren, mit jeder Sekunde, die verging, wurde er lauter. Er war mir so nah, dass ich seinen Duft riechen konnte. Ohne darüber nachzudenken, hob ich den Kopf weiter an, vollkommen versunken in seine Augen und den herben Geruch vor meiner Nase. Er machte keine Anstalten sich zu bewegen, starrte mich nur weiterhin wortlos an ... bis ihn irgendwas aus seiner Paralyse riss, sich seine Augen plötzlich vor Überraschung weiteten – und dann ging alles ganz schnell. Abrupt sprang er auf, hatte aber den Tisch vergessen, stieß sich daran den Kopf und fiel, durch diesen Schmerz aufgehalten, wieder zu Boden – mit den Knien voran zielsicher auf die Scherben.

„Andrew!"

Erschrocken sprang ich auf, während er schmerzerfüllt aufstöhnte.

„Oh nein! Das tut mir so leid!"

Ich wusste selbst nicht genau, wofür ich mich eigentlich entschuldigte, aber es war auch nicht wichtig. Gequält stützte Andrew sich vorsichtig am Tisch ab und versuchte, sich aufzurichten. Ich wäre eine stabilere Wahl gewesen – denke ich.

„Andrew, die Scherben, du solltest dich jetzt nicht zu viel bewegen!", rief ich entsetzt, doch er winkte nur ab.

„Es geht schon."

„Es geht?! Mit tausend Scherben in den Knien?"

Ein verstaubt klingendes Lachen kam aus seiner Kehle.

206

„Es geht", wiederholte er und wankte zur Tür hinaus. Ungläubig folgte ich ihm bis zum Türrahmen und sah ihm nach, wie er den Gang entlanghumpelte, bis er aus meinem Blickfeld verschwand.

Einige Meter entfernt ging Lyon nichtsahnend und fröhlich gestimmt den oberen östlichen Korridor entlang, auf dem Weg zurück von einem sehr erfolgreichen Gespräch. Die Vorbereitungen für den Frühlingsball verliefen ausgezeichnet. Wenn die Temprushaner:innen Glück hatten, würde dieses Fest sogar das legendäre Spektakel von vor drei Sommern übertreffen. Bester Laune bog er um die Ecke, als er vom anderen Ende her Andrew auf sich zukommen sah.

„Andrew, hey!", rief er erfreut – bis er näher kam. Andrews Knie troffen vor Blut, sein Gesichtsausdruck war aber gleichmütig wie immer. Dieser verrückte Mann!

„Andrew, was …? Was hast du mit deinen Knien gemacht? Oh Mann …. sind das Scherben?! Läufst du gerade die ganze Zeit mit Scherben im Knie rum?!"

Entnervt ließ der offensichtlich Verletzte Luft aus seinen Lungen entweichen.

„Hörst du vielleicht mal auf, hier durchzudrehen, und hilfst mir lieber in die Krankenstation?"

Völlig verdutzt nahm Lyon ihn unter den Arm. Was genau mit ihm passiert war, das bekam keiner aus ihm heraus, weder Lyon noch der Krankenpfleger. Und einige Meter von ihnen entfernt war auch ich dabei, die letzten Beweise zu vernichten, indem ich die Scherben im Lagerraum 2a aufsammelte …

Wo die Liebe hinfällt

Nach diesem sonderbaren Ereignis war die Stimmung wieder angespannter und ich umso verunsicherter. Noch dazu wich Lyon seither Andrew kaum mehr von der Seite. Währenddessen stand der Frühlingsball auch schon in greifbarer Nähe, und alle am Hof – vom großen Überplaner Lyon bis zur kleinsten Hilfskraft – schienen langsam durchzudrehen vor Begeisterung auf der einen und Panik auf der anderen Seite. Panik machte sich auch bei mir breit. Nach dem Frühlingsball blieb mir nur noch wenig Zeit, um mein Ziel zu erreichen. Und jetzt gerade lief Andrew noch lieber trotz Schmerzen vor mir weg, statt bei mir zu bleiben und sich helfen zu lassen. *Kann ich das noch schaffen, Nathalie? Oder sollte ich besser aufgeben und mich ganz einem Plan B widmen?*

Nur eine Person am Hof schien wie ich von ganz anderen Emotionen geplagt zu werden als der Rest – Trevor. Wann immer ich ihm über den Weg lief, schien er heftig zu grübeln, mit sich zu hadern und innere Kämpfe auszutragen. Irgendwann überwog der mitfühlende und neugierige Part in mir den disziplinierten, es-besser-wissenden-Teil.

„Was grübelst du denn?"

„Ach", seufzte er, „ich weiß auch nicht …"

Sehr viel nichtssagender hätte er seine Antwort auch nicht formulieren können.

„Ok, ich seh schon. Du möchtest gerne dieses Spielchen spielen, bei dem ich dich hundertmal fragen soll, was denn ist, und dass du doch sagen sollst, was dich bedrückt, aber darauf hab ich gerade keine Lust – also spuck's aus."

Damit hatte er nicht gerechnet. Eine Weile blieb es still, bis Trevor den verdutzten Gesichtsausdruck ablegte und mit der Wahrheit herausrückte.

„Ich überlege, ob ich Susan fragen soll, ob sie zum Frühlingsball an den Hof kommen würde."

Hatte ich's doch geahnt, dass da was im Busch war. *Wie süß!*

„Ja sicher! Frag sie!", platzte ich voller Begeisterung heraus.

„Ach", seufzte er wieder, „ich weiß nicht."

„Was ist denn dein Problem? Frag sie doch einfach. Sehr viel mehr als Nein sagen kann sie doch nicht."

Wieder seufzte Trevor und schwieg.

„Ach komm, du machst das schon", versuchte ich ihn aufzumuntern. Für einen Augenblick dachte ich, es hätte funktioniert. Doch dann hob er den Kopf, mit dem mitleiderregendsten Dackelblick, den ich je gesehen hatte, und fragte: „Würdest du mitkommen?"

Stille.

Das war nun eigentlich das Allerletzte, das ich wollte. Mir lief die Zeit durch die Finger und sehr viel schlauer war ich inzwischen auch nicht aus Andrew geworden. Eigentlich sollte ich mich jede freie Minute damit beschäftigen, wie ich ihm näherkommen könnte. Und nicht schon wieder einen Tag mit Trevor verschwenden.

„Kannst du das nicht allein machen?", versuchte ich mich herauszuwinden. Die Antwort waren große, traurige Augen. Aber ich war selbst schuld. Ich *musste* ja nachfragen und jetzt hatte ich den Dackelblick am Hals. Und bei so einem Dackelblick konnte ich einfach nicht Nein sagen.

Es tut mir so leid, Nathalie, seufzte ich in Gedanken. Und plötzlich antwortete mir ihre Stimme in meinem Kopf.

Ich weiß, Julie, sagte meine Fantasiefreundin. *So warst du doch schon immer.*

So weit war es nun mit mir gekommen. Wenn man niemanden zum Reden hatte, wenn man Geheimnisse mit sich rumtrug ... fing man dann wohl irgendwann an, mit sich selbst zu sprechen.

Vielleicht sollte ich aufhören, so zu sein, überlegte ich weiter.

Und wie willst du dann sein?

Keine Ahnung ...

„Ach", seufzte ich, kein bisschen schlauer. Trevors Blick wurde eine weitere Spur trauriger und ich konnte mich endgültig nicht mehr zu einem Nein durchringen.

„Na gut. Ich komme mit. Wo müssen wir hin?"

Trevors Strahlen war nur ein geringer Trost für die Zeit, die ich nun wieder verlieren würde. Mein Herz pochte. Eines Tages würde ich vielleicht lernen, Nein zu sagen. Heute war nicht dieser Tag.

„Sie wohnt in der Stadt. Ich muss heute sowieso noch einmal hin, um Erledigungen zu machen ... ich kann fragen, ob ich dich mitnehmen darf."

Juhu, dann steht diesem Ereignis ja nicht mehr das Geringste im Weg ...

„Super", antwortete ich, mir ein Lächeln abringend.. „Dann hol mich ab, wenn es so weit ist."

Während ich ihn weglaufen sah, hörte ich noch mal in mich hinein.

Das Gute, das du säst, wird zu dir zurückkommen.

Ganz schön kitschig, Nathalie.

Aber du glaubst daran. Also wird es gut werden.

Mit einem Seufzen schüttelte ich die Fantasiestimme ab und stopfte sie wieder ganz tief zurück in die Verdrängung, wo sie hingehörte. Was war schon ein Nachmittag? Irgendwie würde ich das alles schon schaffen.

Wenig später waren wir auch schon wieder in der Kutsche auf dem Weg in die Stadt. Dass Trevor offensichtlich furchtbar nervös war, machte die Sache auch nicht besser.

„Hörst du jetzt bitte damit auf, die ganze Zeit so mit deinem Fuß zu wackeln? Das ist ja nicht zum Aushalten", platzte es recht bald aus mir heraus, woraufhin Trevor schuldbewusst innehielt und dabei aber zu so einem kleinem Häufchen Elend wurde, dass es mir gleich wieder leidtat.

„Ach komm … du tust ja so, als wärst du auf dem Weg zu deiner Hinrichtung. Oder als ob sie schon Nein gesagt hätte. Jetzt zieh den Kopf wieder aus dem Sand. So kannst du da auf jeden Fall nicht aufkreuzen."

Irritiert blickte er mich an und ich konnte mich nur wundern, was daran so schwer zu verstehen war. Ich hätte ahnen sollen, dass meine Worte tatsächlich vollkommen unverständlich für ihn waren.

„Was soll ich denn mit meinem Kopf im Sand?"

Perplex sah ich auf. Ach ja, das hatte ich vergessen. Man sollte wirklich meinen, ich würde mit der Zeit vorsichtiger mit meinen Formulierungen werden.

„Ähm … ja …", stotterte ich, doch bevor noch unverständlichere Worte aus meinem Mund kommen konnten, brach Trevor in schallendes Gelächter aus.

„Ach Julie, du verstehst es wirklich, mich mit deinen komischen Aussagen immer wieder zum Lachen zu bringen."

Und prompt stieg auch seine Laune wieder. So viel Glück

musste man mal haben. Ich konnte nur ein kleines Dankes-
gebet Richtung Himmel schicken. Ich musste da oben einfach einen Schutzengel haben, ansonsten wäre ich sicher schon
Hunderte Male aufgeflogen. Von da an wurde die Fahrt angenehmer. Trevor fand wieder zu seiner üblichen Form und
wir konnten uns sogar ganz nett unterhalten. Es dauerte nicht
lange, bis wir den Hauptplatz erreichten. Entschlossen hüpfte
Trevor aus der Kutsche und holte seinen Plan heraus.

„Wir müssen in verschiedene Läden … ich würde sagen,
erledigen wir zuerst, was wir erledigen müssen, und dann machen wir uns auf den Weg zu Susan."

„Hört sich nach einem Plan an", schmunzelte ich. Interessant zu sehen, was für einen Tatendrang der Kleine plötzlich
entwickeln konnte. Dieser hielt allerdings auch nur an, bis
wir wirklich alle Erledigungen gemacht hatten und vor einem
Laden standen, von dem Trevor meinte, Susans Familie würde
ihn betreiben.

Bei Freunden nannte er sich. Der nette kleine Krämer
von nebenan. Hellblaue Fassade, weit geöffnete Türen. Verschiedene Lebensmittel, kleinere Einrichtungsgegenstände und
Bürobedarf in der Auslage.

„Also … gehen wir rein?"

Ich hatte kein begeistertes *Ja!* erwartet, aber Trevor verdiente
sich langsam wirklich einen Feigheits-Orden. Fehlte nur noch,
dass er sich hinter mir verstecken würde. Völlig erstarrt stand er
auf der Straße und brachte keinen Mucks hervor.

„Ach komm", seufzte ich, „das ist jetzt aber nicht dein
Ernst, oder?"

So wie es aussah, würde ich ihn wohl an seinen Ohren
hineinzuziehen müssen.

„Ich bin nicht mitgekommen, damit du jetzt wie versteinert
hier vor dem Laden rumstehst und nicht reingehst."

Wieder kam nur ein unverständliches Gemurmel von ihm, und er rührte sich keinen Millimeter. Jetzt wurde es mir wirklich zu blöd. Kurzerhand stellte ich mich hinter ihn und schubste ihn nach vorne.

„Geh jetzt rein!"

Verunsichert blickte er nach hinten, aber nach einem bösen Blick und einem weiteren gebellten „Bewegst du jetzt deinen Hintern da rein?!" schien er wirklich seine Angst abzuschütteln und meinte: „Ok, gehen wir rein."

Das Fiasko wurde im Laden selbst jedoch nur größer. Er schlich durch die Gänge wie ein geprügelter Hund. *Er wäre alleine tatsächlich niemals hier reingegangen,* dachte ich und prompt rannte ich durch meine Gedankenverlorenheit wieder mal in jemanden hinein. Zum Daten wäre das ja vielleicht keine so schlechte Taktik ... da wüssten potentielle Partner schon mal, was sie bei mir erwarten würde. Aber jetzt war ich in einen richtigen Schrank von Mann hineingelaufen, der wirklich grimmig aussah.

„Oje ... tut mir leid", brachte ich verunsichert heraus – doch zu meiner Überraschung verwandelte sich die grimmige Miene des Mannes innerhalb von Sekunden in ein so freundliches Lächeln, dass mir gleich ganz warm ums Herz wurde.

„Das macht doch überhaupt nichts. Falls überhaupt, hast du dir wehgetan, wenn du gegen mich läufst."

Damit hatte er auf jeden Fall recht, so durchtrainiert, wie er war.

„Was suchst du denn? Ich arbeite hier, brauchst du Hilfe?"

Na, was für ein Glück ich doch wieder hatte! Ein breites Lächeln zog sich über mein Gesicht.

„Ja, ich bin tatsächlich auf der Suche, aber nicht nach einer Sache, sondern nach einem Mädchen. Sie heißt Susan."

Erst beim letzten Wort merkte ich, dass Trevor hinter ihm komische Gesten machte, die wohl sowas wie *Stopp! Nicht weiterreden!* bedeuten sollten. Währenddessen sprach der junge Mann so freundlich weiter, wie er begonnen hatte.

„Susan? Was brauchst du denn von ihr? Seid ihr Freundinnen?"

„Nun", begann ich, etwas verunsichert von Trevors heftigen Gesten. Aber er wollte wahrscheinlich einfach nur einen Rückzieher machen, deshalb entschied ich mich, weiterzureden.

„Ich nicht, aber mein Freund Trevor –"

Die Miene des Mannes verfinsterte sich plötzlich derart, dass mir das Wort im Hals stecken blieb. Ruckartig wandte er sich um und stand direkt vor Trevor, dem alle Farbe aus dem Gesicht wich. Irgendwas lief hier gerade verdammt schief.

„Du schon wieder … hab ich dir nicht gesagt, du sollst hier nicht mehr rumschleichen?"

Wenn es noch irgendeinen Zweifel daran gegeben hatte, dass die Aktion gerade den Bach herunterging, war dieser nun beseitigt. Was war hier bitte los?

„Ich wollte nur mit ihr reden", verteidigte sich Trevor, doch das schien den Hünen nicht zu interessieren.

„Ich dachte, wir hätten das schon geklärt. Wenn sie was von dir will, kommt sie zu dir. Aber solange das nicht der Fall ist, hältst du dich von meiner Schwester gefälligst fern. Ich kann es nicht leiden, wenn Typen wie du hier rumstreunen."

Anscheinend war das nicht die erste Begegnung der beiden. Trevor hätte statt mir besser einen Bodyguard mitnehmen sollen.

„Hey, er will doch nur mit ihr reden. Könnten Sie ihr nicht zumindest was von ihm ausrichten?", versuchte ich die Situation zu retten. Improvisierterweise, nachdem Trevor mir jegliche Bühneninfo vorenthalten hatte.

„Lass es, Julie", krächzte Trevor hinter dem Muskelpaket hervor. „Wir gehen jetzt besser."

„Das würde ich euch auch besser raten", brummte Susans Bruder. So schnell wie möglich verschwanden wir.

Ich wollte gerade Trevor eine richtige Standpauke verpassen, als er bedrückt zu Boden sank und seinen Kopf in seinen Händen vergrub. Nun, wer schon am Boden lag, den trat man nicht mehr ...

„Du hättest mich vorwarnen können", murmelte ich stattdessen mehr in mich hinein als zu Trevor. „Aber zumindest erklärt das dein komisches Verhalten von vorhin..."

„Ja ...", seufzte Trevor ein weiteres Mal.

„Ich hatte so eine Art Missverständnis mit ihm. Aber ich glaube, er sucht nach Missverständnissen, sobald sich jemand mit Susan verabreden will."

Wir hatten unser Tagesziel nicht annähernd erreicht. Trevor hatte Susan nicht einmal zu Gesicht bekommen.

„So können wir nicht wieder heimfahren", schimpfte ich verärgert.

„Aber was sollen wir denn machen?"

Das war eine gute Frage. Wie konnten wir Susan erreichen, ohne mit ihrem Bruder zusammenzukrachen?

„Ich hab's! Du schreibst ihr einen Brief!"

Voller Freude sprang ich auf und meine Begeisterung steckte Trevor an.

„Stimmt, ich kann ihr einen Brief schreiben! Warte, ich hole mir Papier!"

In Sekundenschnelle war er wieder da.

„So ... und was schreibe ich jetzt?"

Ich schmunzelte. „Das, mein lieber Freund, ist allein deine Aufgabe. Ich würde dir aber raten, dich ein wenig zu beeilen. Ich würde gern vor Sonnenuntergang zu Hause sein."

Und zu meiner Überraschung setzte sich Trevor wirklich

hin, atmete einmal tief ein und aus, begann zu schreiben und innerhalb weniger Minuten konnten wir den Brief vor die Tür legen und uns auf den Weg machen.

„Und, was hast du ihr jetzt geschrieben?", konnte ich mir nicht verkneifen zu fragen. Aber Trevor grinste nur und meinte: „Das ist geheim."

Der letzte Tanz

Trevor erhielt keine Antwort. Er gab zwar die Hoffnung nicht auf, aber mit jedem Tag sank die Wahrscheinlichkeit, dass er eine Reaktion auf seinen Liebesbrief erhalten würde. Es war auch gut möglich, dass der Brief Susan gar nicht erreicht hatte. Doch weder Trevor noch ich bekamen die Gelegenheit, darüber nachzugrübeln. Der Frühlingsball war nun zum Greifen nah. Die Nerven am Hof lagen blank. Bis auf die von Andrew. Wie immer schien er der Fels in der Brandung zu sein, der die Ärmel hochkrempelte und einen kühlen Kopf bewahrte, wenn alles im Argen war. Jede noch so kleine oder große Krise schien er mühelos zu bewältigen. Ein verzweifelter Lyon, der die Nervenspannweite einer kurz vor der Trauung stehenden Frau besitzen zu schien, die an der Farbe der Rosen verzweifelte, die nicht exakt die Farbe war, die sie sich vorgestellt hatte? Kein Problem. Chucks Assistent:innen fackelten in ihrem Vorbereitungsstress fast die Küche ab? Nicht der kleinste Hauch von Nervosität. Wobei man auch dazusagen musste, dass man auch nicht den kleinsten Hauch von irgendetwas anderem bei ihm sah. Und mir gingen die Ideen aus. Seit unserem kleinen Vasenzwischenfall hatten wir kaum ein Wort gewechselt. Es war, als hätten wir wieder bei null angefangen. Ich war am Verzweifeln.

Donna schien mein Unbehagen zu spüren. Mütterlich klopfte sie mir auf die Schulter und meinte: „Er ist immer so, kurz vor dem Frühlingsball. Zurzeit wird er am meisten gebraucht. Er muss sich ganz auf diese Sache konzentrieren."

Langsam kam in mir der Verdacht auf, dass sie einen Teil meiner Absichten kannte. Sicher nicht, dass ich in ein Komplott mit dem Federmann verwickelt war. Aber dass ich es auf Andrew ‚abgesehen' hatte. Erneut kam ein schlechtes Gewissen in mir hoch. Jeder hier an diesem Hof, abgesehen von Lyon, hatte mich mit offenen Armen empfangen. Sie hatten einer Fremden eine Chance gegeben, hatten mir einen Vorschuss an Vertrauen gegeben – und ich belog sie Tag für Tag. Wie oft mir die Worte schon auf der Zunge gelegen hatten … wie gerne ich ihnen einfach die Wahrheit sagen würde.

Dafür hast du keine Zeit, schalt ich mich. Ich hatte keine Wahl. Ich musste den Deal mit dem Federmann einhalten, wenn ich Nathalie retten wollte. Und wie groß würde der Schaden denn tatsächlich sein? Schließlich sollte ich nur jemandes Herz erweichen, nicht den Kaiser vom Thron stürzen und das Volk unter Knechtschaft bringen. Oder? *Nein, nein. Hier geht es nur darum, einen besseren Kaiser aus Andrew zu machen. Schluss mit den Sorgen. Du hast eine Aufgabe.*

Der Trubel ließ uns allen keine Ruhe, und bald war der große Tag auch schon gekommen. Lyon schien seine Mutation zur hysterischen Braut nun vollendet zu haben.

„Meinst du nicht, dass du das Ganze ein bisschen zu ernst nimmst?", seufzte Donna, als er wieder drauf und dran war, eine Szene zu machen. Doch er erwiderte nur schnippisch „Vielleicht nimmst *du* das Ganze ja nicht ernst genug" und stapfte davon. Somit war schon mal klar, dass die Aussicht auf ein paar friedliche Stunden vor dem großen Auftakt gestorben war.

„Julie?"

Aus dem Nichts heraus hörte ich plötzlich Andrews Stimme. Hatte ich jetzt schon Wahrnehmungsstörungen? Skeptisch wandte ich mich um. Tatsächlich – da stand Andrew.

„Kannst du mir helfen?"

Wenn ich bloß wüsste, welchem Gott ich nun dafür danken sollte. Gebetet hatte ich ja zu allen möglichen.

„Sicher, gerne."

Ich konnte mir ein Lächeln nicht verkneifen. Hoffentlich sprang mir die Freude nicht direkt aus dem Gesicht.

„Gut, dann komm bitte mit."

Er ging mit mir hinauf in den ersten Stock, aber nicht in die gewohnte Richtung. Wir gingen einen mir vollkommen unbekannten Weg. Nach wenigen Minuten standen wir vor einer mir genauso unbekannten Tür, die Andrew mir ohne viel Tamtam aufhielt. Ich ging hinein und befand mich – in einem Schlafzimmer. In einem so sauberen, ordentlichen, nüchternen Schlafzimmer, ohne persönliche Note, dass ich mir sicher war: Das war ein Gästezimmer.

„Es ist vielleicht ungewöhnlich, dich in mein Zimmer zu bitten", Moment … *sein Zimmer?!*, „aber nur hier kann ich dir zeigen, was ich von dir brauche."

Perplex starrte ich ihn an.

Moment … was hat er gesagt? Was er von mir … braucht?

Abrupt verschlug es mir die Sprache und meine Knie wurden weich, während ich in seine klaren, eisblauen Augen starrte. In sein stoisches Gesicht, das mir keinerlei Anhaltspunkte gab, was er vorhatte. Plötzlich bewegte er sich auf mich zu und mein Herz pochte im Takt seiner Schritte. Er kam näher, noch näher … und ging an mir vorbei.

Ohne weitere Umschweife schob er die Vorhänge zur Seite, öffnete die sich dahinter befindende Balkontüre und ging hinaus. Er stützte sich aufs Geländer und sah auf den Hof hinab. Es war ein unglaublich friedliches und schönes Bild. Die Sonnenstrahlen, die an ihm vorbeischienen, und dazu der Himmel, der ein so ein wohltuendes Blau verströmte, dass man an gar nichts Böses mehr denken konnte. Ich wusste nicht, was er vorhatte … aber das konnte man ja eh nie wissen. Er hatte auch nicht im Geringsten ahnen können, was Joanna vorgehabt hatte. Im Grunde war das das Beängstigende am Leben: *Die Menschen in deinem Leben können tun, was immer sie wollen.* Sie können dich verlassen, ohne Vorwarnung. Vielleicht sogar auch ohne Grund. Und im schlimmsten Fall kannst du nichts tun, um sie aufzuhalten.

„Julie, worauf wartest du denn?", riss mich Andrews Stimme aus meinen Gedanken, und ich ging zu ihm auf den Balkon hinaus.

„Von hier hat man den besten Überblick über den Hof."

Damit hatte er absolut recht. Am Hof herrschte geschäftiges Treiben, überall wurde für den bevorstehenden Ball aufgebaut. Während ich meinen Blick über das sich mir bietende Bild schweifen ließ, verschwand Andrew nochmal in seinem Zimmer und kam mit einem Plan in der Hand zurück.

„Hier. So soll alles aufgebaut werden. Ich möchte, dass es am Abend genauso aussieht wie auf diesem Plan."

Nachdem ich den Zettel kurz überflogen hatte, kam ich nicht umhin, etwas skeptisch zu werden.

„Und wo soll der Springbrunnen herkommen?"

Im Ernst, von wo will er da plötzlich einen Springbrunnen herzaubern?

Er grinste verschmitzt – *Tatsache, er grinste verschmitzt!* – und meinte: „Lass das meine Sorge sein. Du sollst nur darauf achten, dass nach Plan aufgebaut wird. Wenn du siehst, dass etwas falsch gemacht wird, dann korrigiere das bitte."

Langsam dämmerte mir, worauf das hinauslief.

„Heißt das … wenn irgendwer falsch aufbaut, soll ich hinunterlaufen und ihn korrigieren … und danach wieder hinauflaufen?"

Verständnislos blickte Andrew mich an.

„Ja, natürlich. Wie solltest du das sonst machen?"

Wie gern hätte ich jetzt mein Handy dabei oder zumindest ein Walkie-Talkie. Auch ein gutes altes Dosentelefon würde reichen. *Ernsthaft, hat das hier tatsächlich noch niemand erfunden?*

„Nein, ok. Ich versteh schon."

„Gut. Ich muss weiter."

Und mit diesen Worten war er auch schon wieder verschwunden. Erst jetzt fiel mir auf, dass er überraschend viel Augenkontakt zu mir gehalten hatte. Woran das wohl lag? Ich hätte nicht gedacht, dass er sich auf ein Großereignis mit vielen Menschen, die alle mit ihm sprechen wollten, sehr freuen würde. Sehr verwirrend das Ganze. Aber wer wusste schon, was sich im Kopf dieses Mannes abspielte …

Der weitere Nachmittag verlief relativ ereignislos. Es wurden tatsächlich ein Springbrunnen auf einem Pferdeanhänger und noch alles Mögliche an anderem Prunk und Kitsch an den Hof gebracht. Zum Glück musste ich nicht oft hinunterlaufen, und ich verkniff es mir auch erfolgreich, in Andrews Sachen zu stöbern. Ich wüsste ja auch nicht, wo ich da zu suchen anfangen sollte – es lag ja nichts herum. Vielleicht gab es geheime Fächer und Türen … aber für so etwas hatte ich wirklich keine Zeit. Als es Abend wurde, erfasste auch mich die aufgeregte Frühlingsballstimmung. Der Hof sah mittlerweile wirklich wundervoll aus. In der Mitte ragte der schon erwähnte Springbrunnen in die Höhe, eine Gruppe von Menschen stand unter einer wie Schnee fallenden weißen Tülldecke, die Tische füllten sich langsam mit Trinkschalen und Tellern, und die ausgefeilte Beleuchtung würde ihr Übriges tun, sobald es dunkel geworden war. Ich liebte Bälle – das hatte ich ganz vergessen. Nathalie und ich hatten erst letzten Herbst unseren ersten Tanzkurs absolviert – nicht, dass mir Wiener Walzer und Cha-Cha-Cha hier weiterhelfen würden. Dennoch stieg Freude in mir hoch. Es war, als würde mir erst jetzt bewusst werden, welches Ereignis hier heute stattfinden würde.

„Hey", hallte plötzlich Donnas Stimme hinter mir hervor. „Ich habe dich schon gesucht, Julie."

Überrascht wandte ich mich um. Donna hatte sich schon aufgebrezelt, sie trug ein elegantes schwarzes Kleid, das ihr üppiges Dekolleté betonte.

„Wieso, was gibt's?"

„Überraschung!", strahlte Donna und schliff mich mit zu meinem Zimmer. Als wir hineingingen, sah ich sofort, was für eine Überraschung gemeint war. Auf meinem Bett lag ein rotes Kleid. Nicht das knappe sexy Kleid, das ich bereits erfolglos ausgeführt hatte. Ein elegantes, langes Ballkleid.

„Donna ... wow, das wäre doch nicht nötig gewesen!"

„Doch. Was wolltest du denn sonst anziehen?", fragte sie lachend und eben da wurde mir erstaunlicherweise bewusst, dass ich das ebenso vollkommen vergessen hatte. Wohin war bloß mein Kopf verschwunden?

„Und wenn du angezogen bist, kümmern wir uns um deine Haare."

Donna hielt wie immer, was sie versprach. Nachdem ich mich in das wundervolle rote Kleid geworfen hatte und die roten Schuhe ihrer Schwester angezogen hatte, zauberte Donna aus meinem ungepflegten Wuschelkopf eine elegante Ballfrisur. Ich strahlte vor Glück.

„Donna, ich weiß gar nicht, wie ich dir danken soll."

Donna lächelte und erwiderte mit sehr sanfter Stimme: „So ist das mit Mädchen wie dir … an alle anderen denken sie, nur nicht an sich selbst."

So lieb gemeint es war – im Grunde machte mir das nur ein schlechtes Gewissen. Es schien im Moment alles darauf hinauszulaufen, dass sich die Geschichte wiederholen würde … ein Mädchen kommt an den Hof, alle halten sie für süß und nett … und in Wirklichkeit ist sie eine falsche Schlange und bricht dem armen Mann das Herz. Keine Ahnung, wie ich das später mit meinem Gewissen vereinbaren sollte. Aber im Moment hatte ich nicht das Gefühl, eine andere Wahl zu haben.

„Komm, gehen wir nach draußen und gönnen uns noch ein paar ruhige Minuten, bevor der Trubel anfängt."

Mit ‚Trubel' hatte Donna nicht übertrieben. Kaum wurde es Abend, strömten die Menschen in den Hof. Ich hätte nie gedacht, dass hier tatsächlich Platz für so viele Leute war. Lyon hielt eine fulminante Eröffnungsrede. Donna stellte mich einer Reihe von für mich relativ gesichtslosen Personen vor, die ich nach zwei Sekunden schon wieder vergessen hatte, und Trevor ließ es sich sehr offensichtlich am Buffet gut gehen. Nach einer Stunde ertönte die Tanzmusik der Künstler:innen, und das Ganze bekam schon mehr die Atmosphäre eines Balls. Genießen konnte ich den Abend bisher aber kaum. Rastlos war ich auf der Suche nach Andrew, ließ unauffällig meine Augen immer und immer wieder über den Hof gleiten. Doch ich konnte ihn nirgends entdecken. Mit jeder Minute nahm meine gute Stimmung ab. Ich ahnte schon, worauf das wieder hinauslaufen würde – auf einen ereignislosen, zeitraubenden, absolut nichts bewirkenden Abend. Wie immer das Gleiche: Ich hatte ein wunderschönes Kleid an und war hübsch zurechtgemacht … und mein Traummann kam nicht einmal in meine Nähe. Doch dann – wie immer, wenn man die Hoffnung eigentlich schon aufgegeben hatte – tauchte er aus der Menge hervor. Die Musiker:innen schlugen gerade einen sehr rhythmischen Takt an und ein Pärchen nach dem anderen machte sich auf den Weg zur Mitte des Platzes. Da es gerade dunkel wurde, zündeten genau in diesem Moment die Mitarbeiter:innen die Kerzen an. Ein Moment wie im Film. Andrew lächelte und kam in meine Richtung. Ein einfach perfekter Augenblick. Ich konnte es nicht fassen und unwillkürlich lächelte ich zurück – bis hinter mir eine Frau hervorkam und direkt auf Andrew zulief. Anscheinend hatte er sie gesucht und sein Lächeln war das Resultat davon, dass er sie gefunden hatte. Wie bestellt und nicht abgeholt stand ich mit halb offenem Mund da und sah zu, wie er mit ihr auf die Tanzfläche ging. *Kann dieser Abend noch schlimmer werden?* Mir wurde heiß und kalt und ich wusste nicht recht, was ich nun fühlen sollte. Die Pärchen auf der Tanzfläche bewegten sich in einer allgemein bekannten Choreografie und ich dachte bei mir, dass ich mich fast glücklich schätzen konnte, dass er mich *nicht* gewählt hatte, denn von dieser Schrittabfolge hatte ich keine Ahnung. Aber im Grunde war mir klar, dass ich mir da nur etwas vormachte. Selbst wenn ich mich furchtbar blamiert hätte, wäre das immer noch besser gewesen als danebenzustehen, während er mit einer anderen tanzte. Als ich dann noch Trevor auf mich zusteuern sah, der höchstwahrscheinlich mit mir auf die Tanzfläche wollte, war es aus für mich. *Jetzt aber weg!* Mit einem Satz machte ich kehrt, lief ins Haus und suchte mir das erstbeste Zimmer, um mich zu verkriechen. Ich landete in einer Art kleinem Wohnzimmer. Der Raum war mit einem schönen, roten Teppich ausgelegt. Dazu passende rote Polstermöbel standen bei den großen Fenstern. Ein niedriger Tisch aus dunkelbraunem Holz rundete das Bild farblich ab. Eines der Fenster war geöffnet. Ein guter Platz, um sich zu setzen. Direkt vor dem Fenster stand ein großer, dichter Baum, dessen Äste sich langsam im Wind bewegten. Sogar die Äste hatten Lust zu tanzen. Ich war wohl die Einzige heute, der nicht mehr danach war.

Ich weiß nicht, wie lange ich da beim Fenster saß und friedlich die Blätter im Wind beobachtete, bis ich aus dieser kurzen Realitätsflucht gerissen wurde. Man spürt das, wenn jemand in den Raum kommt, selbst wenn man die Tür nicht hört. Vielleicht nicht sofort, aber nach spätestens ein paar Minuten spürt man die Anwesenheit eines anderen Menschen. Die Worst-Case-Liste in meinem Kopf spulte sich ganz automatisch ab, während ich meinen Kopf umwandte. Im hellen Licht der Lampe erblickte ich eine hochgewachsene Gestalt mit dunklem Haar und eisblauen Augen, in denen sich meine Überraschung spiegelte.

„Hier bist du also … ich dachte schon, ich finde dich überhaupt nicht mehr."

Dies gehörte definitiv in die „Momente, die mir den Atem verschlagen"-Kategorie. Andrew stand vor mir. Ich konnte es immer noch nicht fassen.

„Hast du mich etwa gesucht?"

„Das ist die Grundvoraussetzung, um jemanden zu finden."

Ich lächelte. „Man kann auch jemanden zufällig finden, ohne nach ihm gesucht zu haben."

Und er lächelte zurück. Ich hatte mich geirrt – der perfekte Moment ereignete sich genau *jetzt*.

„Du warst plötzlich weg … Donna meinte, du versteckst dich vielleicht, weil du den Tanz nicht kennst."

Nach einer kurzen Pause setzte er nach: „Kennst du den Tanz, Julie?"

Irgendwie sprach es für sich, dass sie mittlerweile schon davon ausgingen, dass ich von nichts eine Ahnung hatte. Sie hatten damit aber ja auch recht. Etwas beschämt sah ich auf.

„Ehrlich gesagt, nein. Ich kenn ihn nicht."

Andrew schüttelte den Kopf und ein weiteres Lächeln schlich in sein Gesicht.

„Dir muss man ja noch die Bäume im Wald zeigen[8] ... also steh auf."

Verdutzt blickte ich ihn an, während er mir die Hand hinhielt.

„Was machst du?"

„Ich zeige dir den Tanz."

„Und deine Tanzpartnerin? Wartet sie nicht auf dich?"

Ich konnte einfach nicht umhin, zu fragen.

„Wer?"

Was für eine typische Männerantwort. Doch einen Moment später schien ihm einzufallen, wen ich meinte.

„Meine Cousine ... nein, ich glaube nicht, dass sie auf mich wartet."

Ach, das war ja klar ... zum Glück schien er nicht begriffen zu haben, was ich mir gedacht hatte. Der Verstand war schon ein Unding. Spielt uns vor, was sein könnte, und die Realität sieht ganz anders aus. Manchmal wäre ein Off-Knopf ganz nützlich, der würde uns einiges an Drama ersparen. Noch einmal winkte er mich mit seiner Hand heran. Ganz unwillkürlich zauberte sich ein Lächeln auf mein Gesicht. Tanzen ... in meinem Leben zu Hause tat ich das so gern. Er legte seine Hand auf meinen Rücken und mit der anderen nahm er die meine.

---

[8] Wem man ein besonderes Maß an Begriffsstutzigkeit vorwarf, dem musste man sogar die Bäume im Wald zeigen. Zumindest konnte es dieser Person nicht passieren, dass sie den Wald vor lauter Bäumen nicht sah – nicht, dass jemand in Temprusha diese Redewendung verstehen würde.

„Willst du mir nicht vorher erst die Schritte zeigen?", fragte ich in alter Tanzkurs-Manier. Doch er antwortete mit einem Ausdruck, den ich bei ihm noch nie gesehen hatte – er hatte doch tatsächlich ein draufgängerisches Grinsen in seinem Gesicht. Und das war … ich musste schon sagen, ziemlich … erotisch.

„Wir brauchen keine Schritte. Du folgst einfach meinen."

Oh Himmel, ich schmelze … Sein rechter Fuß fing an, mein linker folgte automatisch. Ich könnte die Schritte nicht beschreiben … meine Füße folgten einfach seinen, genauso wie meine Augen den seinen. Der Blickkontakt war elektrisierend … und das Grinsen blieb auch. Musik brauchten wir keine, mein Atem und mein Puls gingen hoch und runter wie ein Rhythmus.

„Du bist besser, als ich gedacht hätte", flüsterte er.

„Das höre ich oft", flüsterte ich keck zurück. Ich konnte selber kaum glauben, wie automatisch das alles passierte. Wie es von außen aussah, konnte ich allerdings nicht sagen … vermutlich nicht so graziös, wie ich es mir vorstellte. Ein letztes Mal drehte er mich noch durch den Raum, bevor seine Schritte langsamer wurden und wir sanft, aber doch auch irgendwie abrupt zum Stillstand kamen. Kurz trat Stille ein.

„So … ich denke, das müsste reichen."

Die überraschende Kühle strich mir über die Haut wie ein plötzlicher Windstoß. Seine Augen waren dabei auf den Boden gerichtet, irritiert versuchte ich, in Blickkontakt zu kommen … und er sah auch wirklich auf. Wie verwirrend … seine blauen Augen wirkten aufgebracht. Doch so schnell der Moment gekommen war und kaum, dass ich den Gedanken fertig gedacht hatte, schlich sich wieder ein sanfter Ausdruck in sein Gesicht und er sagte: „Wir sehen uns nachher auf der Feier."

Und damit ging er wieder. Etwas zittrig ließ ich mich wieder auf die Couch fallen. Das war der schönste Abend, seit ich hergekommen war. Meine Augen blickten ins Nichts, während ich den Kopf in meine Hand legte und meine Gedanken schweifen ließ.

„Na", tönte es plötzlich hinter mir. Ich fiel fast von der Couch vor lauter Schreck. Ich erkannte die Stimme sofort. Nur bei *einer* Stimme lief es mir so kalt den Rücken hinunter. Mit einem Ruck wandte ich mich um. Auf dem Baum am Fenster stand er – der Federmann.

„Na", wiederholte er, „amüsierst du dich gut?"

Ich schluckte schwer. Wie lange stand er da schon?

„Ich mache das, was mir aufgetragen wurde. Soll ich dabei etwa ein finsteres Gesicht ziehen? Ich glaube kaum, dass das sehr hilfreich wäre", entgegnete ich ihm mit gespielter Gleichgültigkeit – ein Wunder, dass mir das gelang, so wie mir die Knie schlotterten.

„Für mich sah das gerade aber nach ein bisschen mehr aus. Sag bloß, dass du dich in dein Opfer verliebt hast?"

Die blitzgrünen Augen musterten mich, als hätte er einen Röntgenblick … schlimmer, als könnte er direkt in mein Herz sehen, noch weiter, als mir selbst bewusst war.

„Wenn es nicht so wirken würde, würde er auch nicht darauf hereinfallen", zischte ich, wohl wissend, dass ich nicht sehr glaubwürdig wirkte.

„Verlieb dich nicht. Verliebte handeln irrational und unlogisch. Und für deine Mission brauchst du einen klaren Kopf. Das Spiel heißt Verführung. Wer sich verliebt, verliert. Joanna hat das gewusst."

Und schon war er wieder weg. Trotz des stechenden Tons hörte es sich fast mehr nach einem Ratschlag als nach einer Warnung an. *Joanna hat das gewusst.* Was sollte das denn bedeuten? War er in diese Sache schon länger involviert, als ich dachte? Was hatten er und Joanna miteinander zu tun gehabt?

Wieder lief es mir eiskalt den Rücken hinunter. Die gute Stimmung war damit hinüber. Ich ging zwar noch mal hinunter zum Fest, hielt mich aber bedeckt. Aus den Augenwinkeln heraus sah ich Andrew wieder mit seiner Cousine tanzen, dabei die Augen unstet in die Masse der Menschen rund um die Tanzfläche gerichtet. Vielleicht war es sogar so, dass er nach mir Ausschau hielt. Aber nach diesem Besuch des Federmanns hatte ich keine Nerven mehr dafür. Falsch natürlich, weil ich eigentlich jede Möglichkeit, ihm näher zu kommen, zu nutzen hatte ... aber im Moment würde da wohl eher ein Fiasko herauskommen. Ich versuchte, meine Gedanken ein wenig zu ordnen. Vielleicht hatte mir der Federmann auch nur Angst machen wollen. Die Musik, die Leute um mich herum ... es fiel mir schwer, gleichzeitig intensiv nachzudenken und darauf zu achten, in niemanden hineinzulaufen. Ich beschloss, mir ein etwas ruhigeres Örtchen zu suchen. Nachdem das Buffet schon abgebaut worden war und die Küchengehilf:innen leicht beschwipst über den Platz tänzelten, dürfte in der Küche nichts mehr los sein. Dann müsste im Esszimmer auch schon Stille eingekehrt sein. Schnell, aber trotzdem bedacht, machte ich mich auf den Weg. Die Türe zum Esszimmer war leicht angelehnt. Um ganz sicher zu gehen, näherte ich mich leise, um einen Blick durch den Spalt zu werfen. Schon bevor ich ganz da war, hörte ich Geräusche. Mist. Ich hörte ein Lachen ... Donnas Lachen. Ich überlegte kurz, ob ich zu ihr hineingehen sollte, bevor ich Lyons aufgebrachtes Schnauben hörte. Na toll. Den konnte ich jetzt aber gar nicht gebrauchen. Ich wollte mich schon umdrehen und gehen, als mich eine Frage innehalten ließ: *Was machen Donna und Lyon im Esszimmer?* Von einer unbezähmbaren Neugier erfasst, riskierte ich einen Blick. In der Ecke des Esszimmers saßen Donna und Lyon am Tisch bei einer Flasche Wein ... und das ohne einen Meter Sicherheitsabstand. Sie schienen sich zu streiten – natürlich, was sonst? Uninteressiert wandte ich mich wieder ab, als es plötzlich laut klirrte und krachte. *Oje,* dachte ich, *jetzt massakrieren sie sich endgültig.* Unverzüglich machte ich einen Satz zurück zur Tür, sah hindurch – und traute meinen Augen nicht. Ich musste den Kopf abwenden und noch einmal neu hinsehen, denn was ich da erblickte, war das, was ich am wenigsten für möglich gehalten hätte: Donna und Lyon küssten sich heftig, hatten im Zuge dessen die Weinflasche vom Tisch gestoßen und, wie es aussah, auch einen Sessel umgekippt. Es dauerte ein paar Sekunden, bis mir klar wurde, dass ich hier nichts verloren hatte. Irritiert wandte ich mich ab und ließ mich neben der Tür auf den Boden sinken. Was ging denn hier ab? Ich versuchte gar nicht, meinen Mund wieder zuzuklappen – es würde nicht funktionieren. Als ich noch einen Knall hörte, sprang ich entsetzt auf, schüttelte mich und sah zu, dass ich mich schnell und unauffällig entfernte. *Was für ein Abend …*

Der Tag danach

Der Tag danach. Eine unschöne Sache. Wie sollte ich Donna bloß in die Augen sehen? Geschlafen hatte ich sowieso kaum, aber das lag mehr an einem anderen Ereignis. Vielleicht sollte ich mich auch eher darauf konzentrieren als auf das Liebesleben der Personen um mich herum.

Anscheinend hatte man den stillen Konsens gefunden, dass am Tag nach dem Frühlingsball länger geschlafen wurde. Weder kam Donna mich zur gewohnten Zeit wecken noch trieb sich irgendjemand am Hof rum. Mit einer kalten Dusche versuchte ich, den gestrigen Stress loszuwerden – vergebens. Andrew arbeitete sicher schon. Den konnte normalerweise nichts davon abhalten. Unschlüssig zog ich mich an. Ich ging zu meinem Schreibtisch und öffnete die Schublade. Versteckt unter unwichtigem Krimskrams lag die rote Feder, die ich mir bei meinem ersten Treffen mit dem Federmann ertrickst hatte. Nach dem gestrigen Überfall hatte ich beschlossen, sie ab jetzt immer bei mir zu tragen – zur Sicherheit.

Als ich mich auf den Weg zu Andrews Büro machte, war es immer noch still am Hof. Trotzdem überraschte es mich, als ich es leer vorfand.

Etwa um Mittag herum tauchten dann die ersten Gestalten auf. In wenigen Stunden wurde wieder alles abgebaut und aufgeräumt. Ich packte an, wo ich konnte … irgendwas *musste* ich ja tun. Aus den Augenwinkeln heraus konnte ich einen Blick auf Andrew erhaschen. Zerknirschte Miene und eisige Aura wie eh und je. Verliebtheit sah definitiv anders aus. Das hatte ich ja wieder wunderbar hinbekommen.

Donna und Lyon lief ich ebenfalls über den Weg. Sie fielen vor allem durch eins auf: gegenseitiges Anschweigen. Kein Geschrei, kein Gezanke, kein Genecke – nur Schweigen. Ich hörte die Leute um mich herum rätseln, was da los war. Wenn die wüssten, wie weit weg sie mit ihren Schlussfolgerungen lagen! Dieser eine Moment des gedanklichen Abschweifens reichte – und plötzlich stand ich mit einem Stuhl in den Händen vor Andrew. Gott, wochenlang hatte ich erfolglos versucht, ihm über den Weg zu laufen und jetzt lauerte er hinter jeder Ecke.

„Hallo, Andrew."

„Wo warst du denn gestern? Ich habe dich gar nicht mehr gesehen."

Oh ja, ich hatte es wohl voll versaut.

„Na ja", stammelte ich, „ich war da … aber … ich habe *dich* nirgends mehr gesehen." *Schlechteste Lüge überhaupt.* Ungläubig sah er mich an.

„Ich war aber auch nicht mehr so lang da … ich … habe Kopfweh bekommen."

Stille. Die Zahnräder in seinem Kopf rotierten fast hörbar, während er berechnete, wie hoch die Wahrscheinlichkeit war, dass das stimmte. Was dabei herauskam, konnte ich nur erahnen.

„Dann sollte ich dir das wohl abnehmen", verkündete er schließlich, nahm mir den Stuhl aus der Hand und hoffte, seinem Ton und Gesichtsausdruck nach zu urteilen, dass ich tot umfiel. *Großartig.*

Deprimiert wie eine Regenwolke[9] saß ich später auf dem Mauervorsprung, auf dem Trevor gesessen hatte, als ich ihm das erste Mal im Hof begegnet war. Es kam mir vor wie ein umgekehrtes Déjà-vu, als er durch die Seitentür auf mich zulief.

„Julie, hi! Ich muss dir unbedingt etwas erzählen!"

Es fiel mir schwer, ein Lächeln in mein Gesicht zu bringen. Aber ich wollte – und konnte – Trevor nicht mit meinen Sorgen belasten. Also gab ich mein Bestes, mich zu konzentrieren, während er erzählte:

Der Abend neigte sich bereits dem Ende zu, als Trevor den weniger frequentierten Seiteneingang des Hofes entlangspazierte. Seine Freunde und Vorgesetzten waren alle schon verschwunden. Bis auf Andrew, aber der schien nicht mehr guter Laune zu sein. Daher auch nicht die beste Wahl für eine Unterhaltung.

Trevor spazierte weiter, als ihn das Auftauchen einer sehr bekannten Gestalt aufschrecken ließ. Wenn ihn nicht alles täuschte, querte da gerade Susan den Hof.

„Susan!"

Er war noch zu weit entfernt. Sie konnte ihn nicht hören. Also lief er los und kurz vor der Tür holte er sie schließlich ein.

„Susan!"

Zwei wunderschöne blaue Augen wandten sich um.

„Trevor!", rief sie erfreut, während er schnaufend zum Stehen kam.

„Du bist hier", freute er sich. Susan lächelte zwar, wirkte aber etwas verzagt.

---

[9] Auch wenn Regen landwirtschaftlich gesehen sehr willkommen war – die dunklen Wolken waren kein Anblick, der die Menschen Temprushas vor Freude strahlen ließ. Eine Regenwolke war so lange traurig, bis sie sich „ausgeweint" hatte und wieder weiß war. Weitere Redewendungen beinhalteten „wütend wie ein Sturm" oder auch das mit uns geteilte „anhimmeln".

„Ja?", erwiderte sie schließlich irritiert. Es war ja auch offensichtlich, dass sie da war, wenn sie ja vor ihm stand.

„Ich hab schon gedacht, du würdest nicht kommen."

Stille. Verständnislos blickte Susan ihn an und Trevor wurde langsam klar, dass er hier eine einseitige Unterhaltung mit unterschiedlichem Informationsstand führte.

„Du hast meinen Brief nicht bekommen, stimmt's?"

Das löste nun den Knopf im wirren Gespräch zwischen den beiden.

„Oje, nein. Den habe ich nicht bekommen. Was hattest du mir geschrieben?"

Trevor schluckte. Nun, schreiben war eine Sache – es auszusprechen eine andere. Der Mond schien hell auf die zwei, die den ausklingenden Trubel des Balls vollkommen vergessen hatten. Doch bevor Trevor etwas hervorbringen konnte, bekam er Hilfe von höchst unerwünschter Seite. Ein scharfes „Susan!" hallte durch die Luft und beide wussten, was das für sie bedeutete. Schnell warf sie Trevor einen entschuldigenden Blick zu. Sie war drauf und dran loszulaufen, als sich Trevors Verstand ausschaltete und somit auch seine Ängste.

„Warte!"

Wie von einer unsichtbaren Macht gestoppt, erstarrte das zierliche Mädchen.

„In zwei Tagen feiere ich meinen dritten Sommer am Hof. Kurz nach der Mittagssonne. Ich … ich würde mich sehr freuen, wenn du auch vorbeikommen würdest."

Überrascht hob sie den Kopf und Trevor erkannte nicht genau, ob sie nun nickte oder nicht, doch der nächste Schrei ihres Bruders ließ sie zusammenzucken, bevor sie etwas erwidern konnte.

„Entschuldige", flüsterte sie gerade laut genug, dass er es hören konnte und verschwand endgültig in der Dunkelheit der Nacht …

Damit endete Trevors Erzählung. „Und, was denkst du?", fragte ich gespannt „Wird sie kommen?"

Ein verschmitztes Lächeln stahl sich in sein Gesicht.

„Ich hoffe es. Und wenn nicht, dann habe ich zumindest alles versucht."

Auf der anderen Seite des Hofes saß Andrew auf der altbekannten Bank im altbekannten Garten des altbekannten Palastes. Neu war jedoch, dass in seinem Kopf nicht die altbekannte Stille herrschte. Seine Gedanken waren aufgewirbelt wie der kleine Teich, der durch den Wind in Schwingung versetzt wurde. Deshalb war es auch nicht verwunderlich, dass er Lyon nicht kommen hörte.

„Andrew? Was machst du denn hier?"

Erschrocken sprang der Kaiser auf. Aus irgendeinem Grund fühlte er sich ertappt.

„Ich bin gern im Garten", brachte er hervor. Seinem Gesichtsausdruck und Ton lag jeglicher Ausdruck von Freude aber völlig fern. Nachdenklich blickte Lyon ihn an.

„Du warst auch schon mal fröhlicher in letzter Zeit."

„Du hast auch schon mal mehr erzählt", entgegnete ihm Andrew. Angriff war doch die beste Verteidigung, oder?

„Die Leute am Hof tuscheln über euch. Was ist da zwischen dir und Donna?"

„Was soll denn sein?", fauchte Lyon einen Tick zu schnell und aufgebracht, um glaubwürdig zu erscheinen. Andrew seufzte und setzte sich wieder.

„Früher ... da hättest du mit mir darüber gesprochen."

Ohne ein Wort zu verlieren, setzte sich Lyon zu ihm auf die Bank. Nach einer Weile schien auch er über seinen Schatten gesprungen zu sein, um endlich auszusprechen, was ihm schon so lange auf der Seele lag.

„Ja. Das war, bevor du diese Marmorstatue wurdest."

Offenbar fühlten sich beide Männer im Angriff wesentlich wohler. Den Wahrheitsgehalt dieser Aussage konnte Lyon aber niemand absprechen. Andrew ging jedoch – wie gewohnt – nicht darauf ein.

„Lenk nicht ab. Du magst sie doch, oder? Donna?"

„Pff, *sie* doch nicht."

Das kam wieder einen Tick zu aufgeregt.

„Lyon … komm schon. Ich sehe euch doch seit Jahren zu. Du magst sie. Wenn du sie nicht sogar liebst."

Das war zu viel des Guten. *Das L-Wort.* Lyons Faust schoss mit einem Ruck auf die Holzbank.

„Ach ja", rief er aufgebracht, „und was ist mit dir und Julie?"

Wenn überhaupt noch etwas Farbe in seinem Gesicht gewesen war, entwich Andrew nun der letzte Rest davon.

„Wusst ich's doch! Du magst sie! Und du hast wieder angefangen zu lächeln, seit sie da ist! Und sie himmelt dich doch an. Seit dem allerersten Tag. Auch wenn ich nicht den blassesten Schimmer habe, warum. Also versuch nicht mal, mir da reinzureden. Fang selbst erst mal was mit dem an, was dir so glücklich zugeflogen ist. Du kannst dich auch nicht ewig verkriechen! Nein, von jemandem wie dir, der sich versteckt und etwas nachjagt, das nie mehr zurückkommen wird – von so jemandem brauche ich keinen Rat! Kümmer dich erst mal um dein eigenes verkorkstes Leben!" Und mit diesen Worten dampfte er ab und ließ einen versteinerten Andrew zurück.

Die Wahrheit

Einen Tag später stand ich mit Donna im Esszimmer und wusste wirklich nicht mehr, wie ich sie noch aus der Reserve locken sollte.

„Donna", versuchte ich sie zum Reden zu bringen. „Willst du mir nicht sagen, was da zwischen dir und Lyon vorgefallen ist?"

Doch die Antwort war ein langgezogenes: „Nein."

Währenddessen schmierte sie weiter rosa Zuckerguss auf Trevors Torte. Ich verlor keine Worte über diese Tortengusswahl. Vielleicht waren hier in Temprusha bestimmte Farben nicht von Geschlechtern besetzt. Rosa für alle!

Auf jeden Fall war Donna nicht zu knacken. Ich hatte aber noch ein Ass im Ärmel – wenn ich das Risiko auf mich nehmen wollte. Aber verdammt … Ja, das wollte ich!

„Donna, jetzt komm schon. Ich weiß, was los ist. Ich hab euch gesehen."

Klatsch. Donnas Löffel fiel mit Schwung in ihre Zuckergussschüssel.

„Was redest du da?"

Sie hatte wohl noch die Hoffnung, dass ich vielleicht irgendetwas anderes meinte.

„Ich hab euch gesehen. In der Küche. Nachdem ihr den Wein umgeschüttet habt."

Für einen Moment sah sie aus, als wolle sie ihren Kopf in die Schüssel fallen lassen und so tun, als sei sie nicht mehr da. Stattdessen ließ sie sich auf die Bank sinken und vergrub ihren Kopf in den Händen.

„Ach komm … das ist doch nicht so schlimm."

„Nicht so schlimm?!"

Ich hatte wohl Glück, dass sie sich wieder besann und mir die Torte nicht ins Gesicht schmiss – weil es schade um die Torte gewesen wäre, nicht meinetwegen. Doch sie setzte mit bebender Stimme fort: „Weißt du, wie viel älter ich bin als er? Ich hab mich mit einem halben Kind eingelassen! Weißt du, wie furchtbar das ist? Ich bin über zehn Jahre älter als er! Welcher junge Mann, der noch alle Sinne beisammenhat, würde so eine alte Frau wollen? Wir hatten Wein getrunken, wir haben einen Fehler gemacht – und das war's."

Ihr Ton machte klar, dass kein Wort mehr darüber fallen würde. So liberal sie hier in Temprusha auch mit der Zeit waren – was das Alter anging, schienen sie genauso zimperlich zu sein wie wir.

Dennoch erklärte diese Antwort nicht, wieso die Stimmung zwischen den beiden dermaßen angespannt war. Ich würde heute nicht mehr erfahren …

Ein paar Sekunden später spazierte die Küchencrew herein. Nicht auszudenken, wenn die unsere Unterhaltung gehört hätten! Bleibenden Eindruck hinterließen wir trotzdem.

„Was habt ihr da bitte mit der Torte veranstaltet?"

Etwas verdutzt starrten wir beide auf den Tisch hinab. Keinem von uns war aufgefallen, dass Donna während ihres Monologs unbewusst die Torte mit ihrem Kochlöffel zu Brei geschlagen hatte.

„Das sieht nicht aus, als könne man es noch retten …"

Leider hatten wir keine Zeit mehr, eine neue Torte zu backen. Das bedeutete, dass wir unser ‚Meisterwerk' in geschlagener Form mit zu Trevors Feier nehmen mussten. Wir hatten gehofft, dass es vielleicht nicht so auffallen würde, wenn wir noch einen großen Haufen Zuckerguss darüber spritzten. Dem war aber leider nicht so. Irritiert und sprachlos starrten die Gäste uns an.

„Leute …", setzte Trevor schließlich an, „ihr wisst schon, dass Susan vielleicht noch kommt und ich mich eigentlich nicht völlig blamieren wollte."

„Sie wird sowieso nicht kommen", brummte Lyon aus seiner Ecke, was irgendwie wie ein Seitenhieb Richtung Donna klang – jedoch nur für eingeweihte Ohren. Hatte sie ihn nach dem Ball versetzt? Was war da noch passiert?

„Was weißt du denn? Sicher wird sie kommen", giftete Donna zurück. Lyon verdrehte die Augen und Donna wollte gerade noch etwas nachsetzen, als eine leise, aber bestimmte Stimme uns alle aus der Unterhaltung riss.

„Und ob."

Trevor erstarrte. Ich hätte mich nicht mal umdrehen müssen, um zu wissen, wer gerade zur Feier gekommen war. Susan. Mit einem Päckchen in der Hand.

„Ich wünsche dir alles Gute zu deiner erfolgreichen Arbeit und dass du noch viele glückliche Sommer hier am Hof erlebst", sagte Susan lächelnd und man spürte, dass sie diese Worte ernst meinte. Plötzlich war alles unwichtig. Die Torte, das (Nicht-)Gezanke von Donna und Lyon, die Verwirrung um Andrew – alles egal. Die Freude sprang Trevor direkt aus dem Gesicht.

„Susan!"

Gespannt beobachteten wir Übrigen die Szene. Als Trevor sein Päckchen öffnete, konnte kaum jemand die Augen davon lassen. Zum Vorschein kamen zwei Schächtelchen. Die eine war dunkelrot und auf ihr stand in verschnörkelten Buchstaben ‚Susan‘, während die andere dunkelgrün war und auf ihr ‚Trevor‘ stand. Beide hatten oben einen Schlitz.

„Das sind Postkästchen. Nachdem mich dein Brief nicht erreicht hat, dachte ich mir, wir machen einfach unsere eigene Post. Wir stellen sie beide an einem besonderen Platz auf und können uns so immer schreiben.“

Was für eine süße Idee … in Zeiten von Snapchat und Co käme man auf so etwas wahrscheinlich gar nicht mehr. Viel zu umständlich. Das Telefon war ja schließlich immer griffbereit.

„So ein Schwachsinn“, grummelte Lyon, wofür er sofort unter dem Tisch einen Tritt von Donna kassierte. Allerdings war ihr Blick dabei nicht nur ein wenig erbost. Er war bitterböse. Fast zum Fürchten. Man konnte förmlich sehen, wie Lyon darunter versteinerte.

Trevor war auf jeden Fall begeistert. Allerdings war er das sicher schon allein durch ihre pure Anwesenheit.

„Susan … das ist so …“

Da ihm die Worte fehlten, zog er sie einfach an sich, zu einer festen Umarmung. Wie süß die beiden doch waren. Meine Gedanken schweiften ab und ich ließ meinen Blick über den Hof gleiten, als mich plötzlich etwas rötlich Blitzendes am Himmel ablenkte. Verwundert kniff ich die Augen zusammen, da mich das Licht blendete. Mein Blick lag nun jedoch circa auf Höhe der Bibliothek – wodurch ich die Umrisse einer bestimmten Person am Fenster erkennen konnte. Eine Mischung aus Freude und Anspannung legte sich über mich und mit einem Satz sprang ich auf und sprintete davon. Einfach so. Ich machte mir nicht mal die Mühe, den anderen irgendeine unglaubwürdige Ausrede für mein Davonstürmen aufzutischen. Mein Herz pochte lauter mit jedem Schritt, der mich weiter zur Bibliothek führte. Kurz vor der Tür stoppte ich noch mal. Ich redete mir oft ein, dass die Dinge, die ich mir erhoffte, nicht eintreten würden. Ich war überzeugt, dass ich nicht mit ihnen rechnen durfte, da das Erwartete sonst nicht eintreten würde. Die besten Dinge geschahen nur dann, wenn ich sie nicht erwartete. Dieses kleine Ritual begleitete mich immer und genauso verbrachte ich auch die kurzen Sekunden, die ich schnaufend vor der Tür ausharrte.

Er ist wahrscheinlich nicht mehr da.

Ohne weitere Umschweife öffnete ich die Tür. Im ersten Moment sah ich – gar nichts. Die Bibliothek schien leer und verlassen zu sein. Aber ich hatte Andrew ja auch am Fenster gesehen. Behutsam ging ich vor zu der Stelle, an der ich ihn vermutete – beim großen Fenster und den zwei Arbeitstischen hinter den Bücherregalen. Ich war nun beinah da. Der nächste Schritt würde mir Gewissheit verschaffen. Einmal atmete ich noch tief ein und aus, bevor ich beherzt weiterging. Und dort am Fenster stand tatsächlich Andrew. Es war schwer zu sagen, ob er finster oder nur nachdenklich in den Himmel starrte. Mit einem leisen Räuspern machte ich auf mich aufmerksam, die Hand etwas verlegen am Tisch angelehnt. Er schien in keiner Weise überrascht zu sein. Er hatte mich zwar kommen hören, sich aber nicht umgewandt.

„Was machst du hier, Julie?"

Seine Stimme klang kühl und ernst. Ein bedrohliches Knistern lag in der Luft.

„Ich frage mich eher, was du hier machst", versuchte ich der Frage mit etwas Humor auszuweichen. Seine Augen waren noch immer zum Himmel gerichtet.

„Ich habe etwas gesucht … dann dachte ich, ich hätte etwas am Himmel gesehen …" Schwerfällig schüttelte er den Kopf, die Augen nun zum Hof gerichtet.

„Sieht aus, als hättet ihr da unten eine nette kleine Feier."

Ich schmunzelte und wagte mich weiter nach vorne.

„Ja, das ist sie. Wieso bist du nicht dazugekommen?"

Kurze Stille.

„Ich kenne Trevor ja kaum."

Was für eine verklemmte, sture Antwort. Prompt kamen die Worte aus meinem Mund, bevor ich darüber nachdenken konnte.

„Aber mich."

Stille. Gottverdammte Stille. Abrupt wandte sich sein Kopf um und seine Augen fixierten mich mit einem undeutbaren Blick. Langsam wurde die Stille erdrückend.

„Und Donna", setzte ich nach, als er plötzlich einen Schritt auf mich zu machte. Wir standen nun jeder an einer Kante des Tisches, gerade einmal einen beherzten größeren Schritt voneinander entfernt.

„Und Lyon."

Was redest du denn da?, fragte ich mich. Doch Sprachzentrum und die gedankliche Schaltzentrale waren offenbar nicht mehr miteinander verbunden. Seine Hand fand am Tisch Platz. War er mir plötzlich noch näher?

„Wieso bist du hergekommen?"

Die Frage durchschnitt den Raum wie ein Messer. Es hatte keinen Sinn mehr, etwas vorzuspielen. Das dürfte auf alles oder nichts hinauslaufen.

„Wegen dir. Ich habe dich am Fenster gesehen."

Er kam noch näher und fragte mit tiefer, leiser Stimme: „Willst du nicht wieder zurückgehen?"

Gott, was hat dieser Mann vor? In meinem Kopf ging alles drunter und drüber. Ich gab die einzig richtige Antwort. Eine überraschend ehrliche Antwort, wenn man meine Situation bedachte. Aber nichtsdestotrotz war es die Wahrheit. Zwielichtige Aufträge hin oder her.

„Nein. Ich möchte bei dir sein."

Etwas wie Unverständnis schien in seinen Augen aufzublitzen, bevor er die nächste, alles entscheidende Frage stellte.

„Warum?" Alles Chaos, das in meinem Kopf geherrscht hatte, war plötzlich still. Ich hatte mittlerweile komplett vergessen, warum ich überhaupt hier war. Dass ich aus einer anderen Welt war. Mit einer Aufgabe gekommen war. Nathalie. Alles war weg. Das Einzige in meinem Kopf war Andrew.

„Weil ich dich gern habe."

Als ich diese Worte aus meinen Lungen gepresst hatte, stand er schon vor mir, ganz nah, viel zu nah und roch so gut … ohne viel Nachdenken schloss ich die Augen und lehnte mich nach vor. Denn das genügte, um mit meinen Lippen auf seine zu treffen. Hätte ich die Zeit gehabt, darüber zu reflektieren, würde ich mich wundern, woher plötzlich diese Entschlusskraft gekommen war. Und im zweiten Moment, was ich mir bloß dabei gedacht hatte. Denn trotz dieses draufgängerischen Gehabes, das er schon wieder an den Tag gelegt hatte – bewusst oder unbewusst –, als ich ihn tatsächlich küsste, schien ich ihn kalt erwischt zu haben. (Wobei man sich doch fragen sollte, wie man damit nicht rechnen konnte, wenn man sich jemand anderem so näherte. Doch diese Überlegung war nur einen Steinwurf von *und mit der Kleidung braucht er sich nicht wundern* entfernt.). Meine Lippen berührten nur wenige Sekunden seine. So wenige, dass ich das Gefühl nicht mal beschreiben könnte. Denn kaum hatten wir uns richtig berührt, bekam ich bereits einen wirklich festen Stoß. Mit Schwung knallte ich gegen das Bücherregal und landete auf dem Boden, während rechts und links von mir Bücher aus dem Regal fielen. Ein heftiger Schmerz bohrte sich durch meinen Rücken. Fassungslos starrte ich Andrew an, der zum ersten Mal seit ich ihn kannte die Beherrschung verloren hatte. Noch nie hatte ich sein Gesicht so entgleisen sehen. Der Schmerz hatte nun mich auf dem falschen Fuß erwischt. Ich kämpfte mit den Tränen, während er kein Wort herausbrachte. Es war, als hätte man einem ungeübten Schauspieler seinen Text weggenommen und ihn gezwungen, zu improvisieren. Und Andrew konnte nicht improvisieren. Wer weiß, ob ich je den wirklichen Andrew kennengelernt hatte. Langsam realisierte ich, was da gerade passiert war. Ich spürte, dass die Tränen nicht mehr aufzuhalten waren. Gedemütigt und mit schwimmenden Augen sprang ich auf und stürmte zur Tür hinaus. Danach blieb ich nicht mehr stehen. Ich hatte nicht vor, an diesem Hof zu bleiben. Das war hier alles furchtbar schiefgelaufen. Ich musste Nathalie auf eigene Faust befreien. Zitternd griff ich nach der roten Feder, die ich seit dem letzten Zusammentreffen mit dem Federmann immer bei mir trug. Ich nahm Geräusche um mich wahr, aber ich hörte nicht zu. Meine Füße trugen mich wie von selbst den Weg entlang, über den ich an meinem ersten Tag zum Hof gekommen war – quer durch den Wald, die Anhöhe hinunter, bis ich am Ufer des Sees angelangt war. Dort ließ ich mich erst mal auf die Knie fallen, ungeachtet der Kieselsteine, und blickte ins Wasser. Aber ich sah fast nichts durch die tränennassen Augen. Vor meinem inneren Auge war das Bild jedoch gestochen scharf. Ich sollte nun Nathalie vor mir sehen. Meine oberste Priorität. Aber ich sah Andrew. Den netten Andrew, den stillen, den überraschten, den lachenden, den wütenden … Ich hatte wirklich nicht gelogen, als ich ihm geantwortet hatte. Es war kein Kalkül, um mein Ziel zu erreichen. Ich hatte mich in ihn verliebt.

„Julie!"

Vor Schreck fiel ich fast ins Wasser, als ich diese wohlbekannte Stimme hinter mir vernahm.

„Julie!"

Mit einem Ruck wandte ich mich um, während Andrew wenige Meter von mir entfernt abbremste und zum Stehen kam. Er sah völlig abgehetzt aus. Nun war ich diejenige, die kein Wort herausbrachte.

„Julie ... es tut mir leid, was passiert ist. Du hast mich einfach überrascht."

Dabei schlich sich sogar ein flüchtiges Lächeln in sein Gesicht. Kein gekünsteltes ... ein richtiges Lächeln.

„Die Wahrheit ist ... ich mag dich, Julie. Ich habe dich wirklich gern. Und ich kann den Gedanken nicht ertragen, dich nicht mehr in meiner Nähe zu haben."

Das waren die Worte, auf die der Federmann gewartet hatte. Andrews Herz hatte sich erwärmt. Das Eis schmolz. Kaum hatte Andrew es ausgesprochen, schritt er plötzlich aus dem Gebüsch.

„Bravo", rief er lachend aus. Mir rann jegliche Farbe aus dem Gesicht. Für Andrew hätte der Schock kaum größer sein können.

„Evan?"

„Evan?!", wiederholte ich verdutzt, während der Federmann sich köstlich amüsierte und darauf wartete, dass es bei mir klick machte. Evan ... war Andrews Bruder. Evan ... der Federmann!

„Du bist Andrews Bruder", entfuhr es mir entsetzt, als mir die Tragweite dieser Erkenntnis bewusst wurde.

„Richtig, mein Täubchen ... wir zwei sind Brüder. Ich habe ihm damals seine Joanna weggeschnappt. Ich hoffe, du bist nicht allzu enttäuscht."

Andrews Miene hatte sich in Stein verwandelt.

„Was hat das zu bedeuten?"

Seine Stimme bebte, während seine Augen von mir zum Federmann – also zu Evan – huschten und wieder zurück. So furchtbar hatte ich mich noch nie in meinem ganzen

Leben gefühlt. Wie ein Häufchen Elend saß ich am Boden und wusste nicht, wie ich diese unerträgliche Wahrheit rechtfertigen sollte.

„Ganz einfach, lieber Bruder. Die kleine Julie ist von mir geschickt worden. Sie ist in meinem Auftrag zu dir an den Hof gekommen."

Bittere Enttäuschung und Wut spiegelten sich in Andrews Gesicht wider. So starke Gefühle hatte ich bei ihm noch nie gesehen.

„Sag, dass das nicht wahr ist."

Erbarmungslos und doch verzweifelt fixierten mich seine Augen.

„Julie ... sag mir, dass das nicht wahr ist."

Ich konnte ihn nicht anlügen. Die Antwort zerriss mir das Herz.

„Andrew ... ich hatte keine Wahl ...", versuchte ich mich zu erklären, doch dieses Eingeständnis meiner Schuld ließ ihn wie eine Mauer vor mir erstarren. Wortlos wandte er den Blick ab. Diesmal brauchte es keine eisige Kälte, um mich stoppen zu lassen. Fassungslose Enttäuschung hatte eine sehr ähnliche Wirkung.

„Ach Zuckerstück ... du brauchst nichts mehr zu sagen. Er wird dir ohnehin kein Wort mehr glauben."

Amüsiert lachte Evan auf. Er kostete diesen Moment mit jeder Sekunde noch mehr aus, während Andrew weiter in sich zusammenfiel. Tränen liefen ohne Pause über mein Gesicht. *Was habe ich nur getan?*

„Aber jetzt wird es erst mal Zeit für mein ‚Comeback', wie ihr in eurer Welt so schön sagt."

Er winkte. Zwei Männer kamen aus dem Gebüsch hervor und packten Andrew an den Armen.

„Nein!", schrie ich. Doch ich konnte nur hilflos mitansehen, wie seine Männer Andrew wegbrachten. Viel Mühe hatten sie dabei nicht. Er leistete kaum Widerstand.

„Danke noch einmal, dass du das alles ermöglicht hast." Evans süffisantes Grinsen machte seine Worte nur noch grausamer. „Und bevor ich es vergesse ... wir hatten ja eine Abmachung."

Ein weiterer Mann zerrte nun Nathalie herbei und stieß sie neben mir zu Boden.

„Man soll mir ja nicht nachsagen, ich würde meine Versprechen nicht einhalten."

Damit dürfte er nun sein Interesse an mir verloren haben. Ohne noch weitere dramatische Umschweife zupfte er eine rote Feder aus seinem Mantel und warf sie in den See.

„Das Portal wird nur kurze Zeit offen bleiben. Ich würde mich an eurer Stelle beeilen."

Mithilfe einer weiteren Feder verschwand er schließlich in einem Strom aus rot glitzerndem Licht. Plötzlich wurde mir klar, was Andrew und ich heute am Himmel gesehen hatten, das schlussendlich zu diesem Ereignis geführt hatte. Wir hatten ihn und seine Federn gesehen. Er hatte von Anfang an geplant, dem heute ein Ende zu setzen. Tränen der Wut und der Scham liefen mein Gesicht hinunter, als mich Nathalies Stöhnen aufrüttelte. Ich hatte sie fast vergessen.

„Nathalie!", rief ich wie von Sinnen. Sie strahlte mich an und wir fielen uns in die Arme. Doch die Wiedersehensfreude währte nur kurz. Mit tränenerstickter Stimme brachte ich nichts Weiteres hervor als: „Wir müssen ihn retten!"

Mehr Erklärung benötigte sie nicht. „Keine Sorge, Julie. Wir schaffen das."

Neue Tage

Am Weg vom See zum Waldrand gab ich Nathalie einen groben Überblick über die Lage. Sie sprach nicht viel, nickte nur. Ich wusste, in ihrem Kopf fügten sich bestimmt bereits die nötigen Puzzlestücke zusammen. *Hätte ich doch auch etwas mehr nachgedacht* ... aber sehr viel von diesem Szenario hätte sich vermutlich nicht verhindern lassen. Versteckt hinter ein paar Büschen knieten wir uns hin und beobachteten den nun versperrten Eingang des Hofes. Mich wunderte nur, dass nicht bereits ein riesiges Poster von Evan an der Wand hing.

„Hast du irgendeinen Plan?"

Nathalies Worte trafen mich unerwartet.

„Ich hatte gehofft, dir würde etwas einfallen."

Als ob wir nie getrennt gewesen wären – Nathalies Blick war der gleiche wie immer in solchen Situationen. Unnachgiebig und leicht spöttisch.

„Julie ... wer von uns beiden hat die letzten drei Monate hier gelebt?"

Punkt für sie. Erschöpft ließ ich mich auf den Rücken fallen und den Blick an den Bäumen entlang schweifen, als mir auf einem Baum etwas Ungewöhnliches ins Auge stach ... etwas Viereckiges, Dunkelgrünes ... Trevors Briefkasten!

„Du hast recht! Ich hab tatsächlich schon eine Idee!"

„Also, ich bin immer noch nicht ganz überzeugt", zischte Nathalie zu mir hinunter, während sie auf den Baum kletterte. Warum Trevor seinen Briefkasten so unzugänglich platziert hatte, war mir ein Rätsel. Aber es war unsere einzige Möglichkeit.

„Das wird schon! Jetzt beeil dich, bevor dich noch jemand sieht!"

„Du hast gut reden, du musst ja nicht den Baum raufklettern!"

„Hey, ich habe mein halbes T-Shirt geopfert!"

Außerdem würde ich viel schneller auffallen – die Menschen kannten mich hier.

„Und du glaubst, er wird sicher nachsehen?"

„Hundertprozentig", antwortete ich grinsend. Das war sein Liebesbriefkasten. Trevor überprüfte ihn wahrscheinlich zehnmal täglich.

Unser Plan war einfach. Wir wollten Trevor eine Nachricht zukommen lassen, damit wir uns mit ihm und Donna treffen konnten. Sie würden uns dann auf den neuesten Stand der Dinge bringen und wir könnten gemeinsam einen Plan aushecken.

Sofern sie mir verzeihen …

Nachdem wir kein Papier hatten, rissen wir Stoff von meinem T-Shirt ab, um unsere Nachricht übermitteln zu können.

„Was hast du geschrieben? Acht Uhr beim See?"

Ich musste mich wirklich zusammenreißen, um nicht zu lachen.

„Du wirst hier noch viel lernen müssen …"

Nachdem wir den Luxus von genauen Zeitangaben ja nicht hatten, versuchte ich es mit „Sonnenuntergang". Es war schwerer als gedacht, auf dem Stoff eine Nachricht zu hinterlassen. Doch mithilfe von Harz und Beeren war es uns gelungen. Ich hoffte nur, dass die Nachricht auch lesbar blieb und daraus kein Detektivspiel für die beiden wurde …

Es war wie ein Déjà-vu und doch ganz anders. Wie zu Beginn dieses verrückten Abenteuers kauerte ich ungemütlich im Gebüsch, wagte kaum zu atmen und meine Beine wurden von Ästen, Steinen und vielen anderen spitzen Dingen zerkratzt. Nur war ich diesmal nicht allein und wartete nicht darauf, dass jemand den Platz verließ, sondern dass jemand kam. Meine größte Sorge war, dass wir uns verpassen würden. Über die vielen anderen furchtbaren Varianten, wie das schiefgehen könnte, machte ich mir zum Glück noch weniger Gedanken.

„Das ist ganz schön ungemütlich", flüsterte Nathalie neben mir und ich verdrehte die Augen.

„Immerhin besser als das Federmann-Gefängnis, oder?"

Ich hatte den Satz kaum zu Ende gesprochen, als sie plötzlich meine Hand packte. Am anderen Ende des Sees waren zwei Gestalten erschienen. Sie waren bemüht, nicht aufzufallen, doch ich erkannte sie sofort – Donna und Trevor.

„Das sind sie!", zischte ich aufgeregt. Nach kurzer Beratung entschieden wir, sie zu uns herüberzulocken. Zu ihnen zu laufen, war zu gefährlich. Der Federmann schien zwar vollkommen überzeugt davon zu sein, dass ich diese Welt unter Tränen und als Häufchen Elend ohne jeden Hoffnungsschimmer und für immer verlassen hatte, aber wir wollten trotzdem nichts riskieren. Er sollte sich schön weiter in dieser Illusion sonnen.

Zunächst versuchten wir, kleine Steine in den See zu werfen, um die beiden auf uns aufmerksam zu machen. Trevor hatte zwar den Kopf in unsere Richtung gewandt, aber der Aufmerksamste war er ja leider noch nie gewesen. Wir wedelten mit Ästen, warfen größere Steine – nicht die geringste Reaktion von den beiden. Als es gerade danach aussah, als würden sie in die falsche Richtung abdrehen wollen, verlor ich endgültig die Geduld. Ein scharfes „Trevor!" reichte aus, um ihn zusammenzucken zu lassen. Er war am Hof wohl schon richtiggehend konditioniert worden. Als sie schließlich näher kamen, erwischte mich die Nervosität plötzlich mit voller Wucht. Wie viel hatten sie wohl schon über meine Verwicklung in diesen Fall erfahren? Unwillkürlich musste ich an den Federmann denken. Auf einer großen Bühne mitten im Hof. Andrew in den Armen seiner Wachleute. Wie er, sich köstlich amüsierend, die tolle Geschichte meines Verrats aller Welt erzählte. Er hatte es bestimmt schon unter die Leute gebracht. Es war unmöglich, dass sie es noch nicht erfahren hatten. *Werden sie überhaupt noch mit mir reden? Wie wütend sind sie wohl?*

Die Antwort auf all diese Fragen ließ sich sofort in ihren Gesichtern ablesen. Trevor schien sich zwar immer noch zu freuen, mich zu sehen, wagte es aber nicht, dies neben Donna zu zeigen. Donnas Augen funkelten, als ob sie mich allein durch ihren Blick in Flammen aufgehen lassen wollte. Wahrscheinlich waren sie nur in Ermangelung einer besseren Alternative hergekommen. Ein paar Sekunden lang schwiegen wir uns einfach nur an. Doch ich wusste: Es lag ganz bei mir, wie diese Situation jetzt ausgehen würde.

„Ich weiß, ihr seid vermutlich sehr wütend …"

„Wütend?! Wütend trifft es noch nicht mal ansatzweise!", fauchte mich Donna an, während Trevor zitternd an ihrem Ärmel zupfte.

„Donna, wir hatten doch gesagt, wir hören uns zumindest an, was sie zu sagen hat."

„Ist schon ok."

Meine Stimme war seltsam ruhig. Wahrscheinlich, weil ich wusste, dass sie recht hatte. Sie hatten allen Grund, mich zu hassen. Doch ich machte das nicht für mich. Ich tat es für Andrew.

„Ich verstehe euch, und ja, ich habe einen Fehler gemacht. Ich bin an den Hof gekommen und habe euch von vorne bis hinten angelogen. Ich komme nicht mal aus Temprusha. Ich bin aus einer ganz anderen Welt zu euch gekommen, weil der Fed…, ah, weil Evan meine Freundin Nathalie entführt hatte. Ich hatte den Auftrag, Andrew dazu zu bringen, sich in mich zu verlieben. Ah … und den hab ich anscheinend erfüllt? Oder war zumindest nah genug dran … Egal, ich verstehe voll und ganz, wenn ihr nichts mehr mit mir zu tun haben wollt, und ihr habt ja auch allen Grund, mir nicht zu trauen."

Erst jetzt schienen Donna und Trevor Nathalie überhaupt zu bemerken. Sie waren sehr still geworden.

„Ich verstehe auch, wenn ihr mir nicht helfen wollt. Aber bitte …"

An diesem Punkt ließen sich die Tränen nicht mehr unterdrücken. Ich wusste auch nicht, wie all diese Worte plötzlich aus meinem Mund gekommen waren, aber sie kamen von Herzen.

„Bitte sagt mir, wo er ihn hingebracht hat."

Zwar schien sich Donna noch nicht ganz sicher, ob das nun die Wahrheit oder eine perfekt einstudierte Nummer war, doch ihre Züge wurden weicher.

„Du willst ihn retten?"

Ich nickte.

„Du hast ihn wirklich gern?"

Wieder ein Nicken. Trevor weinte bereits mit mir, als Donna schließlich mit leiser Stimme sagte: „Julie, er ist in Lebensgefahr. Evan will ihn morgen hinrichten. Als Volksverräter."

In Anbetracht dieser Dringlichkeit stellte sich augenblicklich eine Waffenruhe ein. Ich kam – zumindest für den Augenblick – mit einem blauen Auge davon. Wir hatten uns wieder in die Nähe des Hofes geschlichen, um den Eingang zu beobachten.

„Er wird die Hinrichtung morgen öffentlich durchführen. Laut unseren Regeln ist das rechtens, solange Andrew keinen mündlichen Einspruch einlegt."

Ungläubig starrte ich Donna an.

„Was, er muss nur sagen, dass er nicht erhängt werden will? Das ist alles?"

Unter diesen Umständen sollte es doch unmöglich sein, jemand hinrichten zu lassen. Wer hatte sich denn so ein Gesetz ausgedacht?[10]

„Das Volk weiß, dass ein Kaiser nur gehängt werden kann, wenn er keinen Einspruch erhebt. Er bekennt sich dadurch schuldig. Deswegen wird es auch keinen Aufstand geben."

Donna schien jedoch nicht ganz überzeugt davon zu sein, dass damit alles in Butter war.

„Er hat seit seiner Verhaftung noch kein einziges Wort gesprochen."

Wieder ein kleiner Stich in mein Herz.

„Aber er hat die Möglichkeit, Einspruch zu erheben. Und das wird er ja wohl machen, oder nicht?"

Donna und Trevor wechselten einen kurzen Blick, bevor Donna weitersprach.

„Davon gehe ich schon aus. Außer … aber nein. Das habt ihr ja nicht."

Verständnislos blickte ich Donna an.

„Na ja, wenn ihr euch geküsst hättet, dann hätte er keine Chance mehr. Nach der Sache mit Joanna hat er in seiner Erregung einen Fluch ausgesprochen, der ihn am Morgen nach einem Kuss bis zum nächsten Sonnenaufgang verstummen las-

---

[10] Dieses Schlupfloch zu kreieren, war tatsächlich die einzige Möglichkeit, die Temprushaner:innen zur Abschaffung der Todesstrafe zu bringen. Manchmal benötigt es absurde Zwischenschritte, um gesellschaftliche Ziele zu erreichen.

sen wird. Sozusagen als Strafe. Aber da ihr euch ja nicht geküsst habt, fällt das ja weg. Oder, Julie? Julie?"

Drei Augenpaare waren erwartungsvoll auf mich gerichtet, während ich mich noch völlig irritiert fragte, wie ich nicht wissen konnte, dass Andrew so was überhaupt konnte. Flüche aussprechen. Diese verdammte Welt.

Doch dann realisierte ich, was es bedeutete und meine Augen weiteten sich in Panik Nun verstand ich, warum er so reagiert hatte. Und auch, warum er damals in die Glasscherben gefallen und weggelaufen war. Plötzlich ergab alles einen Sinn. Aber wer war denn so blöd, sich selbst einen Fluch aufzuerlegen? Andererseits passte es zu ihm und seinem Hang zur Dramatik.

„Ähm … es könnte sein, dass sich unsere Lippen für einen kurzen Moment berührt haben …"

Wie aus einem Mund stöhnten alle drei gleichzeitig auf.

„Nur eine Sekunde", flüsterte ich kleinlaut.

Wer rechnet denn auch mit so was?!

Aber damit war die Stimmung schon gekippt.

„Dann ist er verloren. Das erklärt auch, warum Evan es so eilig hat. Er weiß, dass Andrew morgen stumm bleiben wird."

Evan war es gar nicht um Andrews Gefühle gegangen. Es ging nie ums Verlieben. Er hatte nur darauf gewartet, dass wir uns küssten. Die Enttäuschung und der Schmerz über den Verrat waren nur angenehme Nebenprodukte für ihn. Alle verstummten, selbst mein immer noch fassungsloses Gehirn. Ich ertrug diese Leere nicht. Es war, als hätten wir bereits aufgegeben.

„Wir können ihn immer noch retten!"

Wieder blieb es kurz still. Aber die Funken waren da. Das Feuer war erloschen, doch solange ein Funken überblieb, konnte die Glut jederzeit neu entflammt werden. Donna räusperte sich.

„Aus dem Keller bekommen wir ihn nicht raus. Also müssen wir sie am Weg zum Hof austricksen. Wir können ja ohne Probleme reingehen, aber was machst du, Julie?"

Die Lösung dafür ließ mir ein süffisantes Grinsen ins Gesicht huschen.

„Ich habe da noch ein Ass im Ärmel ..."

Alles oder nichts

Ich verbrachte die Nacht unter freiem Himmel. Meine Freunde hatten sich auf den Weg zurück zum Hof gemacht. Es würde wohl niemanden verwundern, dass ich ihnen zuvor noch erklären musste, was ein „Ass im Ärmel" war. Nathalie hatte ich mit ihnen mitgeschickt. Zwar würde sie der Federmann – Evan – erkennen, aber die Wachen nicht. Draußen zu schlafen war nicht einmal so schlimm, wie ich erwartet hatte. Todesangst um eine geliebte Person ließ alles andere ziemlich bedeutungslos erscheinen. Ich konnte mittlerweile auch die Uhrzeit relativ gut einschätzen. Dennoch schlich ich sicher schon einige Stunden zu früh am Waldrand entlang. Andrews Hinrichtung sollte mittags stattfinden. Wenn wir sie am Weg zum Hof überrumpeln wollten, musste ich davor wieder zurück am Hof sein. Doch je früher ich zurückkam, desto höher war das Risiko, entdeckt zu werden.

Wir hatten ausgemacht, dass Donna mir am Vormittag ein Zeichen geben würde, sobald die Luft rein war. Sie wollte ein buntes Tuch zum Trocknen ins Fenster hängen.

Merkwürdigerweise war ich kaum nervös. Eine ungewohnte stoische Ruhe hatte von mir Besitz ergriffen. Die Ruhe vor dem Sturm. Erst als sich tatsächlich das Fenster öffnete und eine Hand mit dem Tuch erschien, war mir, als würde mich das Adrenalin gleich ausknocken. Mit pochendem Herzen holte ich meinen Trumpf hervor: meine rote Feder. Ich konzentrierte mich auf mein altes Zimmer am Hof und hielt die Feder an meine Wange. Die Tränen folgten ohne große Anstrengung. Es dauerte nur eine Sekunde, bis mich die Magie der Feder an den Wachen vorbeischleuste. Interessanterweise machte der kürzere Weg nicht den geringsten Unterschied. Ich stürzte wie bei den ersten beiden Malen in einen tiefen, schwarzen Abgrund und landete mit voller Wucht nach metertiefem Fall auf dem Holzboden meines ehemaligen Zimmers. Zwar hatte man meinen Schrei vermutlich nicht gehört, aber mit Sicherheit den dumpfen Aufprall. Ich hatte mich noch nicht einmal aufgerichtet, als ich die Türklinke hörte. Panisch zuckte ich zusammen und versuchte, zu meinem Bett zu rollen. Jedoch war es zum Glück nur Trevor, in eine schwarze Kutte gehüllt, der mich wie besprochen erwartete.

„Geht's dir gut, Julie?"

Erneut zuckte ich zusammen, während ich immer noch am Boden kauerte.

„Spinnst du, du kannst doch nicht meinen Namen sagen. Wenn dich jemand hört!", zischte ich. Ich richtete mich auf und klopfte den Staub von meinem Körper.

„Tut mir leid, Julie. Ah, ich meine, tut mir leid."

An Trevor war wirklich kein Geheimagent verloren gegangen. Nur leider wäre das Fehlen jedes anderen aufgefallen. Seine Unscheinbarkeit machte ihn daher dennoch zur besten Wahl. Es hatte etwas Verschwörerisches, als ich mir ebenfalls eine schwarze Kutte überstreifte und wir uns zunickten, bevor Trevor die Tür wieder öffnete. Donna hatte mir erklärt, dass die einzige Möglichkeit, Andrew zu retten, auf dem Weg vom Verlies zum Galgen am Innenhof war. Die anderen hatten sich schon an verschiedenen Positionen am Hof verteilt, während

Lyon gezwungen worden war, sich auf der Bühne zu positionieren. Der Federmann war wirklich ein Sadist. Quetschte das Leid aus den Menschen, bis nichts mehr übrig war, und ergötzte sich daran.

Für alle Fälle trugen Trevor und ich beide ein Messer mit uns. Ich hatte noch nie zuvor gekämpft oder gar jemanden bedroht – und wie ich das dann tatsächlich bewerkstelligen sollte, mich mit einem Messer zu verteidigen, war mir ein Rätsel. Im Grunde vertraute ich auf meinen guten alten Freund Adrenalin.

Mit schwer pochendem Herzen schlichen wir durch die Gänge, immer in Erwartung, plötzlich auf eine Wache zu treffen. Doch es kam niemand. *Wie kann das sein?*

Trevor wurde unruhig, als wir uns der letzten Abzweigung näherten. Der Gang endete mit einer Kurve nach links.

„Nach der Kurve sind wir beim Tor zum Verlies. Da werden sicher Wachen stehen", flüsterte er mir zu. Was sollten wir nun tun? Weiter warten? Das erschien uns beiden zu riskant. Wir schmiedeten einen neuen Plan. Wir würden einfach wie selbstverständlich bis zu Andrews Zelle durchmarschieren, als wäre es unsere Aufgabe. Sollten sie uns fragen, was wir hier verloren hatten, würden wir schlicht „Evan schickt uns" antworten – natürlich mit einer gehörigen Portion Arroganz. Faszinierenderweise funktionierte so etwas normalerweise wirklich relativ gut, solange man genug Selbstbewusstsein an den Tag legte. Je nachdem, wie viele Wachen im Verlies waren, würden wir dann versuchen, ihn mitzunehmen oder die Wachen begleiten und sie auf dem Weg zum Hof austricksen. Im Prinzip fühlte sich alles besser an, als zu warten.

Ein Pochen dröhnte durch meinen Kopf, während ich weiter einen Fuß vor den anderen setzte und schließlich um die Ecke bog. Trevor war dicht hinter mir, offensichtlich genauso nervös wie ich. Das Dröhnen war zu einem Gewittersturm angewachsen, bis der Moment kam, an dem wir sehen sollten, was uns vor dem Tor erwartete – nichts. Niemand war da. Und die massive Holztür stand sperrangelweit offen. Mir schwante Übles. Ohne Trevors Reaktion abzuwarten, sprintete ich nach vor. Meine Beine trugen mich von ganz allein durch die Tür über die kalten Steinplatten bis zur Zelle, deren Tür ebenfalls weit geöffnet war. Ich hätte nicht nachsehen müssen, um zu wissen, was ich finden würde. Nichts. Bis auf eine Pritsche und etwas Stroh war die Zelle leer. Ich fühlte mich, als hätte mir jemand in den Magen geboxt. Mit letzter Kraft rang ich nach Worten – vier simplen, schrecklichen Worten: „Wir sind zu spät."

Als wäre die Zeit stehen geblieben, rasten die Gedanken durch meinen Kopf. Einen Moment später sprintete ich los.

Wir sind zu spät! Ich spürte meine Beine nicht mehr, während ich durch meinen Schwung fast Bekanntschaft mit der Wand machte.

„Julie!", rief Trevor, der mir auf dem feuchten Boden kaum hinterherkam. Ich stoppte nicht. Ich musste weiterlaufen. *Es darf noch nicht zu spät sein!* Wie von selbst schlug ich den kürzesten Weg zum Innenhof ein. Ich lief weiter durch dunkle und helle Gänge, bis ich an der Tür ankam, die hinausführte. Auch hier stoppte ich nicht. Ich rannte die Tür quasi ein. Erst als ich in den Hof stolperte und das Sonnenlicht mich blendete, hielt ich schnaufend an. *Vielleicht sollte ich mal wieder atmen.*

Ich brauchte etwas Zeit, um mich zu orientieren. Ich stand auf der rechten Seite des Hofes, sogar relativ weit vorne, doch die Bühne war noch einige Meter von mit entfernt. Von den vielen Menschen vor mir mal abgesehen. Panisch riss ich mir die Kapuze wieder über den Kopf, die mir beim Laufen hinuntergerutscht war. Der Hof war gerammelt voll mit

Schaulustigen. Da alle Kutten trugen, wie es zu diesem Anlass Brauch war, konnte man nicht einmal seine engsten Freunde erkennen – oder seine schlimmsten Feinde.[11] Doch jemand nickte mir aus der Menge zu, und als sie die Kutte kurz anhob, entdeckte ich Donna und neben ihr Nathalie. Die Erleichterung währte nur kurz. Eine äußerst unwillkommene Stimme drang an mein Ohr.

„Mein liebes Volk! Zuallererst möchte ich euch danken, dass ihr so zahlreich erschienen seid."

Nachdem wir leider nicht die Möglichkeit gehabt hatten, Donna kurz eine SMS, E-Mail oder Insta-Nachricht zu schicken, war diese vom plötzlichen Auftauchen des Federmanns sichtlich überrumpelt. Unsicher wechselte sie einen verstohlenen Blick mit Nathalie, deren Miene jedoch versteinert war. Es verlieh ihr die Aura einer Statue.

Ein gewohnter Anblick auf einem ungewohnten Gesicht. Ein kalter Schauer huschte über meinen Nacken. Jetzt erst merkte ich, wie ähnlich Andrew und Natalie in diesem Moment wirkten.

Es darf noch nicht zu spät sein. Wie bei einer kaputten Schallplatte wiederholte sich dieser Gedanken pausenlos in meinem Kopf. Der Federmann – der heute ausnahmsweise nur verhalten pompös strahlte – stand bereits auf der Bühne. Ebenso wie der Galgen. Unter dem Strick stand ein Stuhl, der wohl für den zu Erhängenden gedacht war. Nicht sehr kaiserlich, aber was brachte Prunk bei einer Todesstrafe ... Neben dem Galgen hielten zwei Wachen Stellung. Einen halben Meter vor ihnen stand Lyon. Der Glaubwürdigkeit wegen sollte es wohl so aus-

---

[11] Die Temprushaner:innen haderten früh damit, Hinrichtungen als ein aufregendes Event zu betrachten. Im Schutz der Anonymität aber konnte man sich jeder noch so skurrilen Emotion hingeben und sich vom Tod faszinieren lassen, ohne zu befürchten, dafür verurteilt zu werden.

sehen, als wäre er den Wachen hierarchisch überlegen und nicht das, was er in Wirklichkeit war: ein Gefangener.

Plötzlich ging ein Raunen durch die Menge. Ich reckte mich unruhig in die Höhe, um besser sehen zu können. Doch das Herz rutschte mir sofort bis zu den Zehen. Am Ende des Mobs sah ich eine kalkweiße, hochgewachsene Gestalt mit eisblauen Augen, braunem Haar und gesenktem Kopf den Hof betreten. Dicht gefolgt von zwei Wachen. An ihrem Ziel wartete Evan bereits, eingehüllt in seinen roten Federmantel ...

„Nein ..."

Instinktiv bewegte ich mich nach vorne, egal ob mir dabei jemand im Weg stand oder nicht. Ich schubste die Leute einfach zur Seite, sogar Kinder (was hatten die auch hier verloren – es sollte jemand gehängt werden!). Als ich endlich klare Sicht auf die Bühne bekam, stockte mir der Atem. Andrew stand in der Mitte, direkt neben dem kleinen Stuhl, über dem der Galgenstrick baumelte. Hinter ihm zwei Wachen, rechts von ihm Evan, etwas abseits Lyon. Evan hatte inzwischen weitergesprochen und Andrews lächerliche Vergehen aufgezählt. Ich war zu beschäftigt damit, in rasendem Tempo Fluchtpläne für Andrew zu schmieden, um genauer aufzupassen – doch die nächsten Worte hörte ich klar und deutlich.

„Gibt es jemanden, der Einwände gegen diese Hinrichtung hervorzubringen hat?"

Es blieb still. Genau, wie Donna es prophezeit hatte. Das Volk wartete darauf, dass sich Andrew verteidigen würde. Fieberhaft überlegte ich, was ich bloß tun könnte, während Evan kaum merklich ein Lächeln unterdrückte. Verhängnisvolle Sekunden verstrichen. Als er einen weiteren Schritt auf

Andrew zu machte, öffnete Evan seinen Mund, um letzte Worte an seinen Bruder zu richten, als plötzlich eine helle, starke Stimme durch den Hof schallte.

„Ja! Ich!"

Ich hätte mich nicht umdrehen müssen, um diese Stimme zu erkennen. Nathalie hatte die Kapuze von ihrem Kopf geworfen und wiederholte mit klarer Stimme und stolzem Blick:

„Ich, die Reinkarnation von Eileen Bohem, spreche mich gegen diese Hinrichtung aus!"

Man hätte auf dem überfüllten Hof eine Stecknadel auf den Boden fallen hören können. Der Schock breitete sich über die Menge bis hin zu Evan aus. Dieser war auch der Erste, der sich wieder fing. Wie ein kleines Kind stampfte er auf und schrie:

„Das ist eine Betrügerin! Nehmt sie fest! Sofort!"

Ein Raunen ging durch die Menge, von allen Seiten hörte man nur noch: „Eileen?"

Selbst die Wachen wagten es nicht, sich zu bewegen. Zu stark war die Ähnlichkeit dieser jungen Frau mit ihrer geliebten einstigen Kaiserin. Erst als Evans spitzer Schrei erneut die Luft durchzog, besannen sie sich.

„Sofort!"

Alles ging sehr schnell. Die Wachen kamen nicht durch die Menge, weil sie nicht durchgelassen wurden. Eileen wurde beschützt. Doch Evan dachte nicht daran, diese Hinrichtung vom Segen des Volkes abhängig zu machen.

„Rauf mit ihm! Rauf mit ihm, sofort!"

Hektisch gerieten alle in Bewegung. Während der Bodentrupp damit beschäftigt war, die Menschen zurückzuhalten, versuchten die Wachen einerseits, Andrew auf den Stuhl hinaufzuzerren, und andererseits, den tobenden Lyon in Schach zu halten. Obwohl Lyon mit der Kraft einer Naturgewalt gegen sie ankämpfte – es waren einfach zu viele.

„Nein!", schrie ich wie von Sinnen. Ich kämpfte mich ebenfalls nach vorne, prallte gegen einen Körper nach dem anderen, wobei ich gestoßen wurde und auf den Boden fiel. Schnell richtete ich mich wieder auf – zu schnell. Die Kapuze fiel von meinem Kopf.

„Das Mädchen!", hörte ich jemanden rufen, während mein Blick sich nicht von Andrew losreißen ließ, den Evan und die Wachen inzwischen auf den Stuhl gezerrt hatten, mit dem Strick um den Hals.

„Nein!", schrie ich wieder aus vollem Hals, während die ersten Menschen es schafften, sich in Richtung Bühne zu kämpfen. Doch es war alles zu spät.

„Jetzt!", stach die schrille Stimme Evans an mein Ohr und das Letzte, was ich sah, bevor ein dumpfer Schlag auf den Hinterkopf mich ausknockte und alles dunkel wurde, war ... wie Andrew fiel.

La fin

Als ich wieder zu mir kam, war alles weiß. Weiße Decke, weiße Wand, weißer Kasten, weißes Fenster. Weiß. Benommen blinzelte ich, um etwas Nicht-Weißes ausfindig zu machen. Weiße Fliesen. Weißer Tisch. *Oh, da auf dem Stuhl ist etwas Nicht-Weißes!*

Eine Person. Dunkler Haarschopf. Groß gewachsen. Kopf auf den Armen am Rand meines Bettes. Schlief scheinbar. Ich war irritiert. Langsam kamen meine Erinnerungen zurück. Die Person da sah aus wie Andrew. Aber Andrew war gehängt worden.

Oder bin ich zu Hause? Habe ich alles nur geträumt?

Leise ging die Tür auf und Donna lugte herein. *Kein Traum.* Donna war hier. Ich starrte sie sprachlos an, während sie zu meinem Bett kam.

„Hey, Julie, du bist wach."

„Was ist passiert? Wo bin ich? Wer ist das?"

Ungläubig zeigte ich auf die Person auf dem Stuhl. Besorgt sah Donna mich an.

„Hast du etwa Erinnerungsstörungen? Erkennst du mich noch?"

Ich wollte lachen, doch ich begann zu weinen. Zum Glück schien Donna zu verstehen.

„Julie – das ist Andrew. Er lebt. Er hat den ganzen Tag und die Nacht hier verbracht, während du bewusstlos warst. Er war sozusagen lebendiger als du."

Ihre Sätze rasten wie Züge durch meinen Kopf.

„Aber ich habe doch gesehen, wie sie ihn gehängt haben. Er ist doch gefallen?"

Der Schock lähmte meine Gedanken. Wenn ich jetzt zu glauben begann, dass er noch lebte, würde ich später noch tiefer stürzen. Donna grinste.

„Nun, während du in den Hof gelaufen bist, hat Trevor einen Geheimweg genommen, der ihn versteckt hinter die Bühne brachte. Dort hat er unbemerkt einen Schnitt in das Seil gemacht. Zu klein, um entdeckt zu werden, aber zu groß, um dem Seil zu erlauben, Andrews Gewicht zu halten. Als die Wachen den Stuhl zur Seite stießen, riss das Seil und er plumpste nur unspektakulär auf seinen Hintern."

„Ich würde es nicht unbedingt als *unspektakulär* beschreiben."

Es war nichts Neues, dass seine Stimme wie eine Messerklinge durch die Luft schnitt und alle vollkommen verstummen ließ. Neu war jedoch, dass sie dabei sanft klang – und wir uns darüber freuten.

„Andrew!"

Ein Lächeln schlich über sein Gesicht. Ein richtiges Lächeln.

„Ich lass euch jetzt mal alleine", schmunzelte Donna, während sie den Raum verließ. Langsam richtete sich Andrew auf und meine Freude wich Angst. Die Erinnerung an unsere letzte Begegnung – am See, mit Evan – hatte ich noch lebhaft vor Augen. Kurz blieb es still. Ich hatte nicht erwartet, dass Andrew zuerst sprechen würde.

„Schon komisch. Ich wurde fast erhängt und du hast trotzdem mehr Verletzungen davongetragen."

Offensichtlich hatte ihm die Nahtoderfahrung die Gabe des Humors geschenkt. Ich blieb dennoch unsicher.

„Andrew, ich –"

„Shh."

Er legte seinen marmorweißen Zeigefinger auf meine Lippen, um mich verstummen zu lassen.

„Ich weiß schon alles. Ich weiß von deinem Deal mit Evan, von Nathalie, von der anderen Welt, aus der du kommst … von deinem Versuch, mich zu retten."

Die Tränen stiegen mir in die Augen. Er nahm meine Hand und das Glück schwappte wie eine Welle über mich. Jetzt war er da, mein perfekter Moment. Doch etwas war eigenartig. Irgendetwas stimmte nicht. Das konnte ich fühlen.

„Was ist los?"

Er nestelte an etwas in seiner Tasche herum und plötzlich wich er meinem Blick aus. Und ich begriff.

„Nein. Nein, Andrew … ich werde nicht daran denken. Du kannst mich nicht dazu zwingen."

Es war wieder ein neuer Blick, den ich jetzt in seinem Gesicht sah. Ein Blick, den ich noch nie gesehen hatte.

„Julie … je länger wir warten, desto schwieriger wird es. Ich kann nicht von dir verlangen, in meiner Welt zu bleiben."

„Es ist meine Entscheidung, Andrew."

Sein Blick wurde noch schmerzerfüllter.

„Es tut mir leid."

Seine Hand kam aus seiner Tasche hervor – mit einer blauen Feder.

„Was … was ist das?"

Einen kurzen Moment rang er um Worte.

„Blaue Federn geben dir keine Wahl. Sie bringen dich immer zu deinem Zuhause zurück."

Je tiefer die Worte in mein Bewusstsein sickerten, desto schneller kam die Erkenntnis. *Ich muss die Tränen stoppen! Das kann doch jetzt nicht einfach so vorbei sein! Ich würde mich nicht einmal verabschieden können!*

Schützend hielt ich meine Hände vor mein Gesicht, doch ich hatte keine Chance. Die Tränen kullerten bereits meine Wangen hinunter.

„Du wirst mir sehr fehlen, Julie."

Wie ich es bereits kannte, begann die Feder zu leuchten.

„Nein! Andrew!"

Ein letztes Mal konnte ich noch in seine glasigen Augen blicken, sah noch, wie seine Lippen Worte formulierten, bevor die Dunkelheit alles verschlang und ich die Achterbahnfahrt zurück in mein altes Leben begann …